詩情畫意

春堂 李寧贊

까세 육필 시화집

최석로 편

서문당

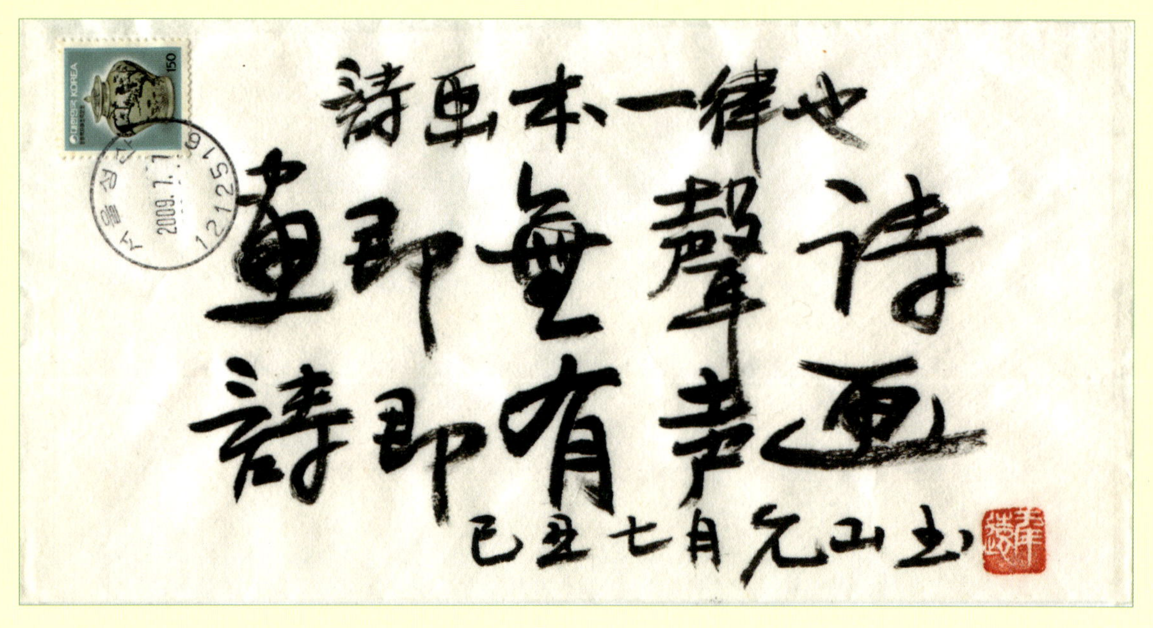

詩畫本一律也
畫即無聲詩
詩即有聲畫
己丑七月 兀山書

한국 유명 시인 화가 228인의
까세 육필 시화집

Contents

김남조 시인

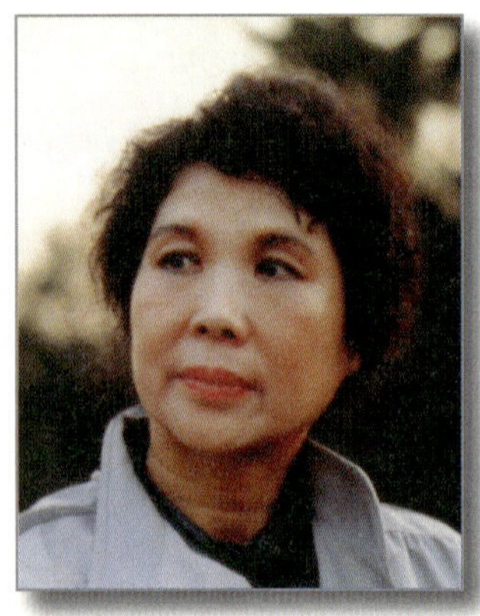

김남조(金南祚) 시인: 1927년 경북 대구에서 출생. 1951년 서울대학교 사범대학 국문과를 졸업하고 고교 교사, 대학 강사 등을 거쳐 숙명여자대학교 교수(1955~93년) 역임, 현재 명예교수. 「연합신문」, 「서울대 시보」 등에 작품을 발표했으며, 1953년 시집 <목숨>을 간행. 이후 16권의 시집과 <김남조 시전집>(서문당), 그리고 <여럿이서 혼자서>(서문당) 등 12권의 수상집 및 콩트집 <아름다운 사람들> 과 <윤동주 연구> 등 몇 편의 논문과 편저가 있음.
한국시인협회, 한국여성문학인회 회장을 지냈으며, 1990년 예술원 회원, 1991년 서강대학교에서 명예문학박사 학위를 받음. 한국시인협회상, 서울시문화상, 대한민국문화예술상, 12차 서울세계시인대회 계관시인, 3·1문화상. 예술원상, 일본지구문학상, 영랑문학상, 만해대상, 등을 수상했으며, 국민훈장 모란장과 은관문화훈장을 받음.
사진: 에세이집 <여럿이서 혼자서>(1987년 판, 서문당)를 낼 무렵.

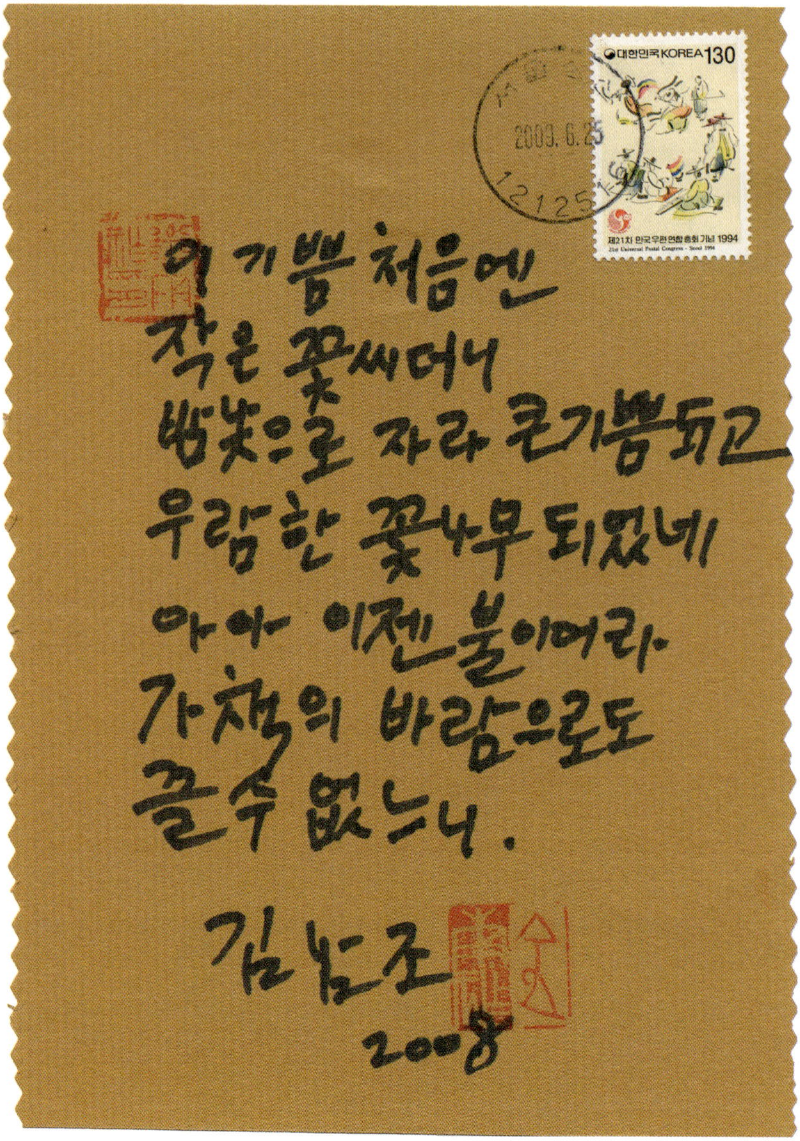

이 기쁨 처음엔
작은 꽃씨더니
벚꽃으로 자라 큰 기쁨되고
우람한 꽃나무 되었네
아아 이젠 불이어라
가책의 바람으로도
끌 수 없느니.

김남조
2008

별

한느님
다른 별은 면해주
십시요
재주없이 시쓰는 이
형벌에 한평생 세계
절의 비바람 빗발하듯
제게 벼치나이다

김남조

김구림_{화 가}

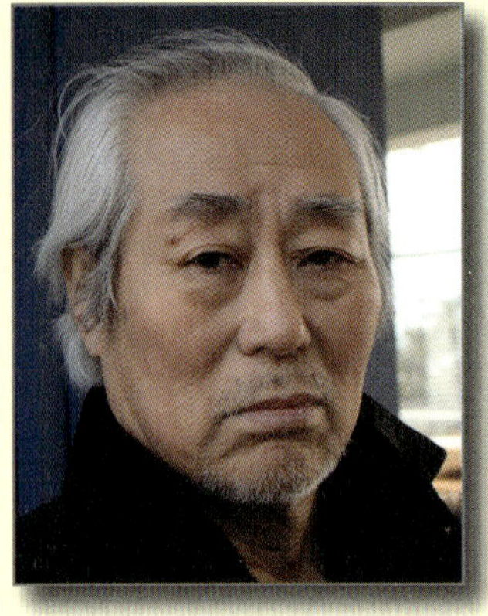

김 구림(金丘林) 화가: 1936년 대구에서 출생. 1958년부터 최근까지 국내외를 넘나들며 40여 회의 개인전을 가졌다. 주요 기획전으로는 백남준아트센터 개관전과 독일 뮌헨을 시작으로 나폴리, 상파울로를 거쳐 파리에서 순회전을 연 'Performing the City. Kunst Aktionismus im Stadt Raum der 1960er~1970er jahre'가 있으며, 국립현대미술관에서의 '한국의 행위미술', 덕수궁미술관에서의 '드로잉의 새로운 지평', 미국 찰리위쳐치 갤러리에서의 '김구림 백남준 2인전', 일본 시즈오카 현립미술관에서의 '친묵의 대화 서구와 일본의 정물화', 미국 아트센터 뉴저지에서의 '오늘의 6인' 등에 초대되었다. 2006년 이인성 미술상을 수상했으며, 저서로는 화집 <김구림>(서문당, 2000)과 <판화 컬렉션>(서문당, 2007)이 있다.

대한민국 KOREA 70
2010.7.5
41383
Kiм Kuдиг 2010

강경순 _{화 가}

강경순(姜京順) 화가: 1959년 서울에서 태어나, 동덕여자대학교 회화
과와 동 대학원을 졸업했다.
관훈미술관(1988), 갤러리보다, 최갤러리, 가진화랑 등에서 개인전을 가
졌으며, 국전과 중앙미술대전 등 많은 단체전에 참여하면서 유화 외에 판
화와 소묘작업도 병행하고 있다.

강길원 _{화 가}

강길원(姜吉源) 화가: 1962년 조선대학교 미술대학 졸업, '65 홍대 대학원 졸업, '81 파리 그랑쇼미에르에서 연수. 국전 제10, 11, 13, 14, 15, 16에서 특선 6회, 추천작가, 초대작가('75~'82), 개인전 15회. 대한민국미술대전, 목우회, 전남, 경인, 충남, 충북, 한국수채화, 금강, 인천미술대전 등 심사위원. '81 스페인 국제미술페스티벌 특별상, '99 아시아미술상, '03 충청남도 문화상, '04 옥조근정훈장 등 수상.
각종 전람회 550여회 출품. 목우회 부이사장, 한국수채화협 부회장 역임.
작품 소장처 독립기념관, 국립현대미술관, 청와대, 국무총리실 등.
현재 한국미협 상임고문, 목우회 자문위원, 공주대학교 명예교수, 현대사생회 고문.

Kang
Khiluom.

강복영 시인

강복영(姜福泳) 시인: 충북 제천 출생. 시와 비평으로 등단. 제천문학회, 남한강문학회, 산다촌 문인회 회원.

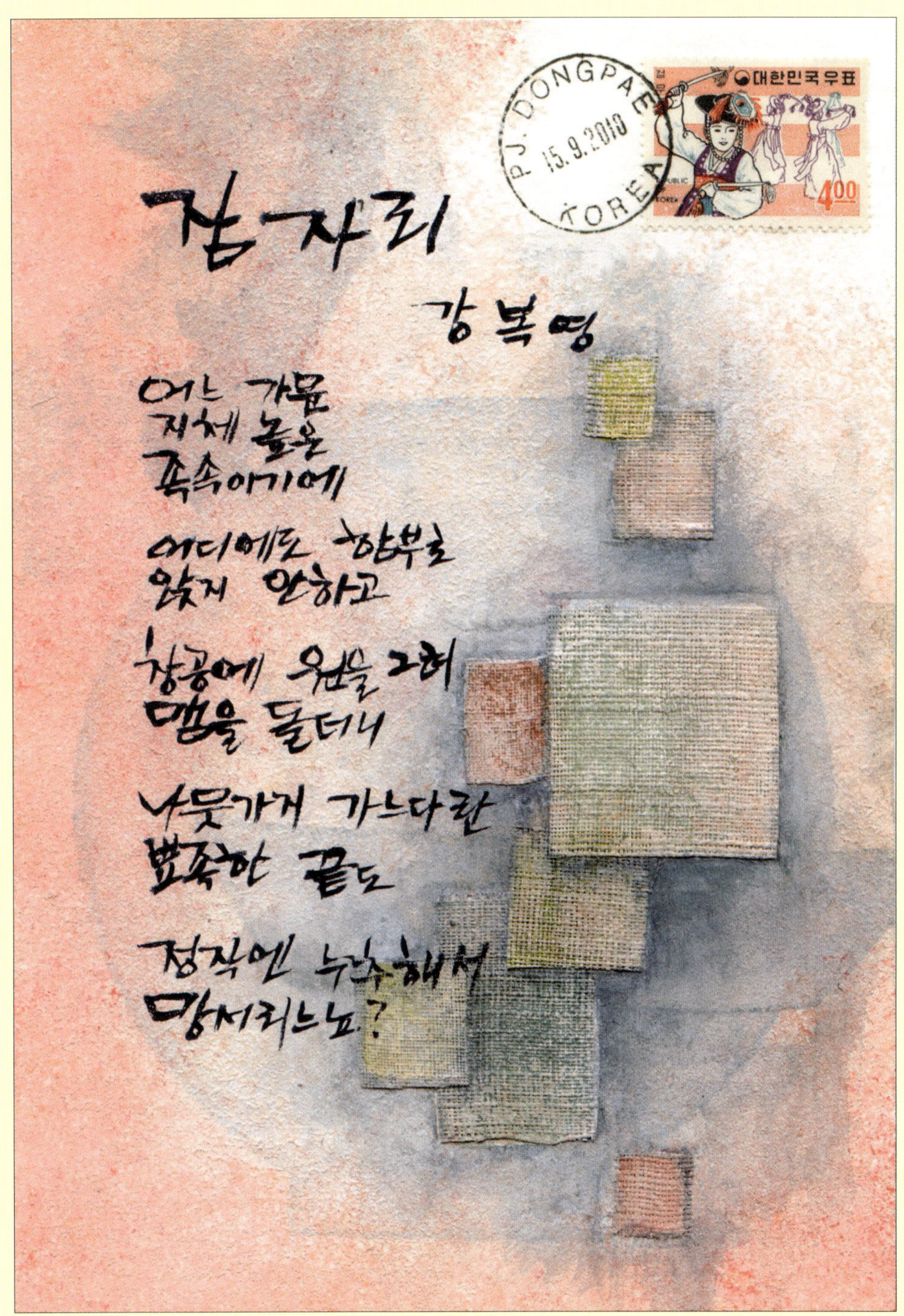
잠자리

강복영

어느 가문
지체 높은
족속이기에

어디에도 함부로
앉지 안하고

창공에 원을 그려
맴을 돌더니

나뭇가지 가느다란
뾰족한 끝도

정작엔 누추해서
망서리느뇨?

강 상 기 시 인

강 상기(姜庠基) 시인: 1946년 전북 임실 출생. 1966년 월간 종합지 '세대'와 1971년 동아일보 신춘문예로 등단. 시집으로 〈이색풍토〉, 〈철새들도 집을 짓는다〉, 〈민박촌〉, 〈와와 쫘쫘〉가 있고. 산문집으로 〈빗속에는 햇빛이 숨어 있다〉, 〈자신을 흔들어라〉 등.

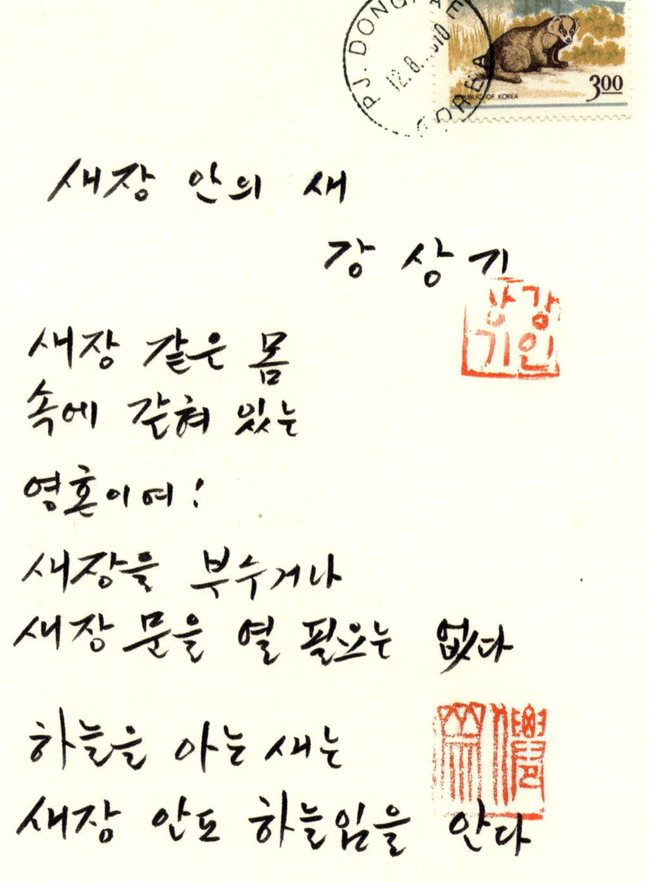

폭포

강상기

낭떠러지에서 손을 놓아버렸다
버려서 얻어진
하늘
길

강 상 우 시 인

강 상우(姜相祐) 시인: 제주에서 태어났다. 1998년 천안으로 옮겨와 천안문협에 가입하면서부터 작품 활동을 시작, 현재 천안문협 사무국장 일을 한다. 수석과 야생초를 친구 삼아, 야생초찻집 겸 삼계탕전문점으로 성업 중에 있다. 아산에 거주하면서 아산시인회 부회장과 야생초 연구회 회장으로도 활동하면서 소중한 우리 꽃 알리기에 관심을 기울이고 있다.

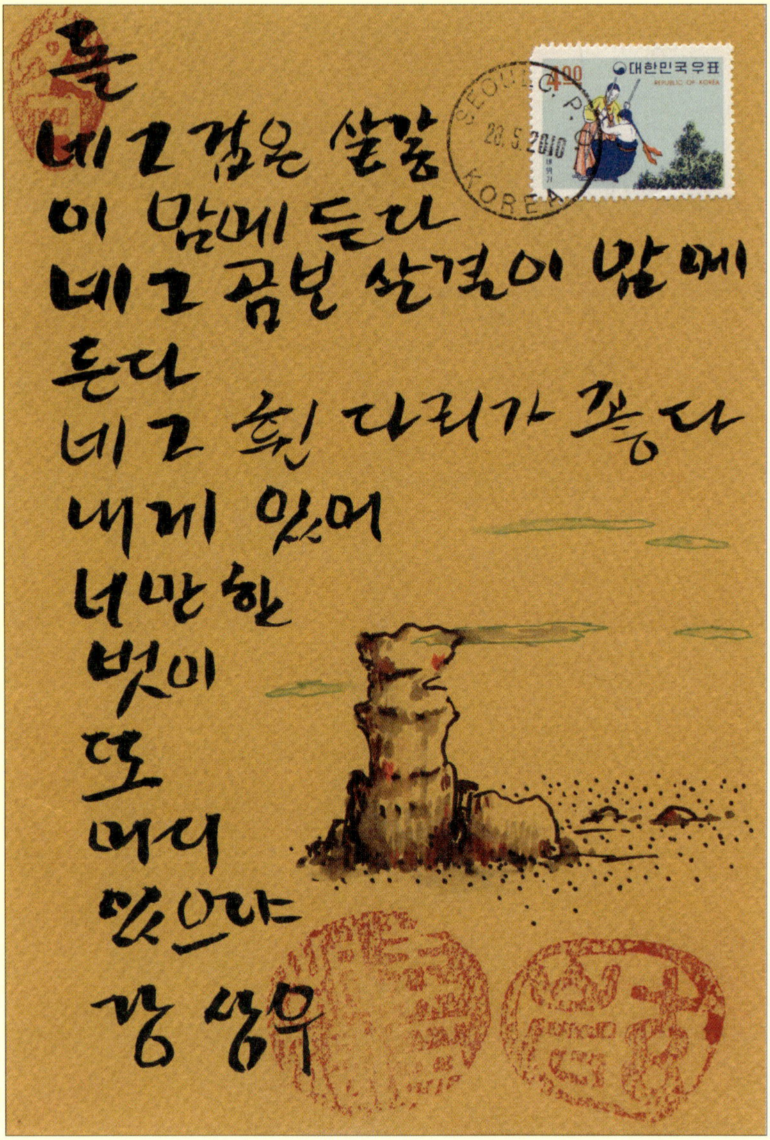

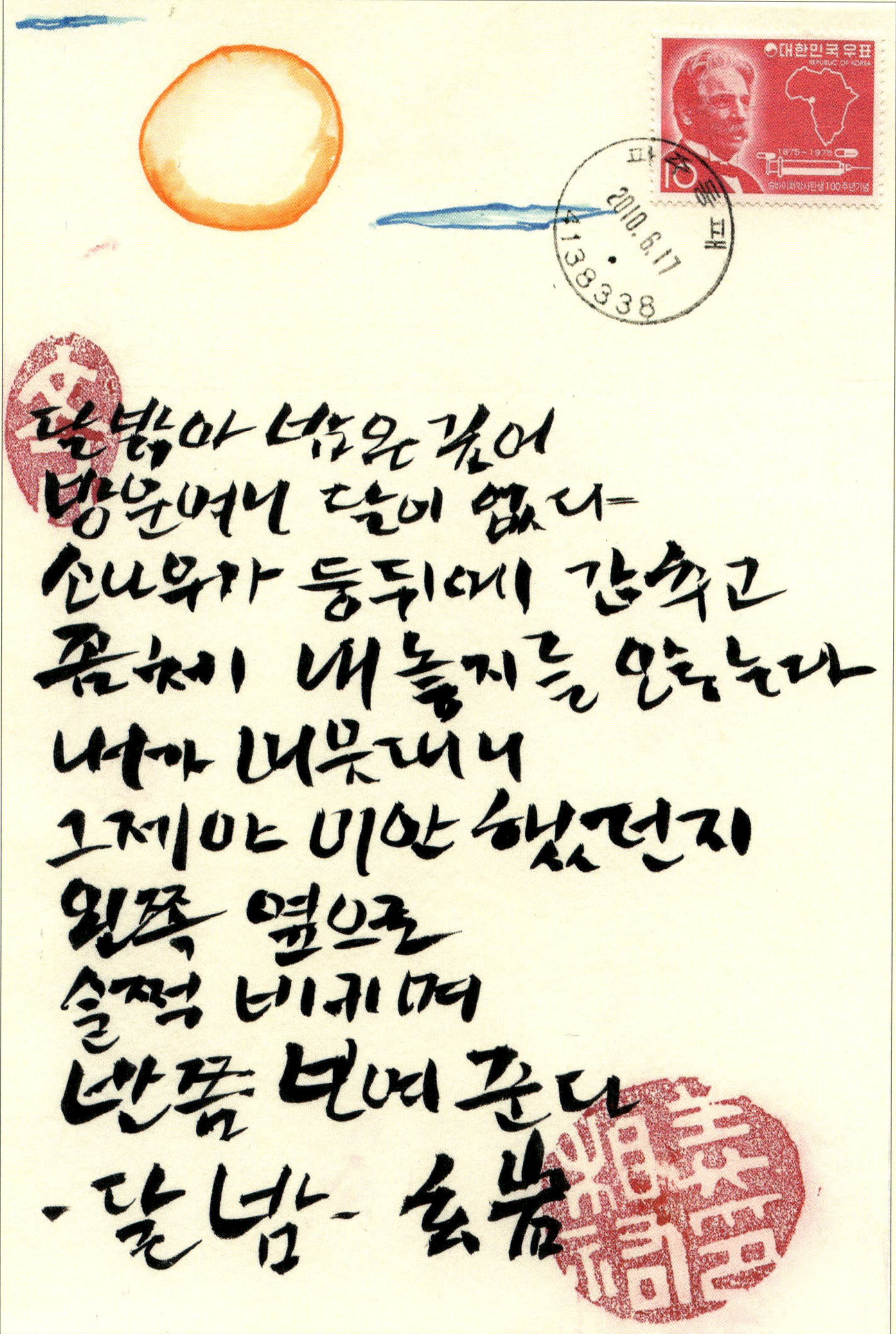
대한민국 우표
REPUBLIC OF KOREA
달님아 낚은 것어
밤운머니 잠슬이 없다
손나우가 등뒤에 간속고
좀체 내 놀지를 안눝다
내아 네못데니
그제아 미안 했었던지
왼쪽 옆으로
슬쩍 비키며
반틈 비어준다
- 달 님 -

강순아 아동문학가

강순아(姜純娥) 아동문학가: 1974년 조선일보와 대구매일 신춘문예에 동화로 당선.
한국 아동문학인 협회 이사.
경남 문학인협회 부회장, 울산 아동문학회 회장 역임.
경남문학상. 울산 문학상을 받음.
지은 책 〈비안네 방의 아이〉, 〈꼴찌로 나르는 새〉. 〈여우 손수건〉 외.

가을. 오후 3시
    강 순아

바람이   감나무 가지에   와 갔긴다.
감나무 가지는   겨드랑이를   비틀며   자지러진다.
까르르,   까르르 …….

감나무 잎이   몬 몸을 흔든다,
감나무 그림자도   흔들린다.

무수한 감나무 이파리들의   그림자가
땅 위로   곤두박질 친다.

밖에서   뛰어놀다 들어온 아이가   감나무 아래로 뛰어간다.
강아지 처럼   엉덩이를 흔들며 뛰어간다,
아이의 치마 폭에   감나무 이파리 그림자가
쏟아져 박힌다,

가을 날, 오후 3시

감나무 큰 가지에

노란 해가   걸려 있다

꽃 엽서
강 순아

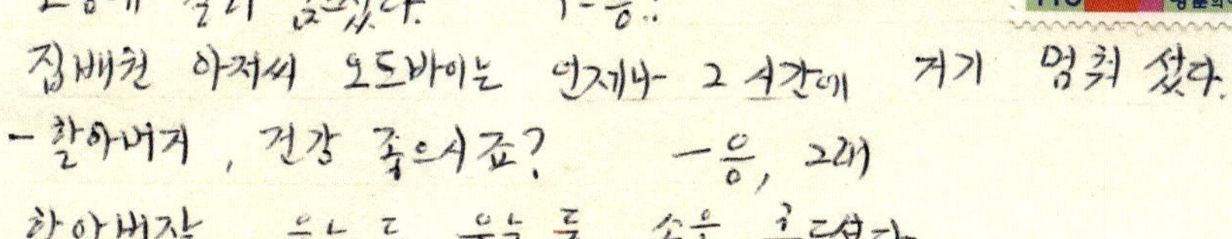

아침 열 시쯤이면 할아버지는 어김없이
토방에 걸터 앉으셨다.   부르릉!
집배원 아저씨 오토바이는 언제나 그 시간에 거기 멈춰 섰다.
— 할아버지, 건강 좋으시죠?   — 응, 그래
할아버지는 웃는 듯 우는 듯 손을 흔드셨다.

할아버지는 아내도 딸도 아들도 대장암으로 잃었다. 아들은
세상 뜨기 얼마전부터 매일 할아버지께 엽서를 띄웠다.
— 요즘 항암 치료는 잘 돼 갑니다. 어제 민영이만한 아이가
백혈병으로 제 병실에 들어왔습니다.
— 아내에게 말했습니다. 애들하고 아버지 곁에서 지내라고요
아버지는 예나 지금이나 제겐 든든한 울입니다.

아들의 엽서는 늘 한 두 줄 뿐이었다. 지난 가을 아들이 먼길 떠났다.

며느리는 오지 않았다. 애들도 오지 않았다.
할아버지는 예나 지금이나 혼자다. 그렇게 혼자 겨울은 살았다.
햇빛 찰랑대는 봄날이다
할아버지는 매일 열 시 그쯤에 토방에 나와 우두커니 앉아계신다
오늘도 집배원 아저씨는 오토바이를 멈추고 인사를 건넨다
— 할아버지 건강 괜찮으시죠?   — 으응, 괜찮아

강 원 희 아동문학가

강원희(康元喜) 아동문학가: 1953년 서울에서 태어나, 외국어대학 영어과를 다녔으며, 미주 중앙일보 미주 크리스천 문학상을 받았다. MBC 창작동화 대상, 세종아동문학상, 계몽아동문학상, 한정동문학상을 수상. 동시인 동화작가로 활동하고 있으며 인디오에 대한 관심으로 태평양을 오가며 집필에 열중하고 있다.
창작집으로는 〈바람이 찍은 발자국〉, 〈날고 싶은 나무〉, 〈아침풀잎은 눈부시다〉, 〈술래와 풍금 소리〉 등이 있다.

길모퉁이 에서

누군가 휘파람을 불었다
뒤를 돌아다보니
눈·사·람

누군가 눈사람 입에
소주병을 박았다
휘파람을 불때마다
술냄새를 풍기는
주정뱅이 눈사람

길모퉁이에
처럼 서 있었다.

강 원 희

강 행 원 _{화 가}

강 행원(姜幸遠) 화가: 1947년 무안에서 태어나, 1982년 동국대학교 대학원 미술과를 나와 화가로 데뷔하였다. 1985년 국립현대미술관 초대작가가 되어 미술대전 운영위원 및 심사위원장을 역임했다. 성균관대학교, 경희대 교육대학원, 단국대 및 동대학원 등에서 강의를 했고 민족미술협회 대표, 참여연대 자문위원, 가야미술관 관장을 지냈다. 1993년 권일송 선생 천료로 문단에 나와 시집 〈금바라꽃 그 고향〉, 〈그림자 여로〉 등을 냈으며, 저서에 〈문인화론의 미학〉(서문당)이 있다.

물주는
물은 물인데
빗장이 없는 물이로고 …
이천 십년 여름
강 행 원
강행원

강희동 시인

강희동(康熙東) 시인: 1959년 경북 안동 출생. 1998년 <기억 속에 숨 쉬는 풍광 그리고 그리움>이라는 시집으로 등단 작품 활동. 현대시인 협회이사, 경기시인협회이사, 한국문인협회, 과천문인협회, 글밭동인. 한국 민족문학 우수상(1998), 율목문학상(2005), 경기문학인상(2005) 수상. 시집으로 <기억 속에 숨쉬는 풍광 그리고 그리움>, <손이 차가워지면 세 상이 쓸쓸해진다> 등.

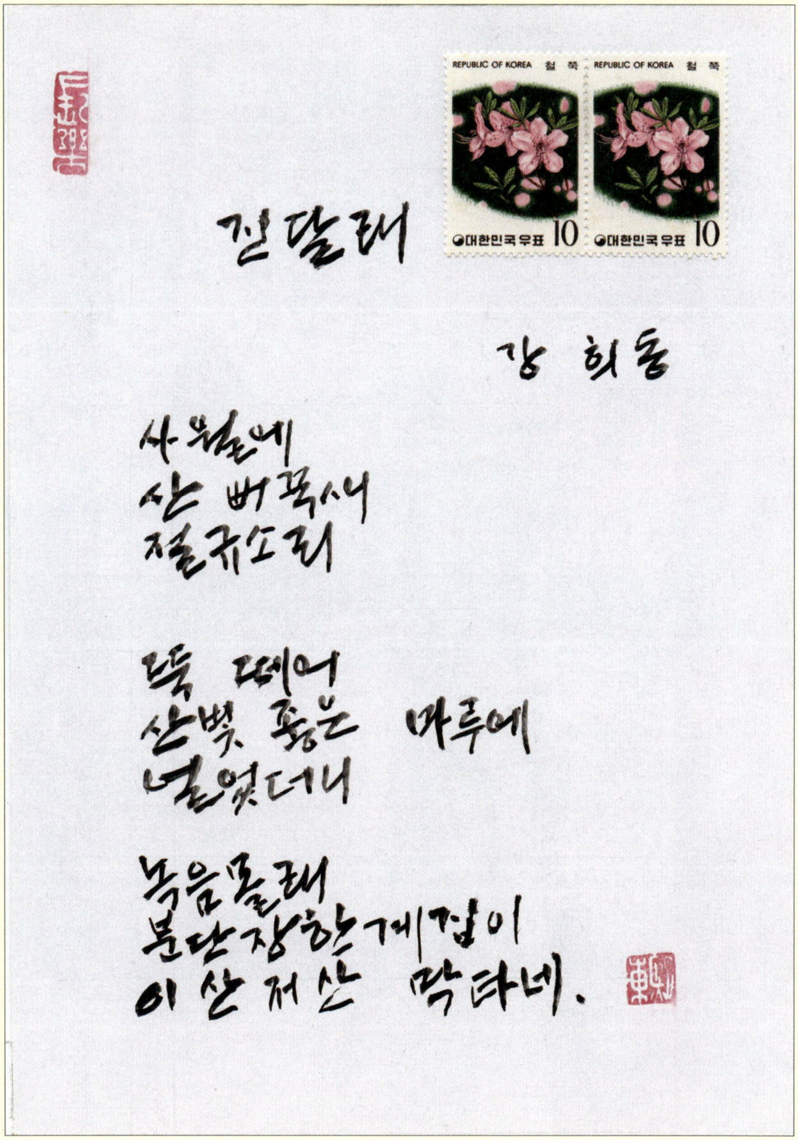

진달래

강 희동

사월에
산 뻐꾹새
절규소리

둑 떼어
산빛 좋은 마루에
널었더니

녹음몰래
봄단장한 계집이
이 산 저 산 맥타네.

시 인

좋은 제품을 때리며
청아한 소리도 한다.

누군가 때리는 자 있어
소리로 살아 꿈이 되었다.

맞을수록 넘치고 번져
오래 맴도는 여운

나 누구에게 예배당 종처럼 맞아
청아한 제소리 낼수 있을까

스스로의 울음으로 날아 가
미몽을 깨우는 종소리 될수 있을까.

이천십년 팔월 강희동
詩 짓고 쓴다.

강 희 수 _{화 가}

강희수(姜熙守) 화가: 상명대학교 미술교육과를 졸업하고 4회의 국내외에서의 개인전과 130여회의 단체전 및 기획초대전에 참여하였으며, 경인미술대전 운영위원을 역임하였고 현재는 부천미술협회 서양화 분과 이사, 부천현대작가회, 부천여성미술회 및 가톨릭미술인회에서 활동 중이다.

고기범 _{화 가}

고 기범(高基範) 화가: 1983년 도원미술전을 시작으로 11회의 개인
전 및 300여회의 단체전과 초대기획전에 참여하였고, 2009년 올
해의 작가상에 선정 됨. 대한민국 미술대전 심사위원 및 경기, 행주, 경
향미술대전에서 심사위원을 역임.
현재 한국미협, 인사동 475번지, 해랍회, 그룹 '농' 전 회원. 경기미술대
전 초대작가, 경인미술대전 초대작가 및 부천미술협회 자문위원으로 활
동 중이다.

2010 ㄱ기대남

고노 에이지 한국문학평론가

고 노 에이지(鴻農映二) 한국문학평론가: 일본인. 동국대학교 국문과 졸업. 1982년 '현대문학' 천료. 국제대학, 한국외국어대학, 상명대학, 다꾸쇼쿠대학 강사 역임. 저서 <한국고전문학> 편역 등. 현재 '창작21' 편집위원.

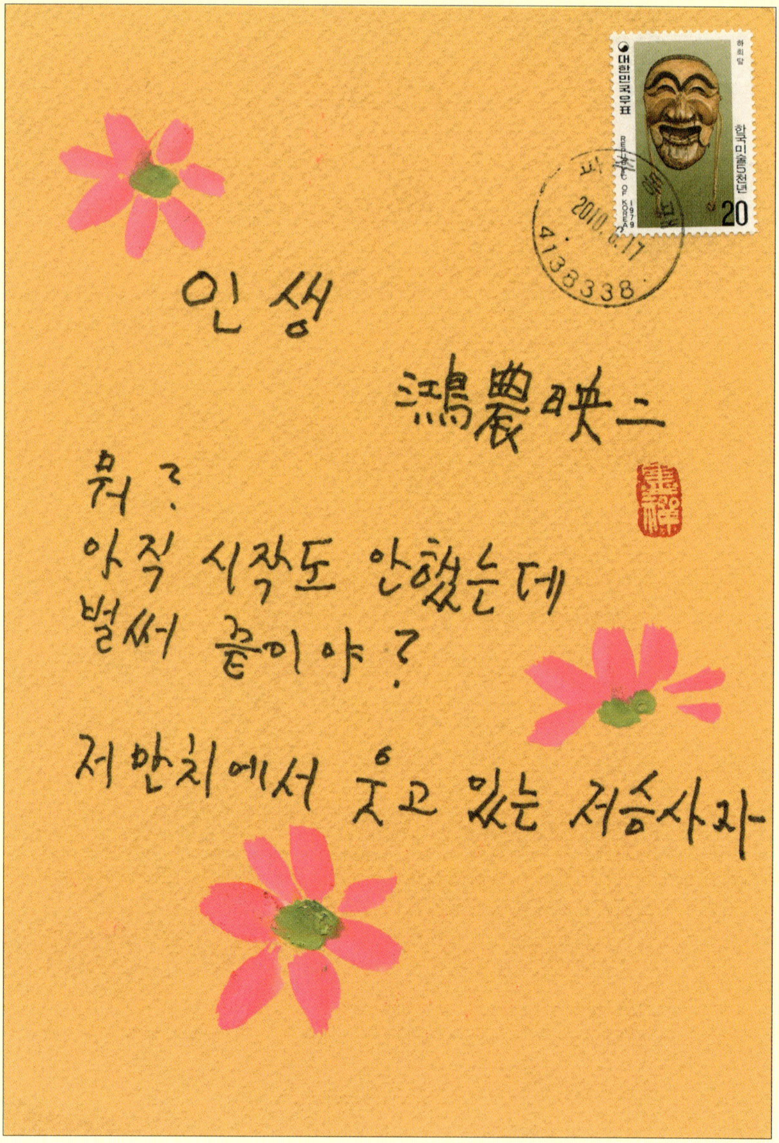

인 생

鴻農映二

워 ?
아직 시작도 안했는데
벌써 끝이야 ?

저 만치에서 웃고 있는 저승사자

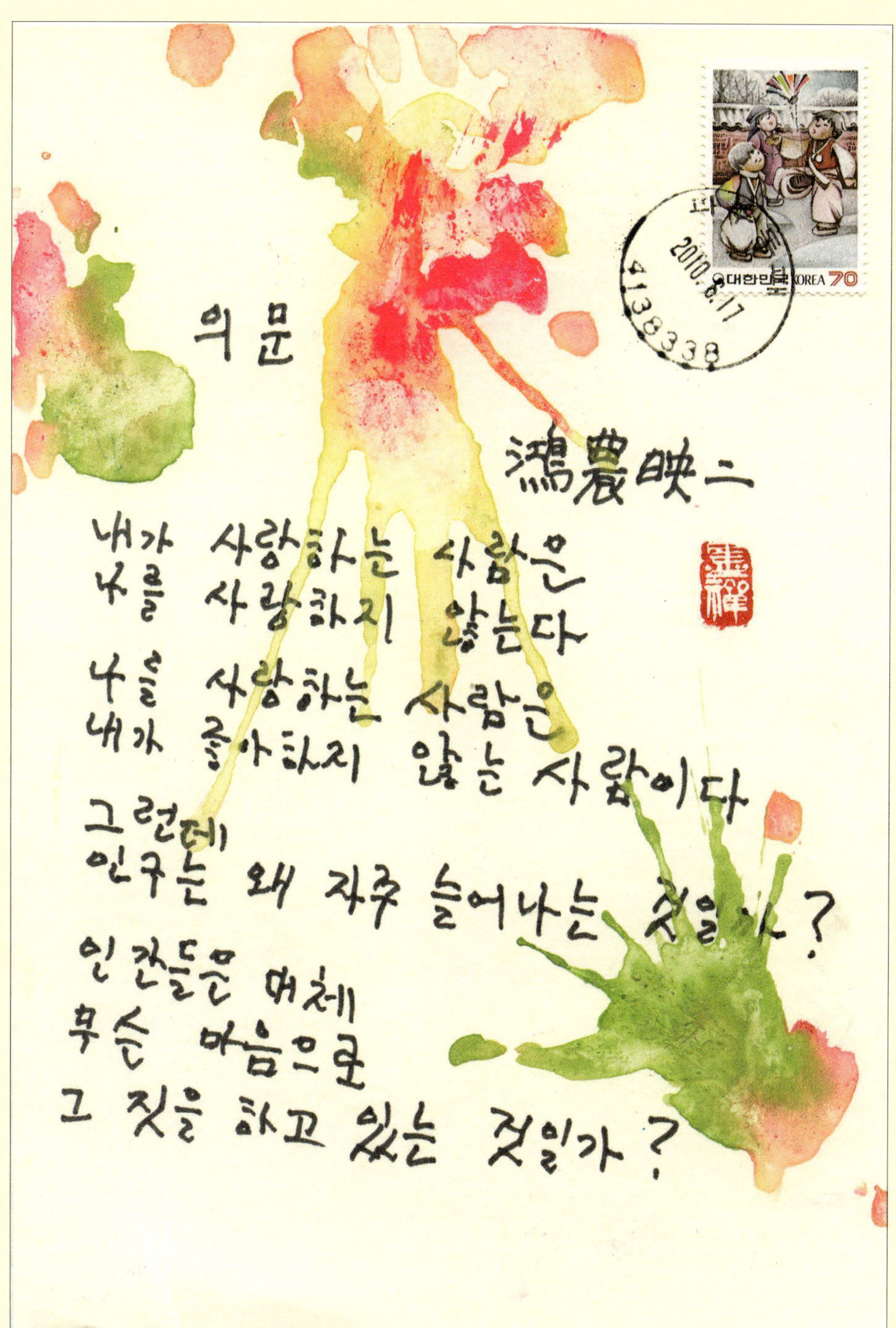
의문

鴻農映二

내가 사랑하는 사람은
나를 사랑하지 않는다
나를 사랑하는 사람은
내가 좋아하지 않는 사람이다

그런데
인구는 왜 자주 늘어나는 것일가?

인간들은 대체
무슨 마음으로
그 짓을 하고 있는 것일가?

고 민 지 　시 인

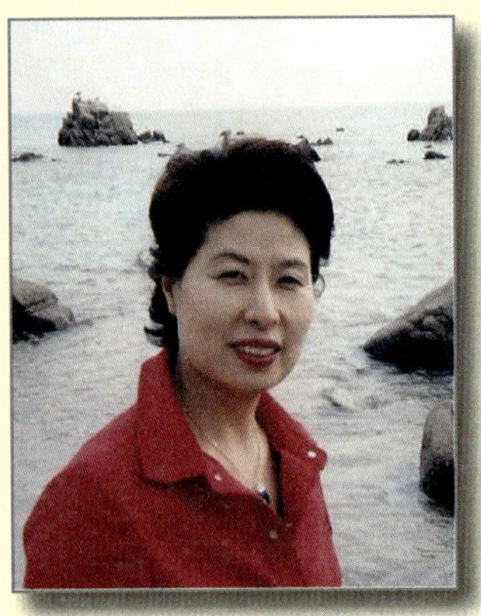

고 민지(高旻志) 시인: 1997년 '한맥문학' 추천으로 등단. 인사신문 편집국장, 멀티포엠 방송 이사, 농민문학 사무국장 등 역임. 현재 한국문인협회 회원, 서울시낭송클럽 이사, 한국문학예술 운영위원, 서울 시정일보 편집부국장. <숨은 그림 찾기>, <해가 솟는다>, <똑똑한 돌>, <노루목 구절초>, <연꽃들의 속삭임> 등의 동인지에 참가하였음.

섬 진 강

고 민지

매화 마을에
꽃 따라 붉고
꽃잎에 봄이 젖는다
재첩 빛깔
섬진 강물 위로

하얗게 부서져 떠가는
저 꽃잎들은
어디로 흘러가는가
영혼을 적시는 향기만
바람에 날리고 있다

1980·KOREA
2010. 6. 3
30

명상
고 민지

심장 뛰는 소리
숨결 고르는 소리
우리의 몸속에는
생명의 리듬이 있다
내 안에 깨긴 호흡이
리듬을 타고 흐른다
보일 듯이 돌아나는
생각을 지우니
고요하다.

고 형 렬 시 인

고 형렬(高烱烈) 시인: 1954년 강원 속초시 출생.
1979년 '현대문학'으로 등단.
계간 '시평' 주간, 명지전문대학 문예창작 겸임교수.
수상경력 – 대한민국 문화예술상, 2006년 제2회 일연문학상.
시집으로 <대청봉 수박밭>, <해청>, <사진리 대설>, <성에꽃 눈부처>, <김포 운호
가든집에서>, <밤 미시령> 등과 장시집 <리틀보이>, 동시집 <빵 들고 자는 언니>
등이 있다.

한 없는 금속의 물방울수레바퀴를 타면서, 한없이
고개를 넘으면서 다른
　꿈이 되어 다른 몸이 되고 다른 마음이 되면서
　다른 시간 속을, 찾아볼 수 없는 망각 속에서
그리고
　그리고, 어떻게 문장을 이어가야 할지 나도
몰라
　다른 계절 속에서 음, 그리고 또 노래가 되고,
물이 되고, 공기가 되면서
　넌 알리? 난 이제 너를
　가르치지 않을 거야

　　　　　　　　– 「랑함성에 대한 궁겁의 시」 부분
　　　　　　　　　　고 형 렬

고 형 렬

청봉이 어디인지. 눈이 펑펑 소청봉에

내리면 이 여름밤

    나와 함께 가야 돼. 상상을 알고 있지

    저 큰 산이 대청봉이지.

    끔직끔직한 꿈 같은 수박

    알지. 와선대 비선대 귀면암 뒷길로

        다시 양폭으로, 음산한 천불동

        삭정이 뼈처럼 죽어 있던 골짜기를

지나서

    그렇게 가면 되는 거야. 너는 길을 알

고 있어

            「大靑峯 수박밭」 꼬부

곽홍탁 서예가

곽홍탁(郭洪鐸) 서예가·환경교육자: 1946년 경북 달성군 현풍에서 출생. 대구 가톨릭대학교에서 이학박사 학위(1995), 영남대학교에서 보건학박사 학위(2010)를 취득. 대구환경교육연구회장으로 환경교육홍보단 감사(환경부)로 활동. 현재 영남대학교 환경공학과 강사. 2003년 환경교육 공로로 대통령 표창 수상. 2007년 12월 교직 36년의 정년퇴임 기념회고전·소장전(동아미술관 기획초대전). 1980년 홍강 이봉호 선생의 지도 입문 하였으며, 제1회 한국서예대전에 입선(1989년), 현재 미협 회원.

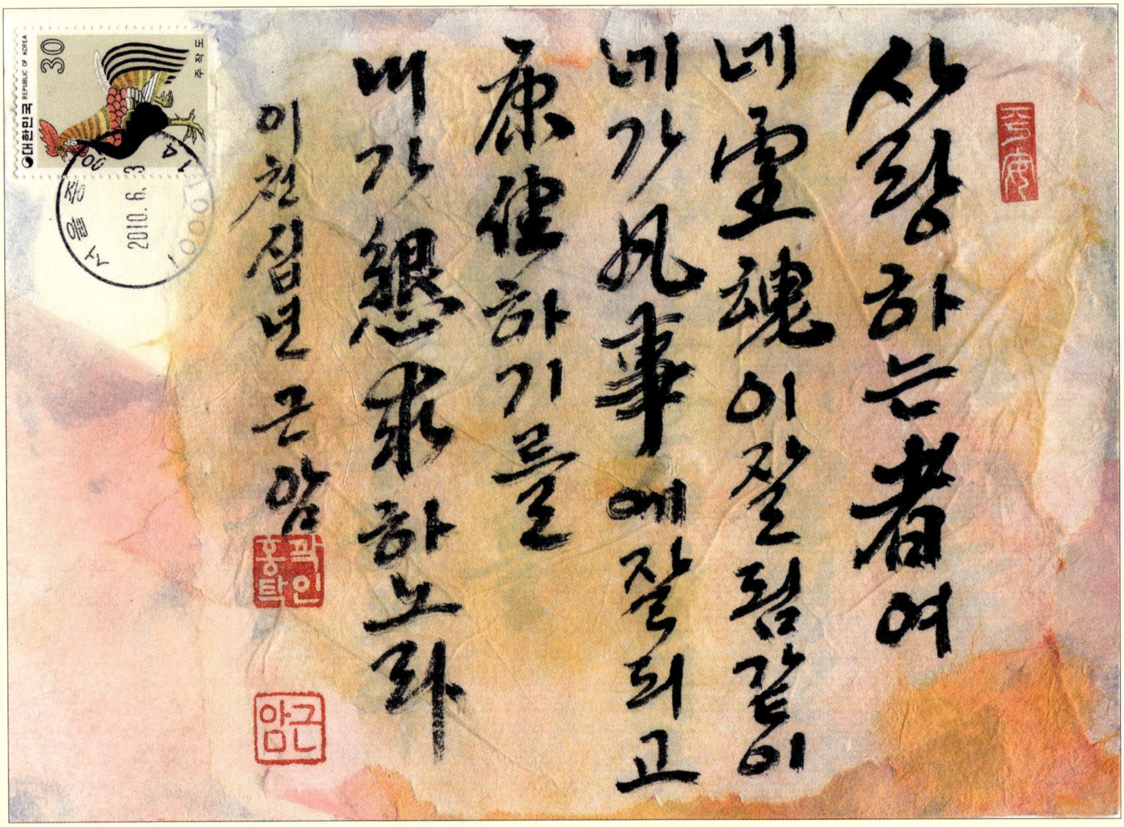

구병규 화 가

구병규(具兵奎) 화가: NYAF 뉴욕 세계미술 소통 展 초대(뉴욕24갤러리)
韓·中 서화 예술전 초대(요녕성미술관), 2009 신춘기획 초대전(라메르 갤러리), 아시아 국제 살롱전(서울 미술관), 숭례문 복원기금 마련전(국회의사당 전시관), 한국미술 유명작가 초대전, 제3회 미술인의 날 후원전(한가람미술관), New York-Seoul Art Fastival(한미예술교류전), 서울미술협회전(서울 시립미술관 별관), 한국미술협회,성동미술협회, 현대사생회전, 일맥전 외 다수
현재 세계여성아트페스티벌 한국미술대전 운영위원, 한국미술협회 성동지부미술협회 회장, 서울미술협회 이사, 현대사생회 부회장, 일맥회 고문, 전업작가.

不蜂役
人為事
蜂事
호수공원
2010. 9. 2
대한민국 KOREA 1996
150

구 연 주 화 가

구연주(具宴住) 화가: 경희대학교와 동 대학원에서 미술을 전공하였고, 강사를 역임하였다. 1978년 앙데빵당전을 기점으로 작품 활동을 시작한 이래 두 번의 개인전과 100여 회의 초대전에 참여 하였다. 에포크와 이후전, 사이전 등의 그룹 활동에도 적극적이었으며, 그 중에서 공동 작업이라는 새로운 표현 방법으로 현실 문제를 표현한 사이전은 대단히 큰 주목을 받았다. 특히 그는 조선시대 궁궐 조형물에 깊은 관심을 갖고 연구를 거듭하여 좋은 성과를 얻어 내었다. 그의 최근 작품은 이러한 연구 과정에서 얻어진 것으로서 전통적 조형미와 철학적 특징을 함축하여 표현하였다는데 큰 의미가 있다.

권 여 송 _{화 가}

권여송(權餘宋) 화가: 영남대학교 미술대학 서양화과 및 동대학원 졸업. 개인전 11회 (대구, 서울), 대구여류작가의 오늘 & 방향전 초대(e-갤러리), 꽃향기전(인터불고호텔)2010 미술과 비평:제1회 선정작가상 (서울시립미술관 2009), 제2회 선정작가상 (서울시립미술관 2010) 블루칩 아티스트초대전 (서울 신상갤러리)2010, 대구아트페어 (2009년) EXCO, 예술.공간을 점령하다전 (KT&G), 동아미술관기획초대전 (봄·꽃향기전), 구상회화제 (시민회관), 청년작가회전 (문화예술회관), 도시디자인프로젝트전 (문화예술회관), 영호남교류전 (문화예술회관) 남부현대미술제 (단원미술관), Digital Art TexModa (경북대미술관), 청백여류화가회전(수성아트피아) 현재 한국미술협회, 현대미술가협회, 청백여류화가회 회원.

   * 까세 육필 시화집

권오훈 아동문학가

권오훈(權五勳) 아동문학가·시인: 1937년 강원도 강릉 오죽헌에서 출생. 강릉사범학교 졸업. 월간문학을 통해 문단에 데뷔. 우리나라 동시문학상, 한정동 아동문학상, 김영일 아동문학상, 대한민국 국민훈장 석류장을 수상하였으며 동시집 〈해뜨는 집〉, 〈청개구리의 달〉 외 다수와 시집 〈달무리로 들어간 새〉가 있다. 현재 한국동시문학회 자문위원으로 여러 문학 단체에서 활동하고 있음.

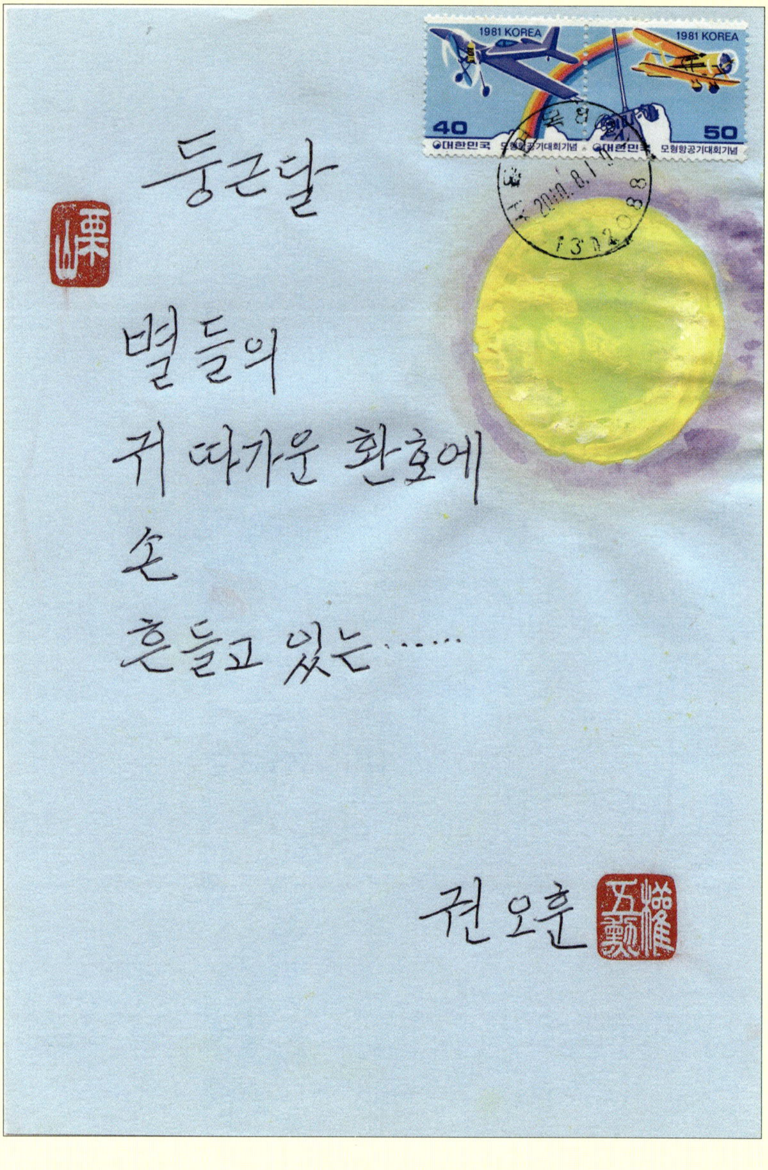

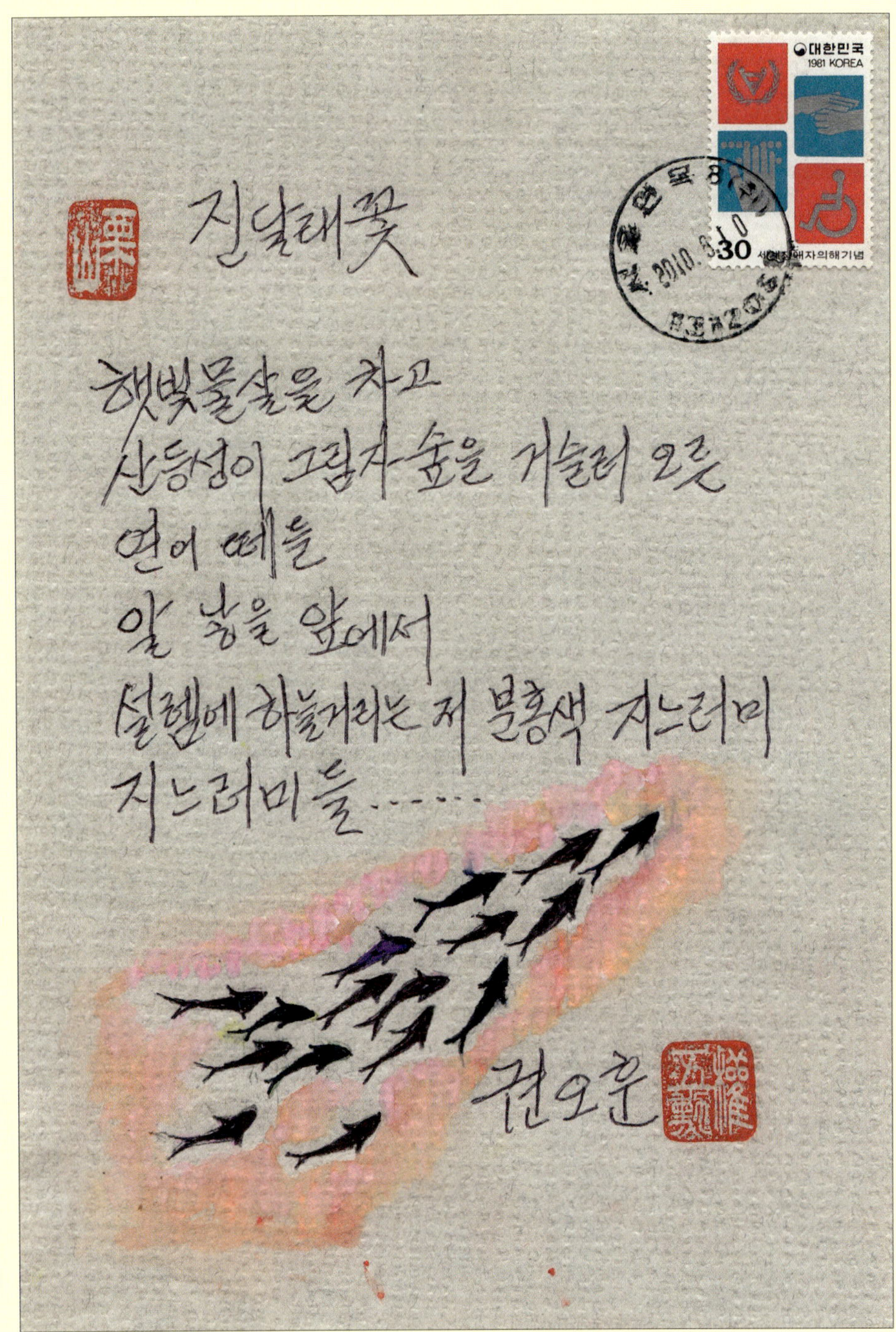
진달래꽃

햇빛 물살을 차고
산등성이 그림자 숲을 거슬러 오르는
연어 떼를
알 낳을 앞에서
설렘에 하늘거리는 저 분홍색 지느러미
지느러미를……

권오춘

권 천 학 ^{시 인}

권천학(權千鶴) 시인·소설가: '여원'에서 단편 <모래성>이 당선되고, '여성중앙'에 단편 <끊임없이 도는 풍차>가 당선되었으며, '현대문학'에서 시로 등단. KBS, SBS 등에 드라마 <저녁노을 붉은 꽃>, <끈> 등 당선.
서울신문, 관악문화일보 칼럼니스트, 논설위원 역임, 한국전자 문학도서관의 웹진 <블루노트> 발행(2002~7년), 하버드대학교 주최 세계번역대회에서 시 $<2H_2+O_2=H_2O>$ 외 16편으로 우승(2007).
저서로 첫시집<그물에 갇힌 은빛물고기>, 백제 테마 시<청동거울 속의 하늘>, 나무 테마 시 <나는 아직 사과씨 속에 있다> 등 7권.

안 개

조금만 당겨서게
나무가 나무로
바귀가 바귀로, 그리하여
숲이 되듯이
나, 여기 한떨기 꽃으로
그대, 저만큼 한무리 그리움으로

그냥 그렇게. 그러나

무림하려는 말게
　　　- 권천학의 「안개」 중에서
　　　2010. 여름

권현형 시 인

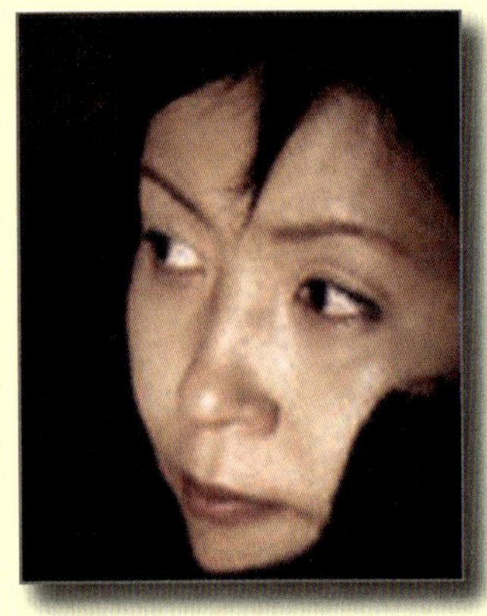

권현형(權炫衡) 시인: 1966년 강원도 주문진 출생.
1995년 '시와 시학'으로 등단.
시집으로 <중독성 슬픔>, <밥이나 먹자, 꽃아> 등.
경희대학교 대학원 박사과정 수료.
제2회 미네르바 작품상 수상.

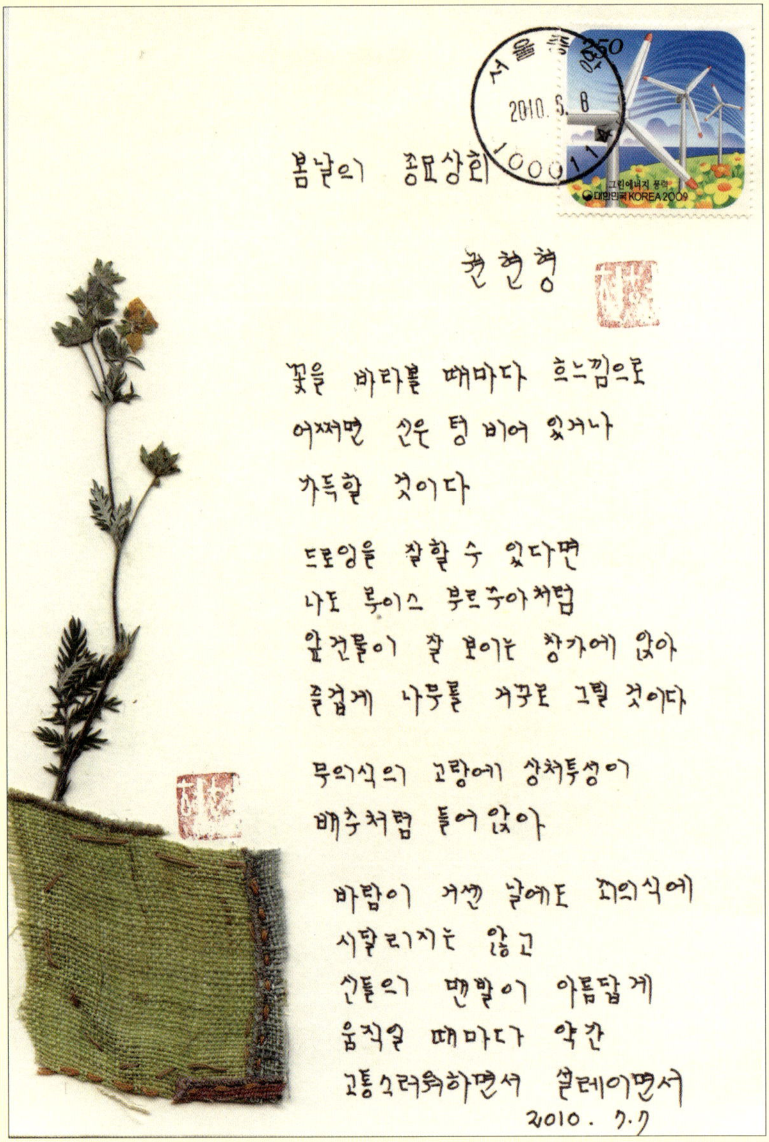

봄날의 종묘상회

권현형

꽃을 바라볼 때마다 흐느낌으로
어쩌면 선은 텅 비어 있거나
가득할 것이다

드로잉을 잘할 수 있다면
나도 루이스 부르주아처럼
앞건물이 잘 보이는 창가에 앉아
즐겁게 나무를 거꾸로 그릴 것이다

무의식의 고랑에 상처투성이
배추처럼 들어앉아

바람이 거센 날에도 무의식에
시달리지는 않고
산들의 맨발이 아름답게
움직일 때마다 약간
고통스러워하면서 설레이면서
2010. 7.7

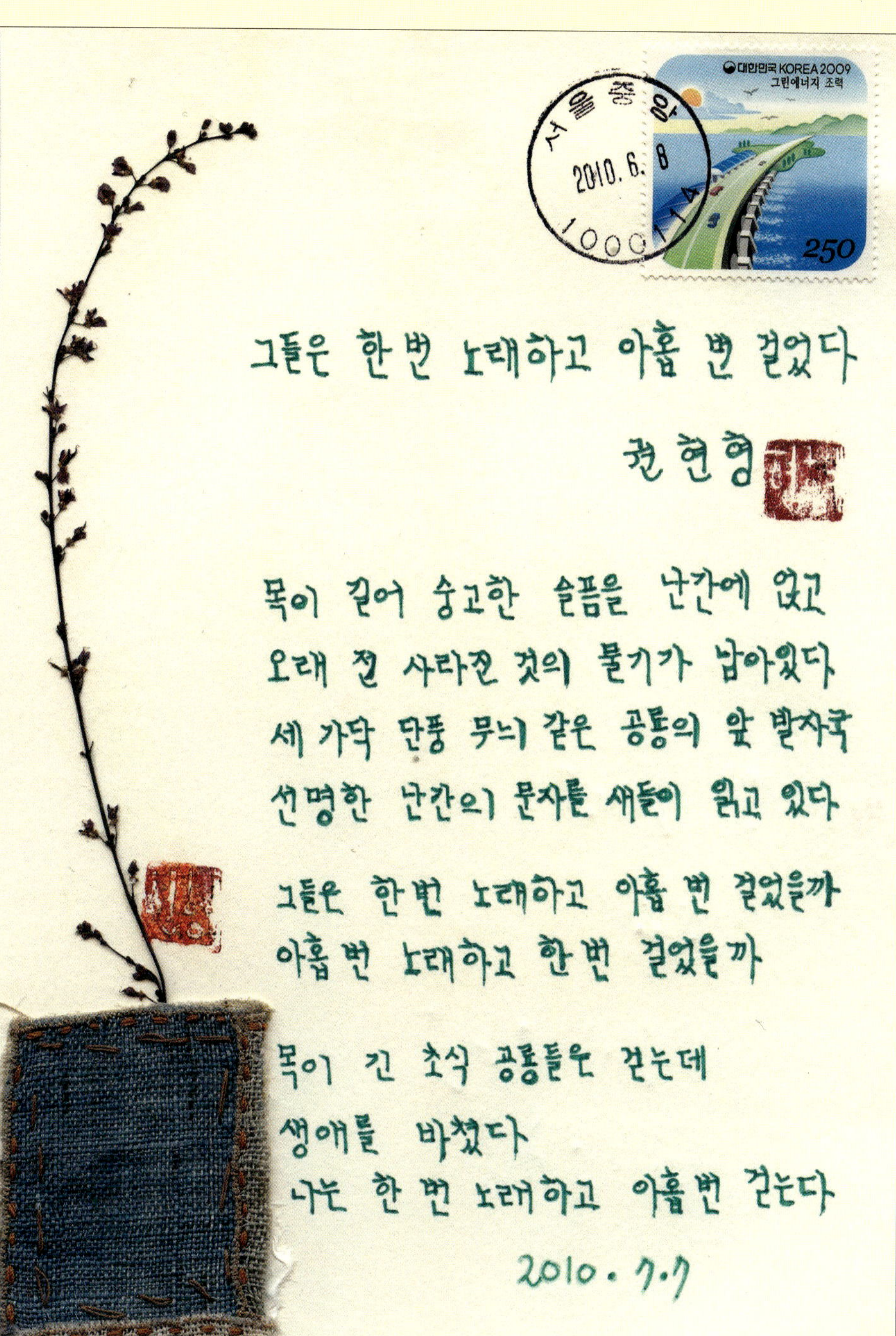

그들은 한 번 노래하고 아홉 번 걸었다

권현형

목이 길어 숭고한 슬픔을 난간에 얹고
오래 전 사라진 것의 물기가 남아있다
세 가닥 단풍 무늬 같은 공룡의 앞 발자국
선명한 난간의 문자를 새들이 읽고 있다

그들은 한 번 노래하고 아홉 번 걸었을까
아홉 번 노래하고 한 번 걸었을까

목이 긴 초식 공룡들은 걷는데
생애를 바쳤다
나는 한 번 노래하고 아홉 번 걷는다

2010 . 7 . 7

김 경 식 시 인

김 경식(金慶植) 시인: 1960년 충북 괴산에서 출생, '조선문학'에서 시로 등단.
현재 한국시문학연구소장, 국제펜클럽한국본부 감사, 사색의 향기 작가회 회장.
서울문화재단 사색의 향기 문학기행을 포함하여 문학기행 300여회.
시집으로 <새벽길 떠나며>, <논둑길 걸으며>, <괴산에서> 와 기행문집으로 <사색의
향기 문학기행>이 있음.

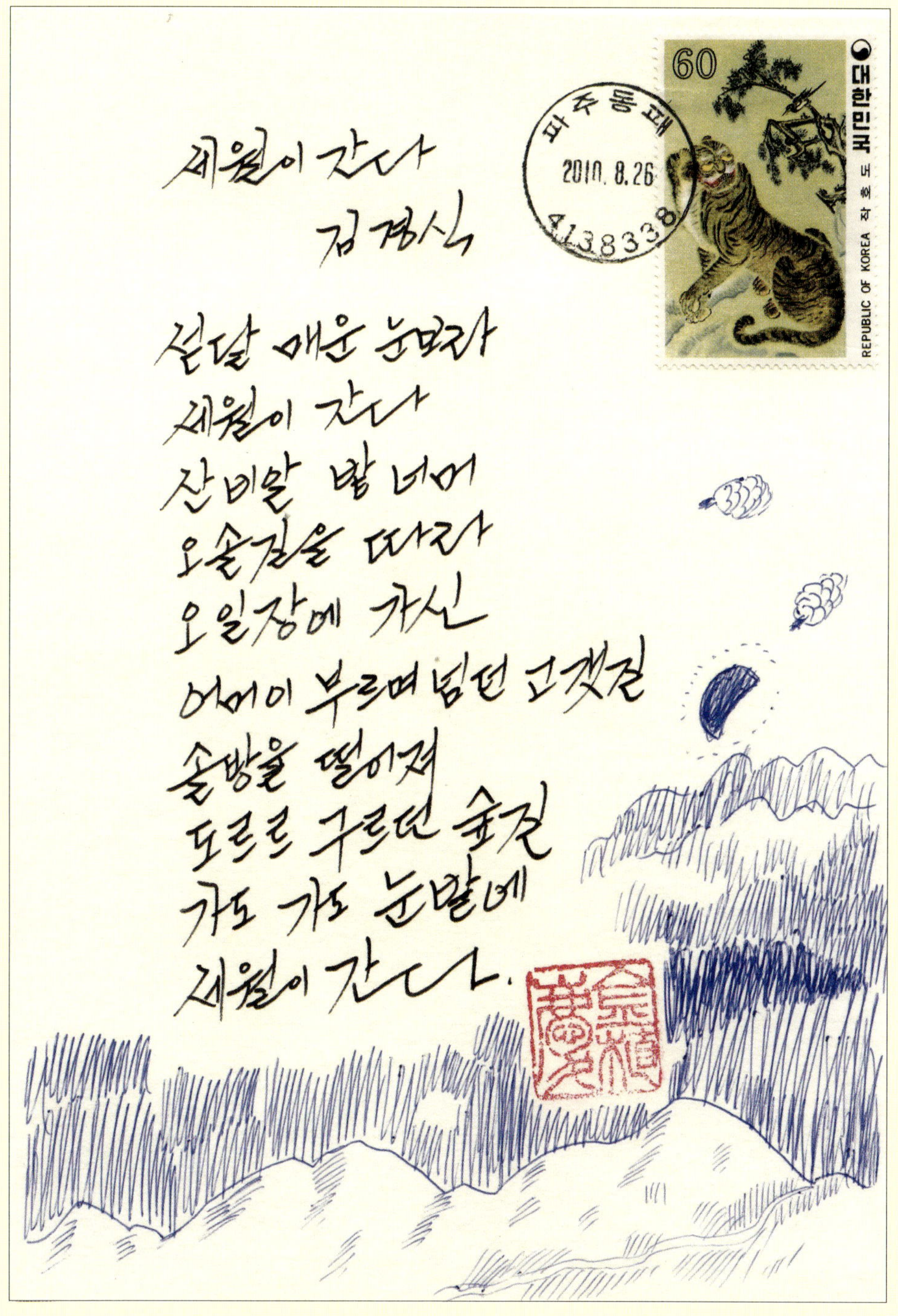

세월이 간다
김경식

섣달 매운 눈보라
세월이 간다
산비탈 밭 너머
오솔길을 따라
오일장에 가신
어머이 부르며 넘던 고갯길
솔방울 떨어져
도르르 구르던 숲길
가도 가도 눈밭에
세월이 간다.

김경은 _{화 가}

김 경은(金京恩) 화가: 이화여자대학교 미술대학 회화과 졸업.
개인전 3회(풍경갤러리–서초동, 갤러리 신상, 미국 UN본부
Flushing Gallery 등). 한일교류전, 기독미술전, 한국 미술인 선
교회 회원전 등 다수의 그룹전과 단체전에 참가. 한국 신상 미술
대전 초대작가, 한국미술인 선교회, 국제문화개발원, 국제예술가
협회, 한국풍경화가회 회원.

김금수 _{화 가}

김 금수(金錦壽) 화가: 대한민국미술대전 입선 1회 특선 2회. 중등학교 교사 역임, 개인전 4회.
서울교원미술대전 대상, 문공부장관상 수상(1974).
한국현대미술작가초대전, 신미술대전추천작가전, 독일 괴테문화원초대전, 파리문화원초대전, 한국여성작가회 100호전 등 다수 출품.
현재 한국미술협회, 한국전업작가회, 강남미술가협회, 서울아카데미회, 대한민국회화제, 상현전 회원, 한국여성작가회 부회장.

2000 - KEUM SOO

김기복 화 가

김 기복(金基福) 화가: 홍익대학교 서양화과 졸업.
강원현대작가회 창립, 현재 원주미협, 강원미협 자문위원.
강원미술대전 초대작가, 신미술대전 초대작가, 한국 전통문화
예술진흥회 초대작가.
원주한지후원회 운영위원, 국제미술교류회 자문위원, 현대미술
조형연구소, 원주인동예인회 고문.

김난옥 _{화 가}

김 난옥(金蘭玉) 화가: 경희대학교 교육대학원 졸업.
개인전 7회(2003~2010년), 조선일보 갤러리 외 초대전 40여회,
국내외 단체전 150여회. 2004년 대한민국 미술대전 특선, 2003년 목
우회 입선 특선, 1997년 일본수묵회 공모전 입선 및 우호상.
대한민국 미술대전, 전남도전, 서예진흥협회, 환경실천연합 심사.
도솔미술대전 심사위원장 역임. 수필집으로 <마스카라 머리에 칠하고>.

    까세 육필 시화집

김 남 민 _{화 가}

김 남민(金南民) 화가: 홍익대학교 미술학사, 예일대학교 석사.
개인전 2010년 Mystic Vessels(신상갤러리), Rainbows(신상갤러리),
Sky City 2(신상갤러리), HBH(신상갤러리). 2009년 Sky City 1(총신대학교).
2008년 Serving 4 One(서호갤러리), Spiritual Journey(예일대학교). 2005
년 Cross-cultural Trip(드루대학교). 단체전 국내외 참가 다수, 한국미협,
CAA and AAR(USA) 회원.

NOMINEE KIM, Impossible Possibility, 18.5 x 22cm, 2005
Chinese ink on Magazine

Nominee Kim, Sacred and Profane,   20 x 27.5 cm, 2006

김녹촌 동시인

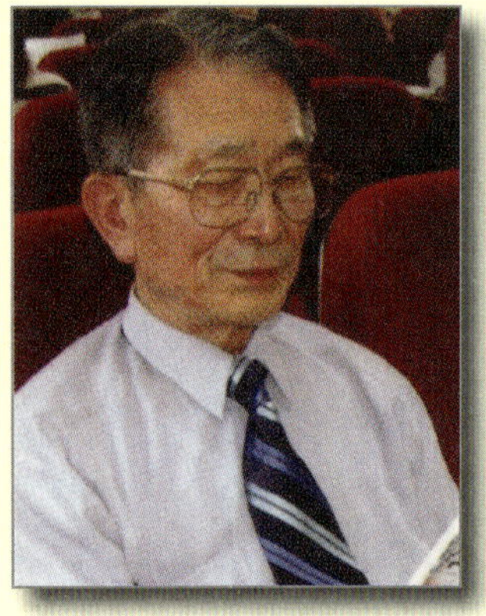

김녹촌 본명 김준경(金浚璟) 동시인: 1927년 전남 장흥에서 출생. 광주사범 졸업, 초중고등학교에서 45년간 교직에 종사.
1968년 동아일보 신춘문예 동시 당선, 1977년 세종아동문학상, 1987년 대구 시문화상, 1999년 대한민국 동요대상 수상.
동시집으로 <소라가 크는 집>, <태백산 품속에서>, <진달래 마음>, <꽃을 먹는 토끼>, <한 송이 민들레야> 등 10여 권과 수필집 <토함산 노랑 제비꽃>과 시 쓰기 이론서로 <어린이 시 쓰기와 시 감상 지도는 이렇게> 등 여러 권이 있음.

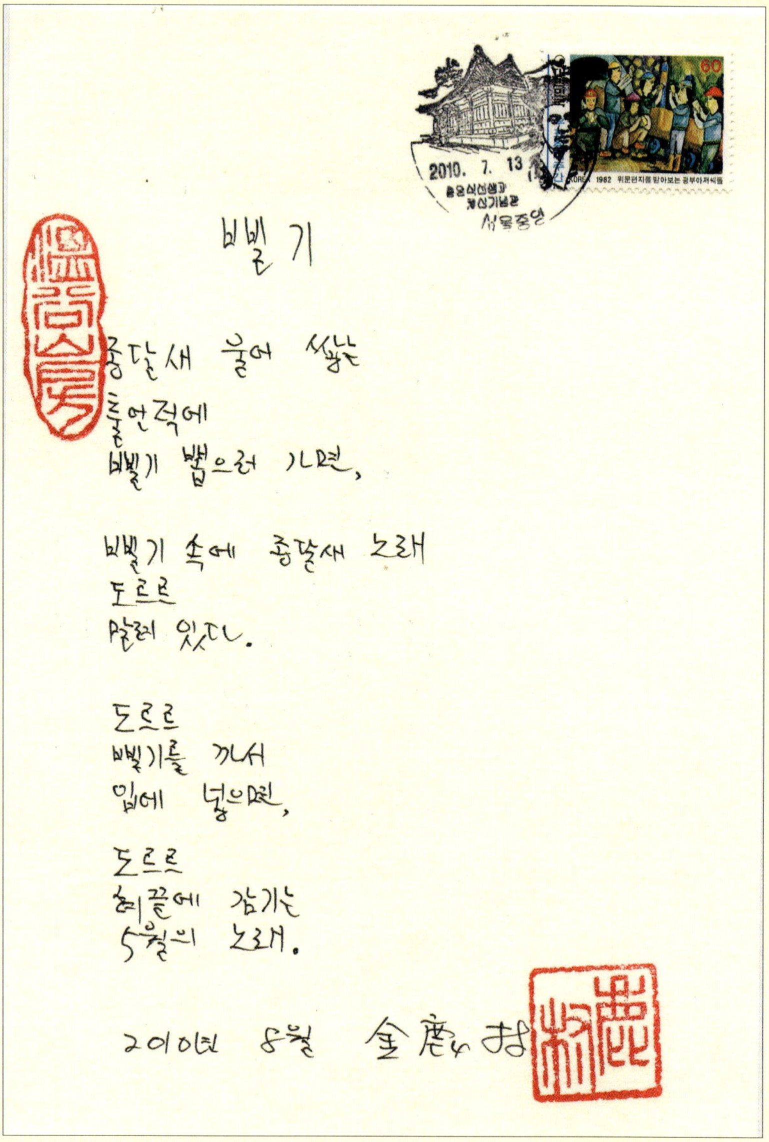

삘기

종달새 울어 쌓는
들언덕에
삘기 뽑으러 가면,

삘기 속에 종달새 노래
도르르
말려 있다.

도르르
삘기를 까서
입에 넣으면,

도르르
혀끝에 감기는
5월의 노래.

2010년 5월 金鹿村

꽃사슴

향내 나는 풀잎만
뜯어먹고 살아서
바람처럼 매끄러운 몸매.

얼룩달룩 흰 점은
어느 풀밭을 가다
찍히운 꽃 자국일까?

여우며 이리 떼가 싫어
아흔 아홉 고개 주름잡던
날카로운 다리에선,

아직도 풀냄새
향기로운데,

지금은 쇠우리에 갇힌
몸
산이 그리워,

먼 바람
산메아리에
귀를 모으며,

이끼 낀 뿌리지 틈에
깃발처럼 걸리는
주름 한 조각.

2010년 8월

金鹿村

김동희 화 가

김 동희(金東姬) 화가: 1967년 홍익대학교 미술대학 졸업.
롯데미술관의 제1회 개인전을 시작으로 5회의 개인전을 가졌다. 1983녑~대한
민국 미술협회전(국립미술관)전, 1985년 구상전회원전, 홍익여성화가회전, 일본 청
구회전(동경도미술관), Grand Palais 초대전(프랑스 파리), 아시아현대미술초대전
(동경도미술관), 인도 뉴델리 국립미술관 초대(인도 뉴델리) 등 다수 참가.
현재 한국미술협회, 구상전, 무진회, 홍익여성화가협회, 양평 미술협회, 물뙤리 회원.

2010 희

김두녀 시인·화가

김 두녀(金斗女) 시인·화가: 전북 부안 출신. 1994년 동인지 '海平詩'에 시 10편으로 문학 활동 시작. 한국시인협회, 국제펜클럽 한국본부 회원. 한국문인협회 경기도지회 상임이사. 상황문학, 고양작가연대 편집위원.

시집으로 <여자가 씨를 뿌린다>, <삐비꽃이 비상한다> 등이 있으며, 1999년 서울시인상, 2005년 경기도 문학상 본상 수상. 전주교육대학에서 서양화를 전공. 1973년 전북 미전에 특선. 한국미술대전 특선. 대한민국여성미술대전 특선.

청매화

김두녀

매화가 흐드러진 숲
나비를 찾아 헤매던 그 길은
모여든 사람이 꽃이고

꽃이 사람이네

길을 묻는 노인의 턱수염은
청매화 꽃수술
바람에 흩날리네

김문기 _{화 가}

김 문기(金文基) 화가 시인: 홍익대학교 미술대학 회화과 및 대학원 졸업.
개인전 9회(중국, 독일, 서울). 1992년 '시대문학' 신인상으로 등단.
1992년 벽화 '평화의 숲'(1500·700cm 컨트리21 C.C 소장) 제작.
Jean Miro(21회) 국제 드로잉전(스페인), 아시아 유럽 비엔나레 초대(터키),
IAA Seoul 전(예술의 전당), 1990~92년 현대미술 초대전(국립현대미술관)
등 많은 단체전, 해외전에 참가. 1993년 시집 <지워진 시 대리석 누드>를 냄.
현재 오리진회화협회, Green Aury 회화협회 회원, 홍익대학교 출강.

"""

Mandschuren-Kranich
至樂無樂
Kim Moon Ki 2010
대한민국 KOREA 2009
250

김미경 화 가

김 미경(金美卿) 화가: 1963년 전북 익산시 황등면 출생.
1회 개인전 (안산 예술의 전당), 2회 개인전(단원미술관), 3회 개인전 SETEC, 4회
개인전 신상갤러리. 해외전, 회원전, 공모전 다수.

작가노트:
"그림, 그림이다. 그림을 본다. 그림을 보고 있노라면 행복하다. 그런데 눈에서는 눈물이
흘러네린다. ？？ 공간속은 보이지않고 감성에 젖은 그림만 남아 있을 뿐이다."

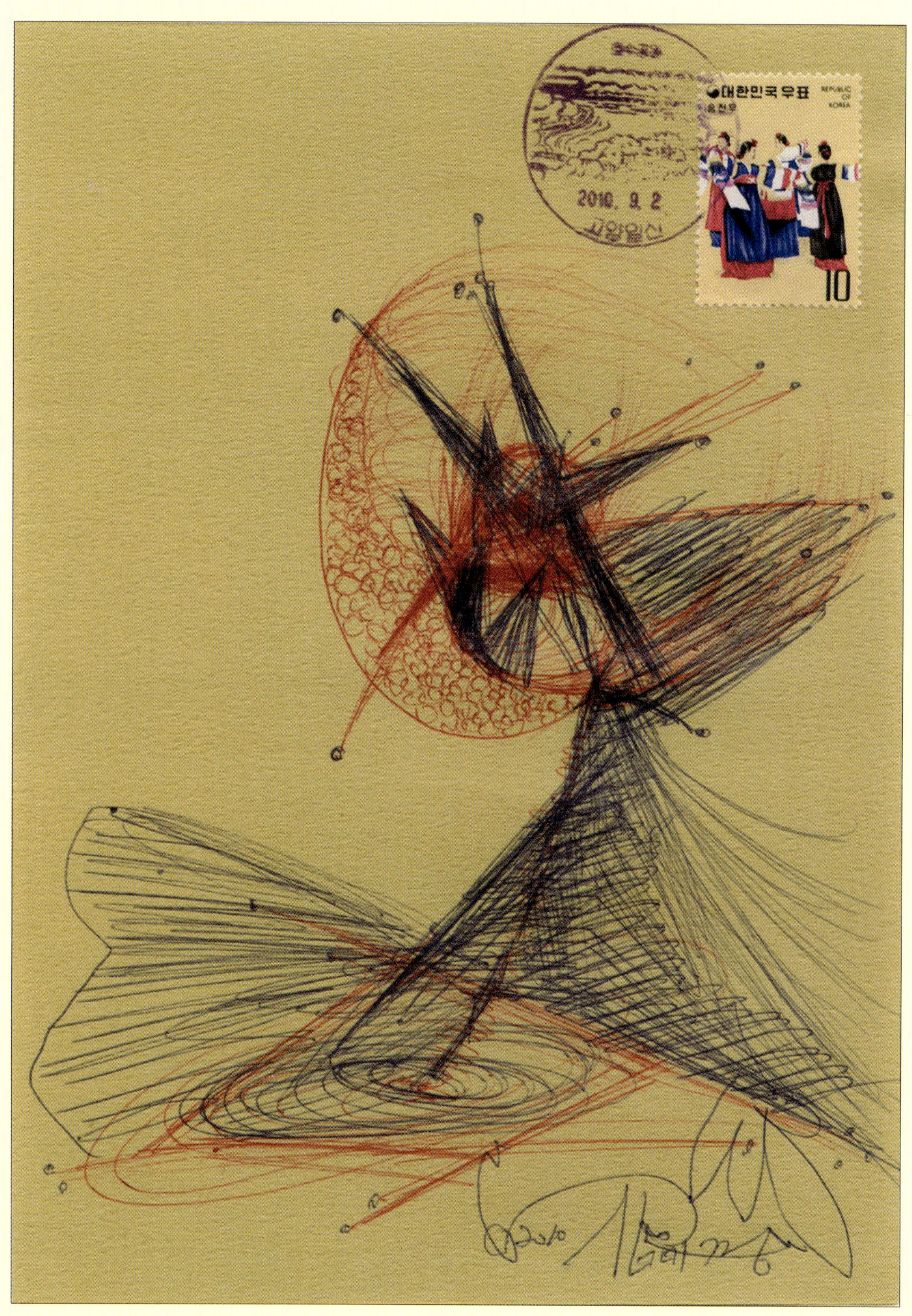

김미경 화 가

김 미경(金美慶) 화가: 2007년 경원대학교 회화과 졸업.
2010년 동대학원 졸업.
그룹전 내일을 향해 쏴라(2008), 오롯이(2008), The Spirit Asia(2010) 등에 참가.

김민정 시인

김민정(金珉廷) 시인: 1985년 '시조문학' 지상백일장 장원으로 등단. 호는 우현(宇玄), 성균관대학교 문학박사, 상지대학 대학원 강사 역임. 한국공간시인상, 성균문학상 우수상, 나래시조문학상 수상. 한국문협, 국제펜클럽 한국본부, 나래시조, 씨얼문학 회원. 한국시조시인협회, 한국여성시조문학회, 서울교원문학회 이사, 시조문학진흥회 부이사장, 강동문인회 부회장. 시조집으로 <영동선의 긴 봄날>, <사랑하고 싶던 날>, <지상의 꿈>, <나 여기에 눈을 뜨네> 외 수필집, 시 해설집, 논문집 등 다수.

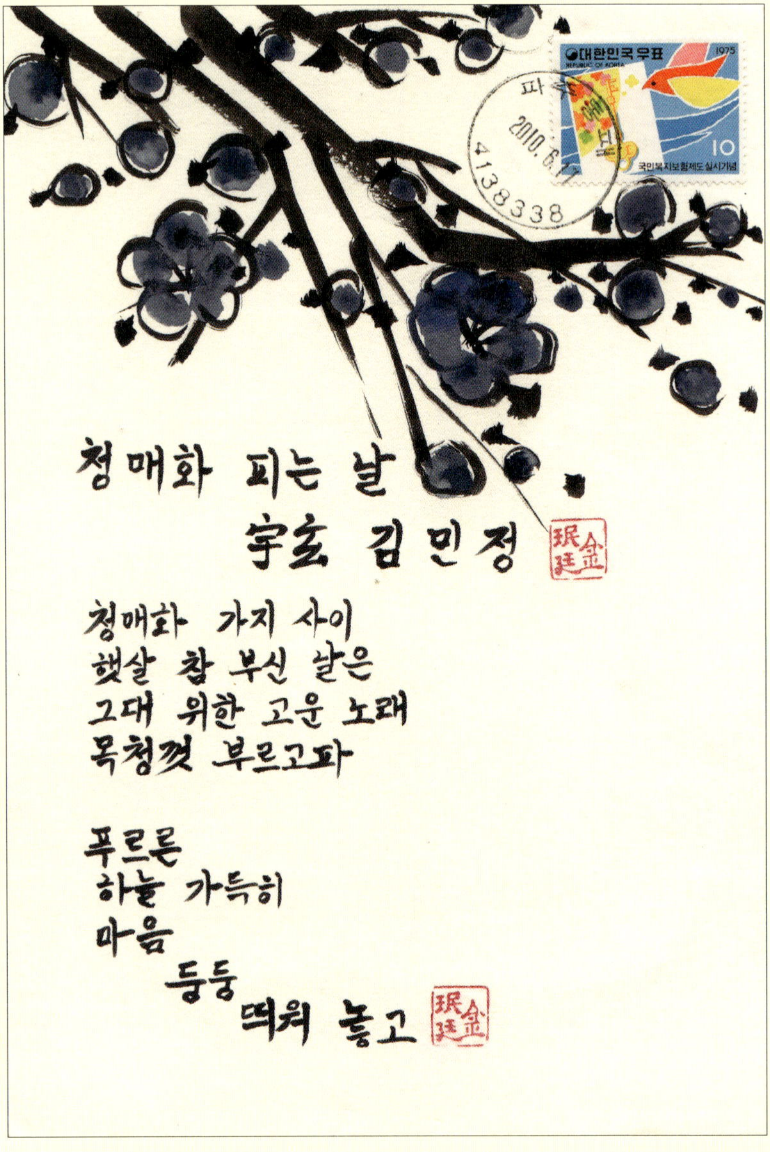

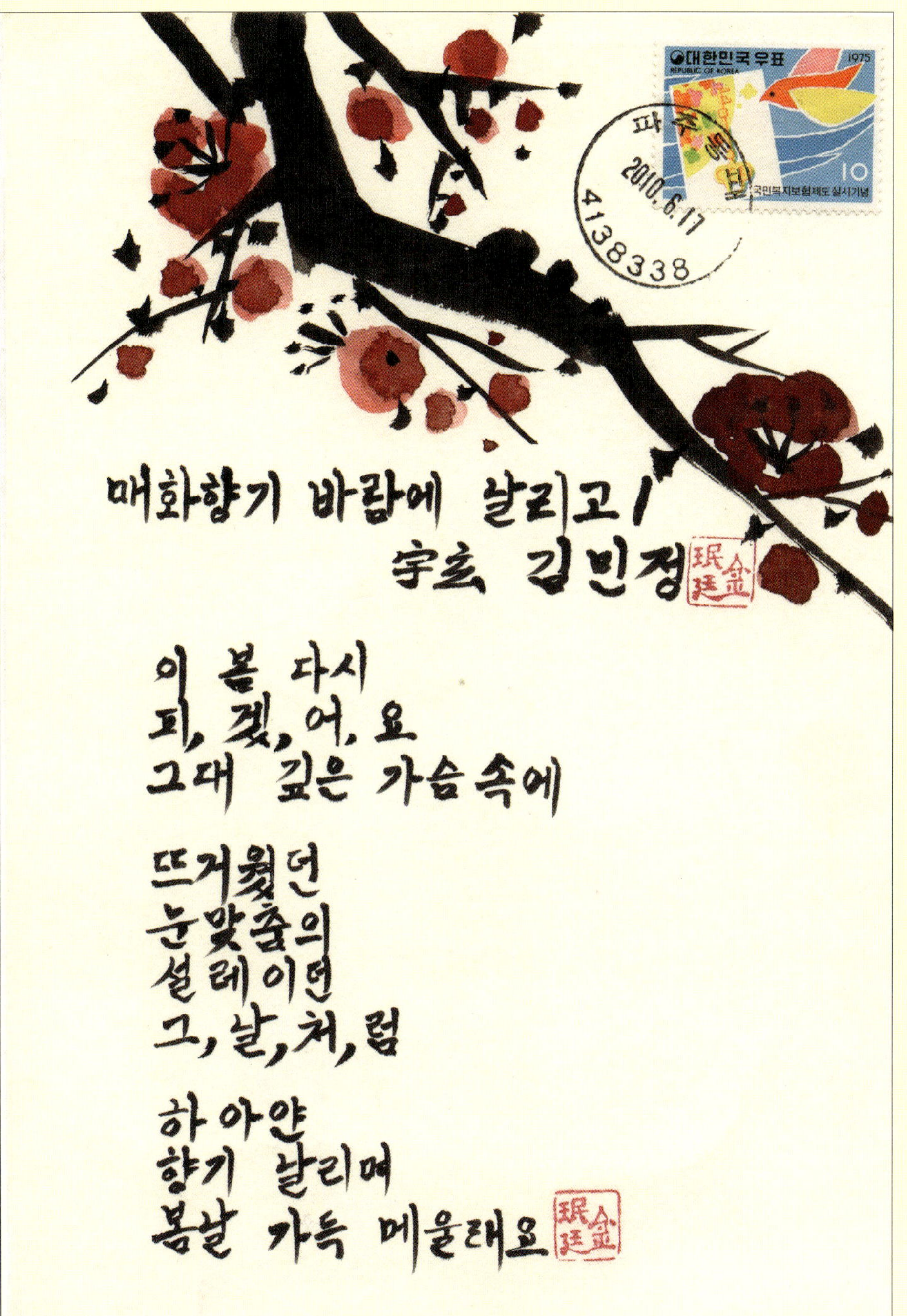
매화향기 바람에 날리고
宇초 김민정

이 봄 다시
피, 겠, 어, 요
그대 깊은 가슴 속에

뜨거웠던
눈맞춤의
설레이던
그, 날, 처, 럼

하아얀
향기 날리며
봄날 가득 메을래요

김 상 련 _{동시인}

김 상련(金尙鍊) 동시인: 1933년 경남 울주군에서 출생. 부산사범, 부산대학을 거쳐 동아대학 대학원에서 '小波硏究'로 석사학위를 받다(1972).
'시인들'지에 동시 '바람' 외 3편을 발표(향파, 살매 추천).
1972년 동시집 〈꽃구름 동동〉으로 등단. 저서로는 동시집 〈하나님의 꽃시계〉, 어린이 글 모음집 등이 있다.
육영재단 어깨동무 편집국장과 어린이 문화진흥회 편집주간을 역임했다.

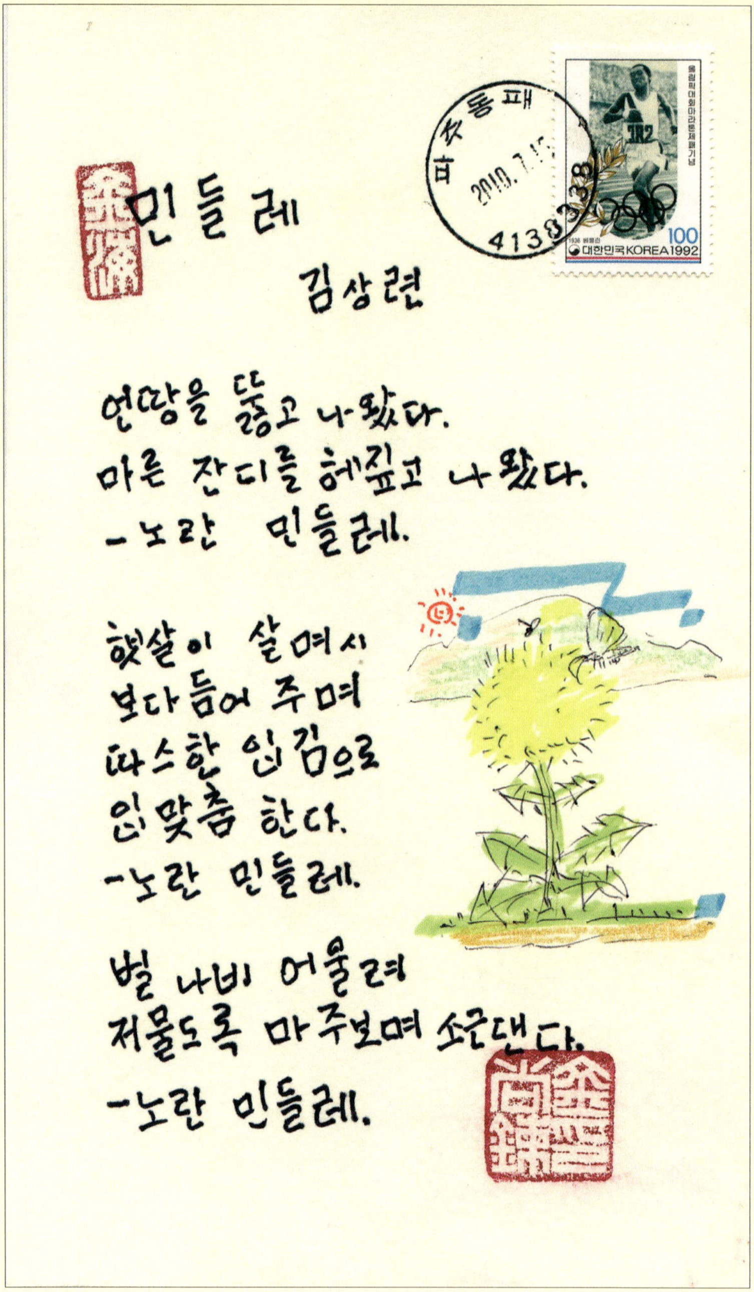

민 들 레

김 상 련

언땅을 뚫고 나왔다.
마른 잔디를 헤집고 나왔다.
- 노란 민들레.

햇살이 살며시
보다듬어 주며
따스한 입김으로
입맞춤 한다.
- 노란 민들레.

벌 나비 어울려
저물도록 마주보며 소곤댄다.
- 노란 민들레.

고추 잠 자리

뜨거운 여름해가
구워 놓았나.

노을 진 구름속을
다녀 나왔나.

파아란 하늘 위에
빨간 줄을 그린다
김 상 련

김 상 문 동시인

김 상문(金尙文) 동시인: 1931년 경북 영일 장기 출생. '한글문학'에 동시 6편으로 등단.
경북아동문학회 회장 역임.
동시집 <산은 언제 쉬나> 외 11권. 산문집<그 한 마디 기도소리> 외 4권.
한글문학 본상, 한국공무원문학 대상, 교단문학 본상 등 수상.
현재 한국문인협회, 한국아동문학인협회 회원, 색동회 대구 경북 명예회장.

고향으로 간 도토리

도토리 스무남은 개를 주워
책상머리에 두고
겨우내 함께 놀았지만,

봄이 왔으니
고향으로 보내 주세요
닦하게 졸라 댄다.

뒷산 엄마 나무 이웃
양지바른 흙에
묻어 줬더니

아이구 고맙습니다
한 목 소리로 인사다.

오냐 오냐 쑥 튀워
잘 자라거라 응.

김상문

김 샘나 시 인

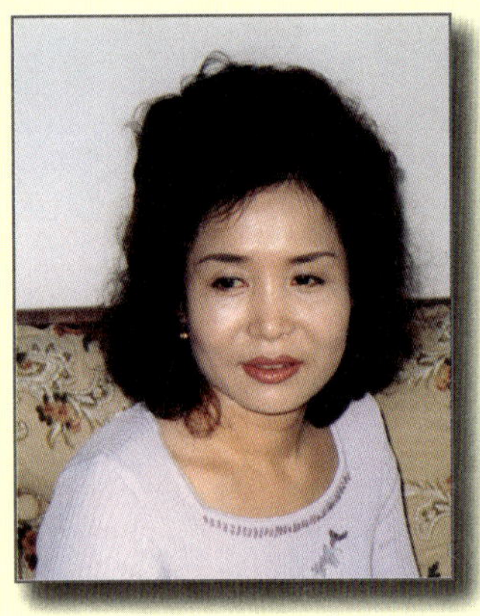

김 샘나 시인: 경남 창원군 동면 석산리 출생.
'문예사조'에서 시로, '창조문학'에서 수필로 등단.
시집으로 <초록춤 꽃사태>, <초인종의 노래> 등이 있다.

지독한 고요속
숙종임금님 인현왕후께서 침수에 드신다

사는일 차오르는 목에임을
봉운에 풀어놓고
실타래로 쟁여둔 울음
임금님이 토닥토닥 재우신다

희빈 장씨의 아양 따윈 거짓이었노라
토닥토닥 눈물을 말리신다

등줄은 내서 소나무와 상충도
어깨를 기댄채 각억각억 침전을 지키신다

진실만이 마음을 붙들 수 있다고
각억각억 장군비석도 미소가 번지신다

서오릉 <일우>
김 샘나

오이지

　　　　김샘나

소금물 세례다

컴컴한 용광로에 온 몸이 잠긴다

빳빳 했던

고집이 죽고

탐욕이 죽는다

몸속 가득했던 욕심 찌꺼기가

땀구멍 하나하나 빠져나간다

아집의 아랫배가 홀쪽하다

김 석 기 _{화 가}

김 석기(雨松 金奭基) 화가: 경희대학교 미술대학 한국화 전공. 동대학원 교육대학원 미술교육 전공. 경희대, 충남대, 한남대 미술과 강사 역임, 대전광역시 교육청 미술장학사 역임, 개인전 22회,(국제전 및 그룹전 총 460회 참가), 수상으로는 대일비호 문화대상(대전일보사장), 대통령 표창(대통령), 2007 대전광역시 문화상 수상. 저서로는 화집 <KIM SEOK KI>, 화가와 함께 산으로 떠나는 <스케치여행>(서문당) 등 4권이 있다. 현재 동양수묵연구원장, 회토회, 동질성회복전, 대전광역시미술대전 초대작가, 충남미술대전 초대작가, 한남대학교 미술교육과 겸임교수.

김선주 시인

김 선주(金善珠) 시인: 서울출생, 건국대학교 국어국문학과 졸업, 동대학원 박사과정 수료.
건국대학교 출강 교수, 계간 〈문학과 의식〉 평론 등단, 계간 〈서울문학인〉 시 등단.
월간 〈좋은 만남〉에 수필 연재중.

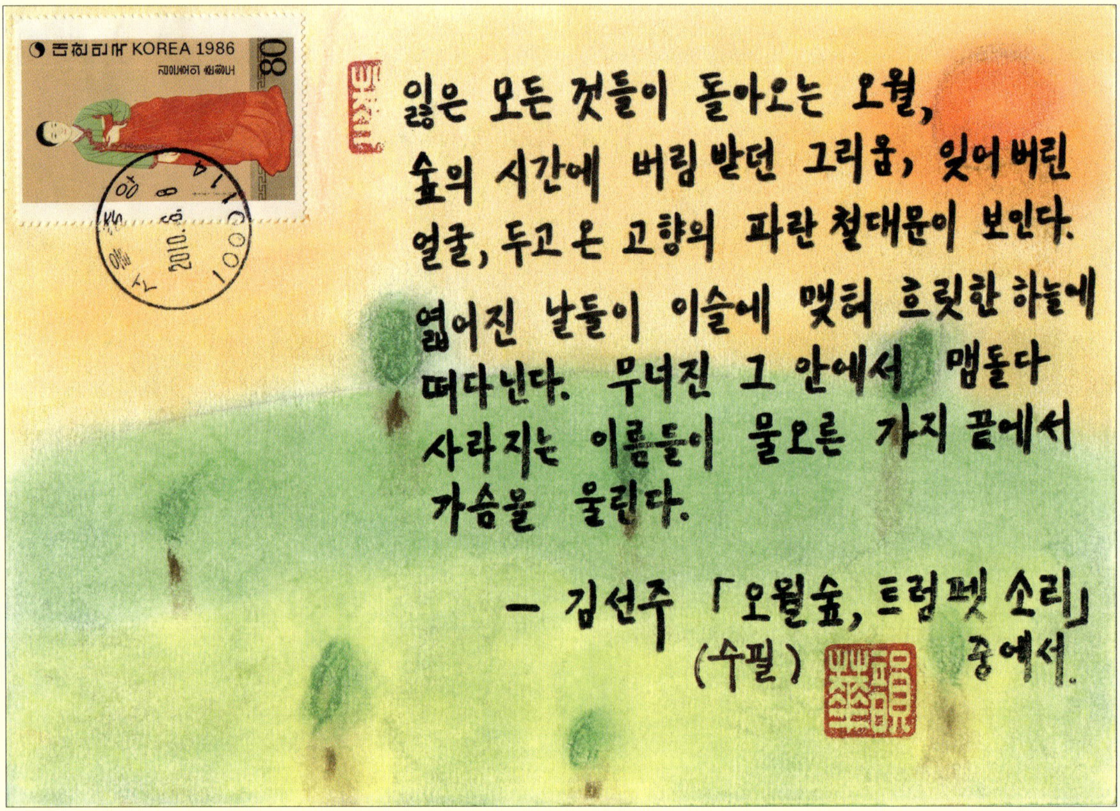

잃은 모든 것들이 돌아오는 오월,
숲의 시간에 버림 받던 그리움, 잊어 버린
얼굴, 두고 온 고향의 파란 철대문이 보인다.

엷어진 날들이 이슬에 맺혀 흐릿한 하늘에
떠다닌다. 무너진 그 안에서 맴돌다
사라지는 이름들이 물오른 가지 끝에서
가슴을 울린다.

　　　　　— 김선주 「오월숲, 트럼펫 소리」
　　　　　　　　(수필)　　　　중에서.

도회의 스산한 거리에
찬바람에 떠리 굽은 나뭇잎
청동의 시간 속에 갇혀있다
사랑하던 순간이
죽은 이야기 되어
방화역 캄캄한 지하에서
꽃이 되고 싶다고
열매를 맺고 싶다고
— 김선주 「무진기행 그후」중에서
(詩)

김송하 시 인

김 송하(金松下, 본명 金鍾文) 시인: 충남 아산 출생. 건국대학교 축산과 졸업.
'자유문학' 신인상 수상으로 등단. 서안시문학회 사무국장 역임.
좋은 시문학회 회원, 한국문인협회 아산지 지부장, 아산시인회 회원.
시집으로 <아내가 읽어주는 시 한편>, <건널목에서> 등.

들꽃

김송하

찬찬히 들여다 봐
참 곱지
사람도 마찬가지야

김 승 동 _{시 인}

김 승동(金勝東) 시인: 1998 '시대문학'으로 등단.
부천시인협회장, 한국시인협회 회원, 전 부천시의원.
시집 <아름다운결핍>, <외로움을 훔치다>, <그리움 쪽 사람들>.
산문집 <참 그리운 당신>.
칼럼집 <사랑하면 보이는 것> 등이 있음.

허허

김 승 동

그리운가
잊어버리게, 여름날
서쪽하늘에 잠시 앉다가는 무지개 인것을
그 고운 빛깔에 눈멀어 상심한 이
지천인 것을

미움말인가
따뜻한 눈길로 안아주게
어차피 누가 가져가도 다 가져갈 사랑
좀 나눠주면 어떤가

그렇게 아쉬운가
놓아 버리게
붙들고 있으면 허사일 뿐
놓고 나면 전부 그대 것이 아닌가

세상의 그립고 멉고 아쉬운 것들
그게 다 무엇인가
사랑채에 달빛 드는 날
묵 한 접시에
막걸리 한 사발이면 그만인 것을

대한민국우표
REPUBLIC
OF
KOREA
10
2010. 7. 13
서울중앙

김야천 ^{화 가}

김 야천(金野泉) 화가: 충남 당진에서 출생. 중학시절에 상경하여 중등교육을 거쳐 홍익대학교 미술대학 서양화과를 졸업한 후 20여 년 전 부천에 정착하여 지역 활동과 창작활동을 하며 15여 회의 국내외의 개인전과 그룹전 등 300여 회 참가.
현재 한국미술협회 국제위원회 본부장, 부천미협 이사.

작품명 당신의 5월

2010. 7. 15
4138338
1993
대한민국 KOREA 110

김연종 시인·의사

김 연종(金淵鍾) 시인·의사: 2004년 '문학과 경계'로 등단.
의사 문학상 수상.
시집으로 <극락강역>
현재 의정부시에서 김연종 내과 원장으로 재직 중.

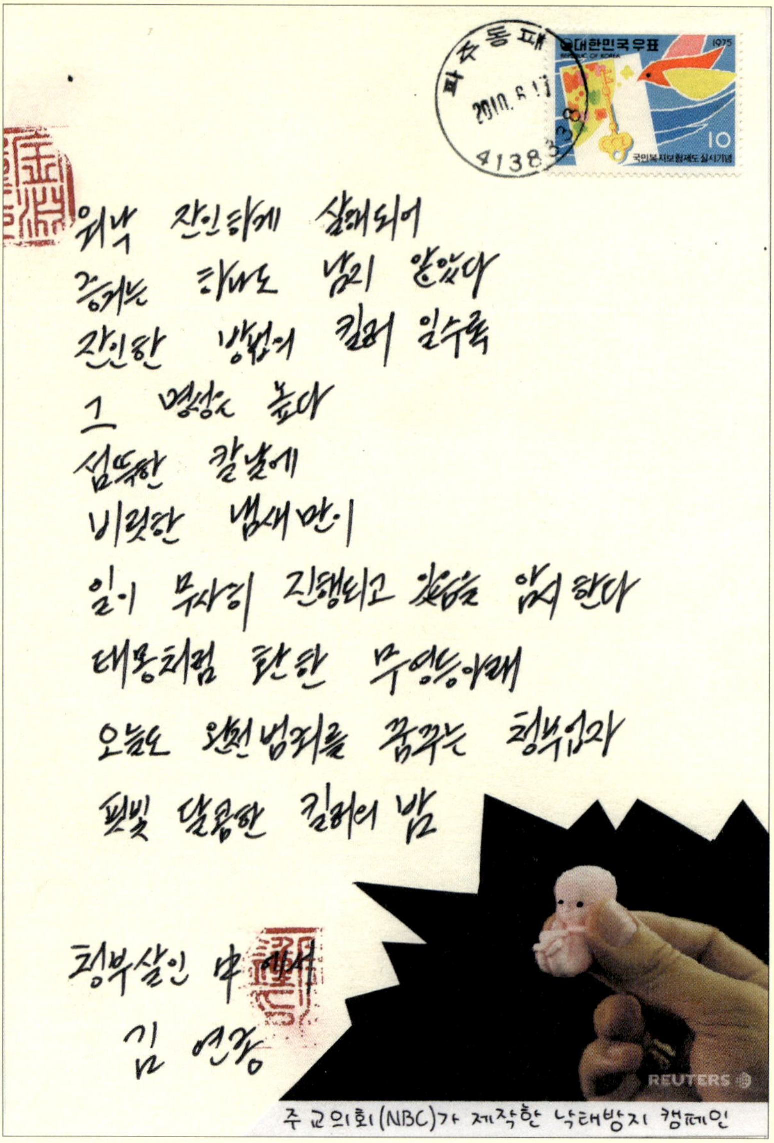

워낙 잔인하게 살해되어
증거는 하나도 남지 않았다
잔인한 방법의 킬러 일수록
그 명성은 높다
섬뜩한 칼날에
비릿한 냄새만이
일이 무사히 진행되고 있음을 알려 한다
태동처럼 환한 무영등 아래
오늘도 완전 범죄를 꿈꾸는 청부업자
핏빛 달콤한 킬러의 밤

청부살인 中에서
김 연종

주교의회(NBC)가 제작한 낙태방지 캠페인

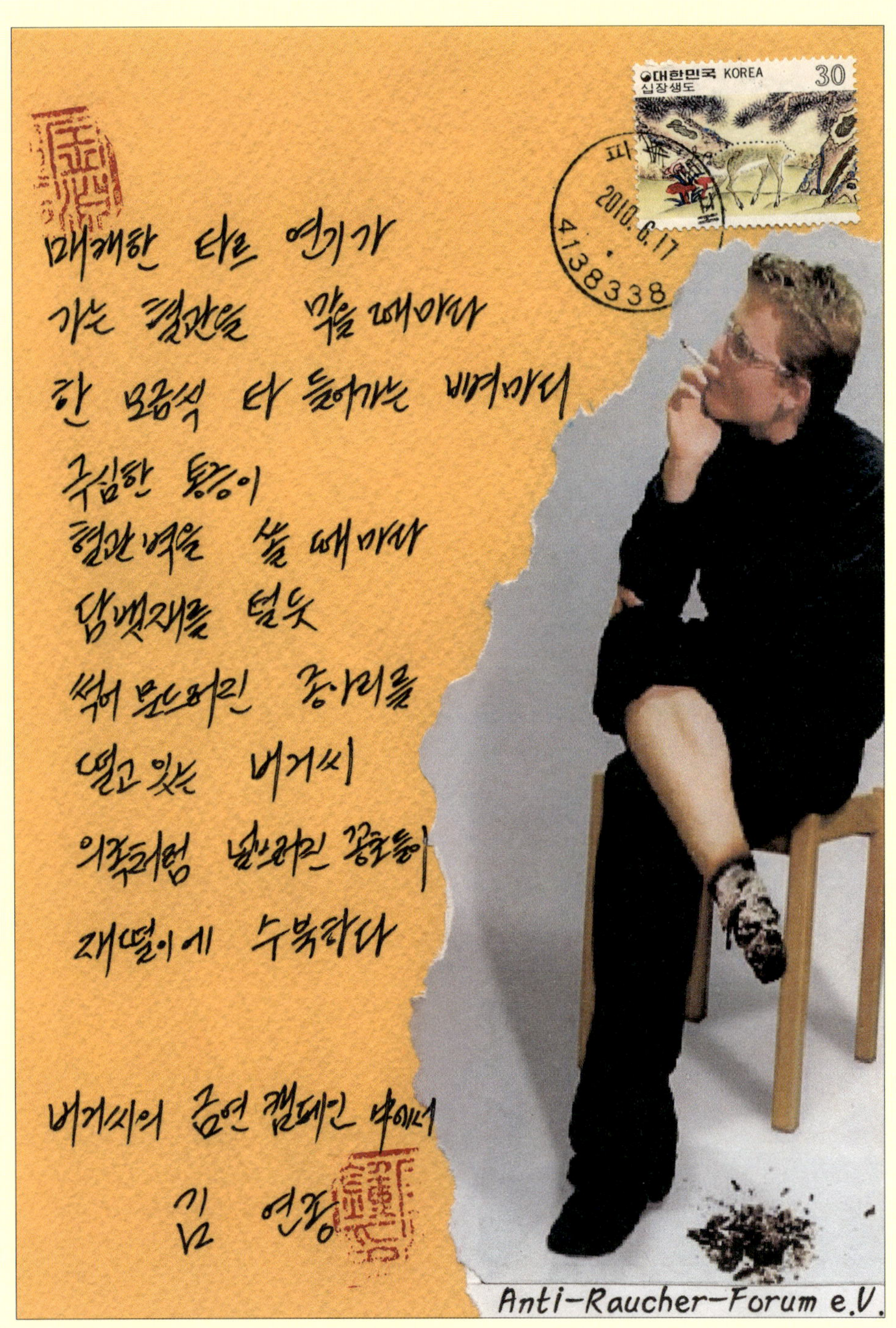
매캐한 타르 연기가
가는 혈관을 막을 때마다
한 모금씩 타 들어가는 뼈마디
극심한 통증이
혈관벽을 쓸 때마다
담뱃재를 털듯
썩어 문드러진 종아리를
열고 있는 버거씨
의족처럼 남겨진 공포들이
재떨이에 수북하다

버거씨의 금연 캠페인 中에서
김 연숙

대한민국 KOREA
십장생도
30
2010. 6. 17
4138338

Anti-Raucher-Forum e.V.

김 영 원 조각가

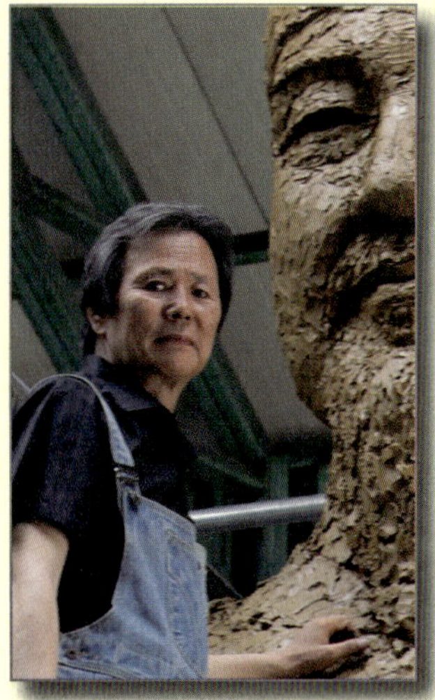

김 영원 조각가: 개인전12회, 2009년 세종대왕동상 제작, 2009년 노을공원 조각공원 (서울 노을공원), 2007년 장춘국제 조소대회 (장춘조각공원), 2006년 서울 숲 야외 환경조각전(서울 숲 공원), 2006년 한국미술100년 전 (국립 현대미술관), 2004년 한국현대작가초대전 (서울미술관), 2003년 2003서울미술대전 (서울시립미술관), 2002년 부산비엔날레 조각프로젝트 (부산비엔날), 2000년 새천년의 항로 주요국제전 출품작가들 (국립현대미술관), 1999년 인물로 보는 한국미술 (로댕미술관), 1988년 서울올림픽 10주년기념 야외조각심포지엄 (서울올림픽공원), 1987년 통영 국제야외조각심포지엄, 1994년 제22회 상파울로비엔날레 (브라질 상파울로), 1994년 작은조각 트리엔날 서울93 (워커힐미술관)
현재 홍익대학교 미술대학 교수, 사단법인 조각가 협회 이사장.
작품명: 그림자의 그림자(꽃이 피다)

김 영 주 _{화 가}

김 영주(金泳珠) 화가: 홍익대학교
대학원 동양화과 졸업.
2006년에 21세기예술가상(大賞)을
수상했다. 2007년 조선화랑에서 초
대개인전과 2008년 롯데화랑에서 초
대개인전을 가졌다. 수십 회의 국내외
단체 그룹전에 참가한바있으며 2009
년엔 스위스 취리히-볼테르카바레에
서 한국 최초로 기획 '초월-동방의
빛'展에 초대 작품발표, 2008년 스
위스 쥐리히 국제 아트페어에 참가했
고, 한국 국제아트페어(KIAF)에 참
가, 2007년 평론가가 선정한 '한
국미술의 신성(新星)'展에 초대되었
고, 자유정신 미술동인의 일원으로
'성리학과 한국의 넋'展을 연바있
다. 2009년 중국 베이징의 'Young
Generation Artists Korea'展,
2010년 '꿈을 바라보며 그리다'展,
'The Memories'展 등 현재 활발히
작품 활동 중이다.

김용오 _{시 인}

김 용오(金容五) 시인: 월간 '시문학'으로 등단.
시문학상, 현대시인상, 아시아시인상 수상.
시집으로 〈신의 수염〉, 〈동화작용〉. 〈두 사람에 관한 성찰〉, 〈멀티오르가슴〉, 〈사부곡〉 등.
현재 한국시인협회 부이사장, 동인당약품 회장.

통영 바다

나, 오늘 늦은 뜬 이른 새벽
날마다 마음 비워보며
남은 세월을 맑게 살려고
잔잔한 물거울 하나 얻어간다.

김 용 오

누구에게

유리창에 입김을 호 불어놓고 사랑한다고 썼다.
나뭇가지를 들고 마른 흙위에 미워한다고 썼다.
저만치 흐르는 강물위에 고마웠다고 썼다.
마음을 꾹꾹 눌러서 썼다.

김용준 _{화 가}

김 용준(金容俊) 화가: 호는 이석(伊石), 석당 우희춘 선생님의 문하생.
1985년 신미술대전(문화공보부 후원) 한국화부문 특선.
2004년 한국미술대전 한국화부문 특선.
2007년 대한민국 회화 대상전 한국화 부문 장려상 수상.

김 월 산 _{화 가}

김 월산(金月山) 화가: 호는 소선(沼仙). 인사아트프라자와 서울미술관에서 개인전
을 가졌으며, 수상은 대한민국미술대전 입선, 현대미술대전 최우수상, 현대여성
미술협회 이사장상, 여성미술대전 금상과 동상, 목우회 특선, 서화작가회 특선, 회화대
상전 특선 등을 받았다. 현재 한국미술협회, 창석회, 구상회 운영위원, 부천미협, 전업
작가회, 종로미협, 여성작가회 회원이며, 현대여성 기획부위원장.

P.J. DONGR...
KOREA
15. 9.
대한민국 우표
REPUBLIC OF KOREA
1975
10
국민복지연금제도 실시기념
월산

김유경 화가

김 유경(金有暻) 화가: 14회 상하이 세계박람회 국제 아트 페어, New face Artist Exhibition, 신상미술대전, 서울시문화의 밤, 섬머 페스티벌, 송년 Gift 전, New York – Seoul 전, 그린 아우라 회화 협회전 등에 참가. 현재 '옆길로' 회화 그룹 멤버로 활동 중.

김인육 시 인

김 인육(金寅育) 시인: 1963년 9월 29일 출생 토끼띠, 천칭자리.
고려대학교 교육대학원 석사 졸업.
2000년 계간 <시와 생명> 으로 등단.

사랑의 물리학

질량의 크기는 부피와 비례하지 않는다

제비꽃같이 조그마한 그 계집애가

꽃잎같이 하늘거리는 그 계집애가

지구보다 큰 질량으로 나를 끌어 당긴다

순간, 나는 뉴턴의 사과처럼

사정없이 그녀에게로 굴러 떨어졌다

쿵 소리를 내며, 쿵쿵 소리를 내며

심장이

하늘에서 땅까지

아찔한 진자운동을 계속하였다

첫사랑 이었다.

2010. 8. 김인육

중광아, 걸레야

걸레 스님
중광아, 네가 틀렸다
인생,

괜히 왔다 간다고
결국 가야할 길
은 것부터가 잘못이라고
넌
생의 마지막 인사를 그렇게 했다만
미안하지만
중광아, 네가 틀렸다

경인년 달월 김인숙

김임수 시인

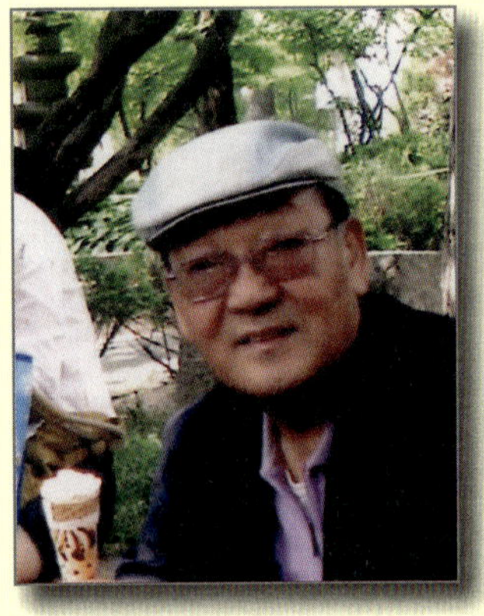

김임수(金任洙) 시인: 1932년 대전 출생. 계간 문예지 '뿌리'로 등단, "너무 늦은 나이에 시를 만났다. 새로운 세상에 대한 개안(開眼)이 나를 바꾸어놓았다." 한국문인협회 회원, '살곳이' 동인, '운형수필' 동인, '뿌리문예' 동인.

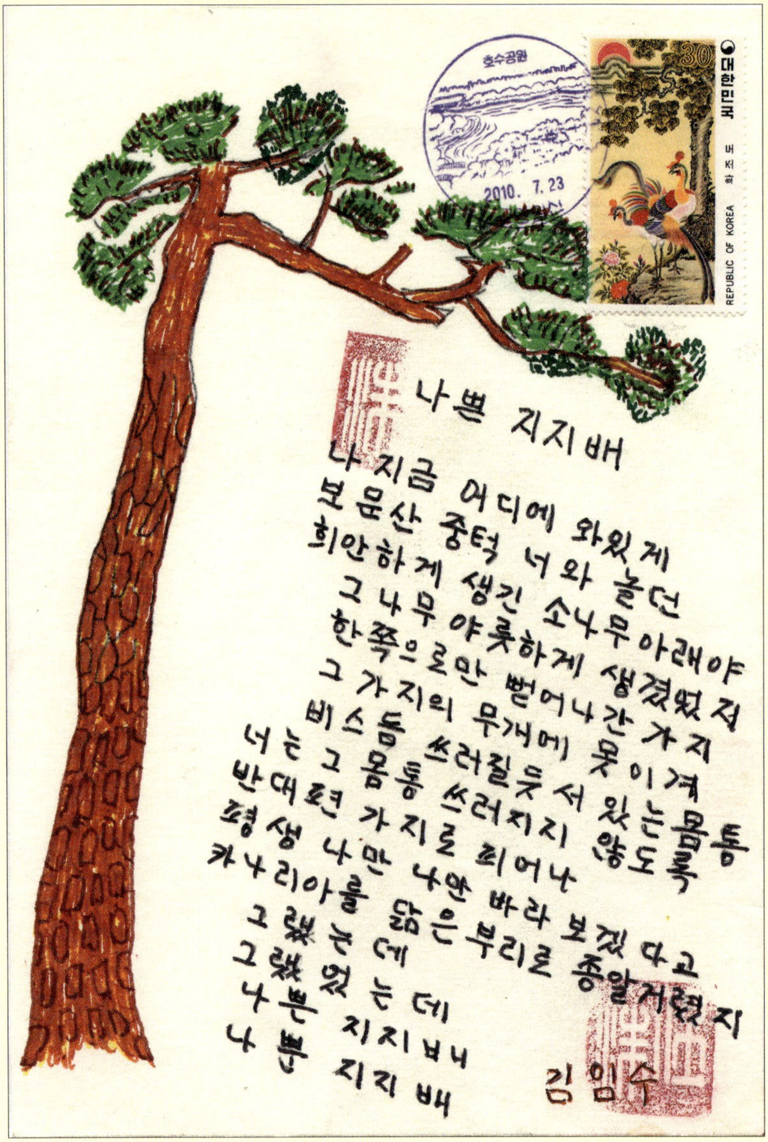
호수공원
2010. 7. 23
대한민국
30
화조도
REPUBLIC OF KOREA
나쁜 지지배
나 지금 어디에 와있게
보문산 중턱 너와 놀던
희안하게 생긴 소나무 아래야
그 나무 야릇하게 생겼었지
한쪽으로만 뻗어나간 가지
그 가지의 무게에 못이겨
비스듬 쓰러질듯 서있는 몸통
너는 그 몸통 쓰러지지 않도록
반대편 가지로 뻗어나
평생 나만 나만 바라 보겠다고
카나리아를 닮은 부리로 종알거렸지
그랬는데
그랬었는데
나쁜 지지배
나쁜 지지배
김임수

숙 명   김임수

술래가 나의 운명
숨은 그리움 찾아
    온세상 헤메인다
    어디에 있는 것일까

보이질 않는구나
찾을길 막막하다
    기력 마저 소진되어
    더듬이 도 무뎌졌다

그래도
    놓치 못하는
    찾아야 하는 숙명

김재선 화가

김 재선(金在善) 화가: 14회 상하이 세계박람회 국제 아트 페어, 프
론티어전, 서울시문화의 밤 섬머 페스티벌, New Face Artist
전, 송년 Gift 전, 신상미술대전, 그린 아우라 회화 협회전 등에 참가.
현재 현대회화 그룹 '옆길로'에서 연구 활동 중.

미지의 세계
복수 없는 곳이지만
이미
내 마음에
가득차 있다.
꿈의 세계가
KimJaeSum 2010. 8. 14

김정숙 도예가

김 정숙(金貞淑) 도예가: 호는 향
운(香芸) 성신여자대학교 예술
대학 공예학과 졸업.
2001년 陶藝作家會展 (vergil
Gallery)을 시작으로, 2002년 현대
미술국제교류 체코 프라하 시장 초대
전, 몽골 울란바토르대학교 초청전,
한국도자학회 회원전, 한국 인도 델
리 국제교류전, 한국공예가협회 회원
전, 2009년 대한민국현대미술대전
초대전, 2010년 대한민국현대미술
대전 초대전(한국미술관) 한국국제
DRAWING大展 (예술의전당 한가
람미술관), 현대미술 100人의 명품
100人展(Gallery Gac), 한국도자학
회 제주도 특별전 – 제주문화회관
2010년 G20정상회담 성공개최展(갤
러리각) 등 초대전, 단체전 해외전과
2009 김정숙 도예展 (좋은예감 삶
의여백展) (인사아트센터) 등 다수.

수국꽃 향기

－김정숙－

수국꽃 향기가 좋아
꽃송이 흔들어 보았더니
하늘에서 별이 쏟아졌다던 그대여!

그 은근한 향기와
풍성한 꽃송이를 볼때면
나를 닮았다던 그대여!

수국꽃이 매일 피어 있었으면 좋겠습니다
수국꽃 필때면
기쁨이고 행복이었으면 좋겠습니다
살아가는 동안에 ‥
그리고 영원히 영원히 ‥

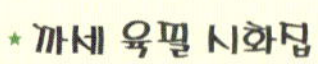

비 내리는 어느 여름날
숲속에서 상큼하고 싱그런 에메랄드빛을 보았어요

잔잔하고 향긋한 그 빛깔은
구절초 향기로 스며오고

담쟁이 넝쿨 포근히 감싸주 듯
그 평온함은 축복 이였습니다.

이천 십년 여름날에. 김정숙.

김 정 임 시 인

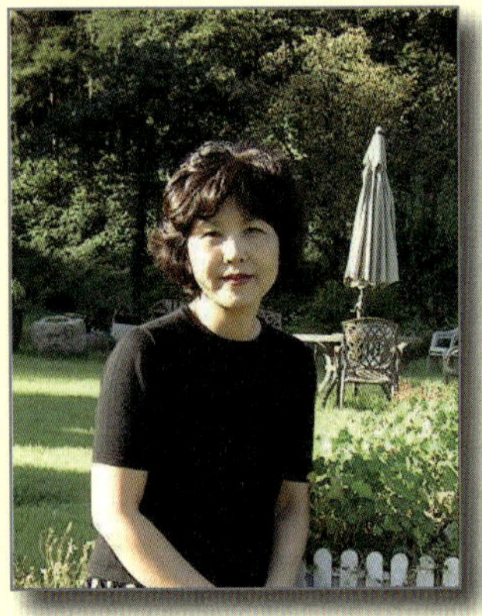

김 정임(金貞任) 시인: 대구 출생, 2002년 계간 〈미네르바〉
로 등단.
2008년 강원일보 신춘문예 시 부문 당선
시집 〈달빛 문장을 읽다〉,
현재 서울평화초등학교 교사, 계간 〈미네르바〉 부주간.

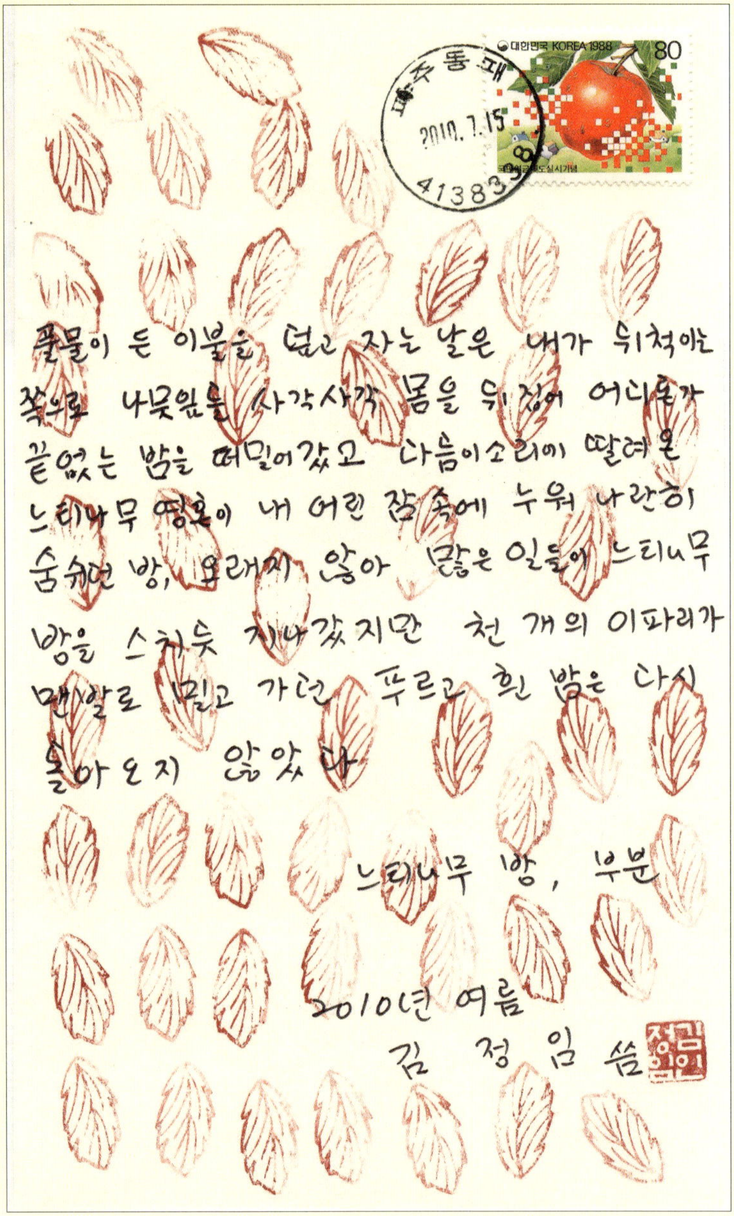

풀물이 든 이불을 덮고 자는 밤은 내가 뒤척이는
쪽으로 나뭇잎들 사각사각 몸을 뒤집어 어디론가
끝없는 밤을 떠밀어갔고 나뭇잎소리에 딸려온
느티나무 영혼이 내 어린 잠 속에 누워 나란히
숨쉬던 밤, 오래지 않아 많은 잎들이 느티나무
방을 스치듯 지나갔지만 천 개의 이파리가
맨발로 밀고 가던 푸르고 흰 밤은 다시
돌아오지 않았다

느티나무 방, 부분

2010년 여름
김 정 임 씀

고통이 다른 고통을 낳나
간나빛으로 폭발하는 사론느가,

내 심장의 붉은 피를 붙일처럼
한 일 한일 떼어가며

용기를 일으켰다
라이너 마이얼린, 부분

2010. 8
김 경 임 씀

김정자 화 가

김 정자 화가: 회원전 그룹전 18회 개인전 1회, 대한민국 신상미술대전 2008 은상 1회, 갤러리신상 수상작가전(개인전) 2008, 대한민국 창작미술협회 회원전 2008 1회(안산예술의전당), 한국현대미술(체코 프라하전)2008 1회(한국미술가협회개최), 뉴욕세계미술의 소통전 한국전) 2008 1회(신상갤러리), 서울메트로 전국미술대전 2008 입상 (서울메트로광화문역), 제11회 대한민국 안견미술대전 입상 2008(경향갤러리)
대한민국 신상전 2009(갤러리 신상), 대한민국한가족미술협회(작가선정전)(예술공간)
현재 한국4계풍경화가회 회원, 대한민국 창작미술 협회 회원, 한국 신상미술 협회 회원.

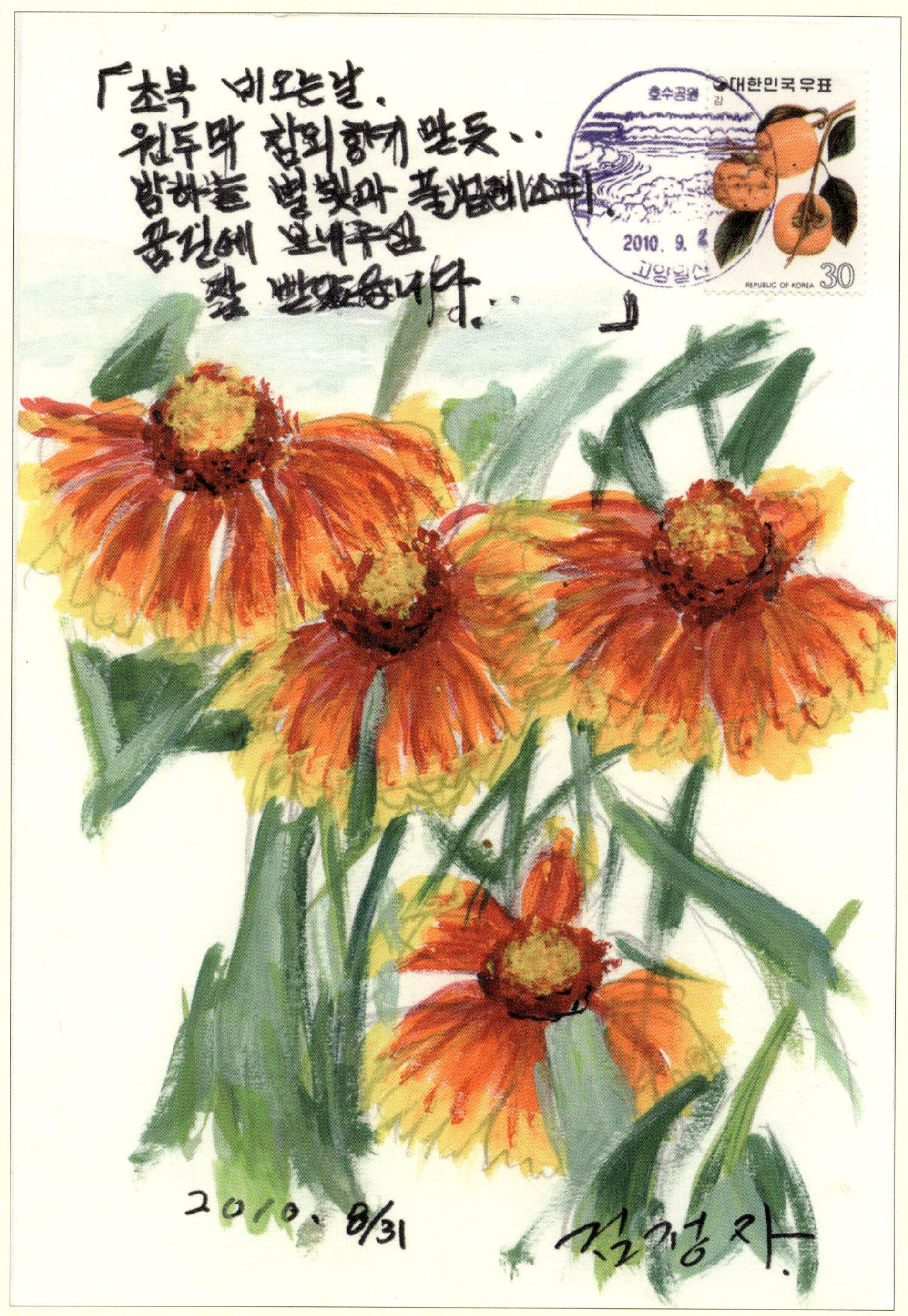
「초복 비오는날.
원두막 참외 하게 맡듯‥
밤하늘 별빛과 풀냄새‥‥
공간에 보내주신
잘 받았습니다.‥ 」
2010. 8/31
김경자.

김종상 아동문학가

김 종상(金鐘祥) 아동 문학가:
1935년 경북 안동 서후에서 출생 풍산 죽전에서 자람. 안동사범 본과 졸업 후 상주와 서울에서 52년간 교직생활. 1958년 '새교실' 소년소설, 1959년 '새벗' 문예작품공모에 입상, 1960년 서울신문 신춘문예 동시에 '산위에서 보면'으로 당선.
국제펜클럽 한국본부 부이사장, 한국아동문학가협회 회장, 한국동요동인회 회장 한국 시사랑회 회장 등을 지냈다.
동시집 <흙손 엄마>, 동화집 <재주 많은 왕자>, 수필집 <개성화 시대의 어린이, 어린이문화> 등을 펴냈다.
대한민국문학상, 대한민국동요대상, 세종아동문학상, 대통령 표창, 한국교육자대상, 어린이문화대상 등 수상.
현재 '새 문학신문' 주필, 한국불교아동문학회 회장, 한인현글짓기장학상 운영위원장, 국제펜클럽 한국본부 자문위원을 맡고 있다.

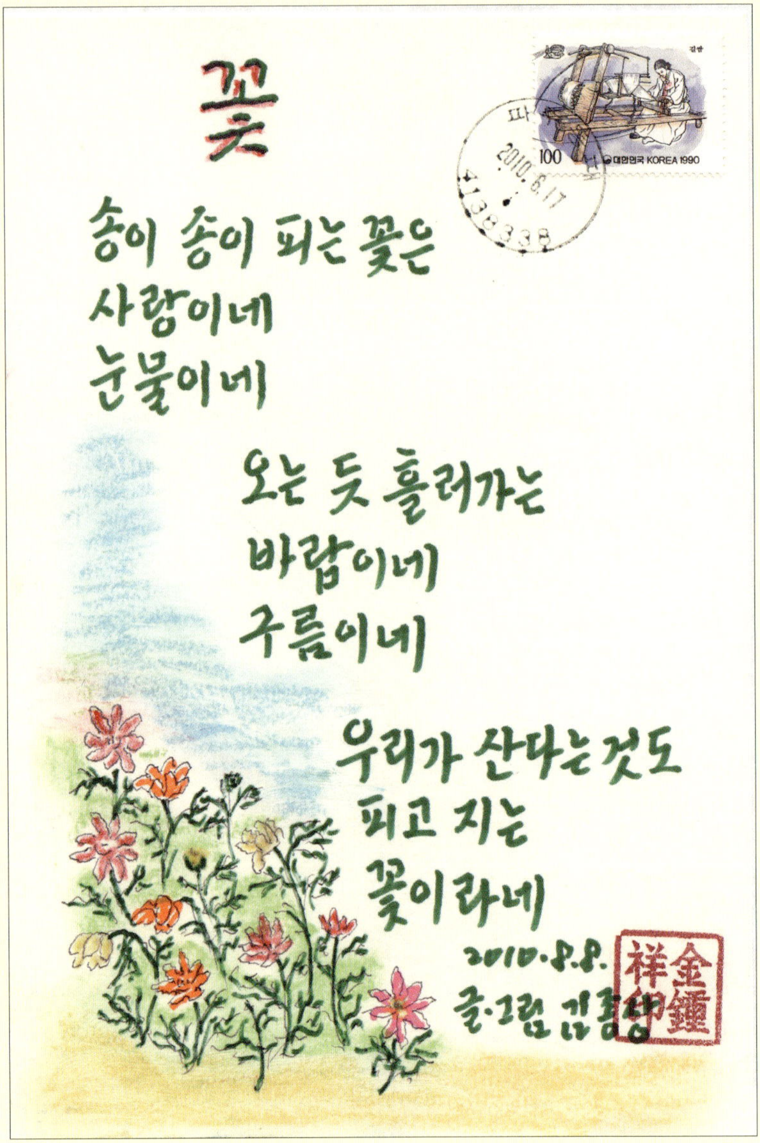

지우개

모래 위에 발자국
물결이 지우고
　새들이 날아간 자취
　바람이 지우고
사람이 살다간 자리
세월이 지우고 가도

우리가 사랑한 마음은
아무도 지우지 못해요
2010. 8. 8
글·그림 김 종

김주대 시 인

김 주대(金周大) 시인: 경북 상주 출생. 성균관대학교 국어국문학과 졸업. 1989년 '민중시' 4호에 「쓰레기장에서」외 1편으로 출발. 1991년 '창작과 비평' 여름호에 '천막유치원 졸업식'외 4편을 발표하면서 작품 활동 시작. 시집으로 <도화동 사십계단>, <꽃이 너를 지운다>, <나쁜, 사랑을 하다> 등이 있음.

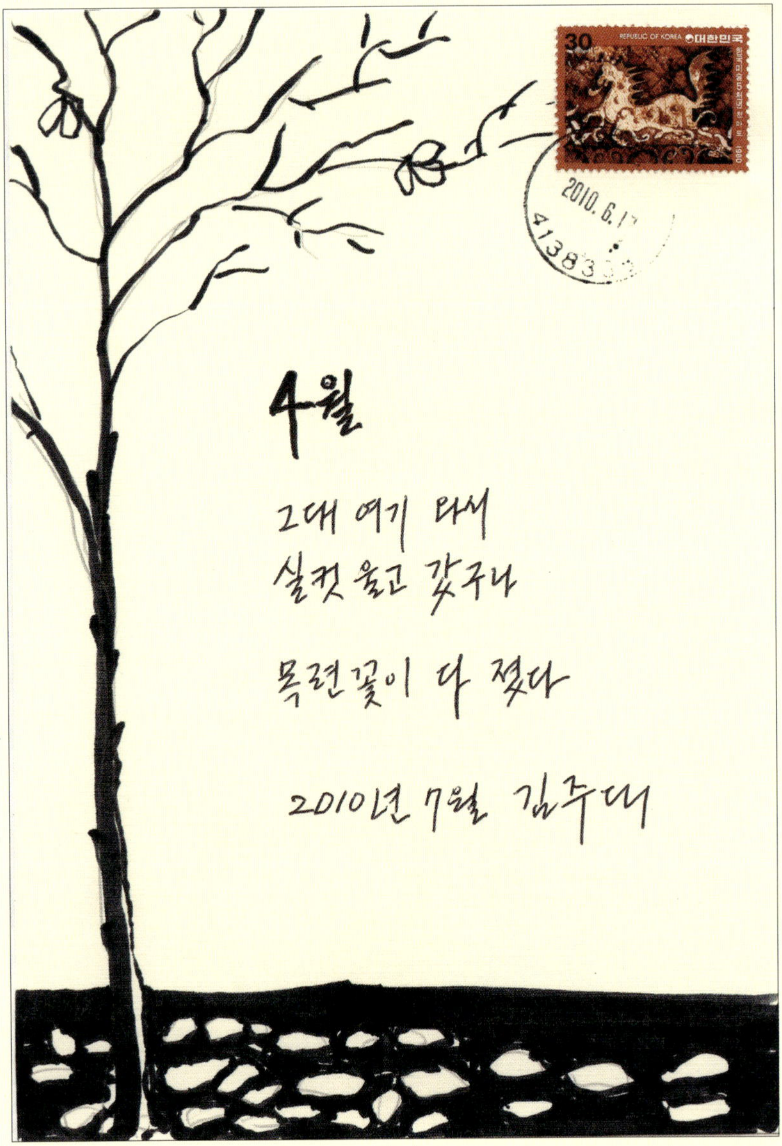

옛날부터 우리엄마는 나보다 나이가 많았다
나도 이제 꽤 나이 들었다 생각하며 찾아갔는데
홀로 사는엄마는 어느새 또 나보다 나이가 많아 있었다
흰머리 이고 저만큼 가신 당신을
허둥 따라가 동무해 주지 못하는 그것이 탈을 슬펐다

2010년 7월
김주대

김창기 성우·시낭송가

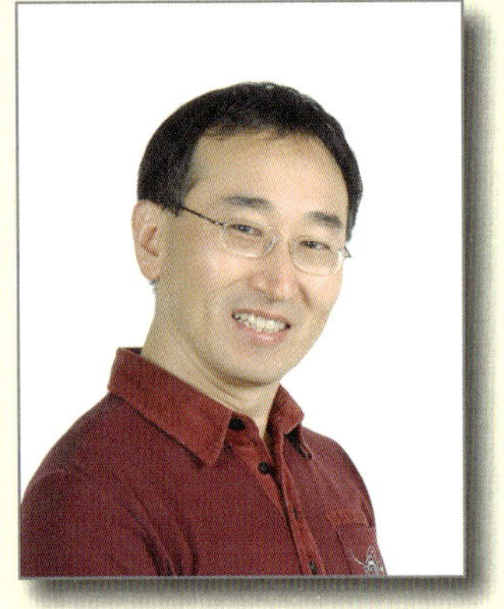

김창기(金昶基) 성우·시낭송가: 1960년 서울 출생. '시를 찾는 사람들 대표'.
1983. EBS 공채 성우 6기 입사, 1985년과 1988년에 EBS 성우 연기상 수상.
한국성우협회 총무, EBS 성우 극회장 역임.
2009년 천직으로 알던 방송을 부업내지는 버리기의 일환으로 삼기로 하고 캄보디아로 자원봉사를 다녀온 후 '시와 시낭송을 잘 퍼뜨리기'를 시작했다.
요즘은 다수의 시낭송회 개최와 참여로 시와 음악이 있는 무대를 기획하며, 시낭송과 음악 속에서 살아가는 꿈을 그리고 있다.

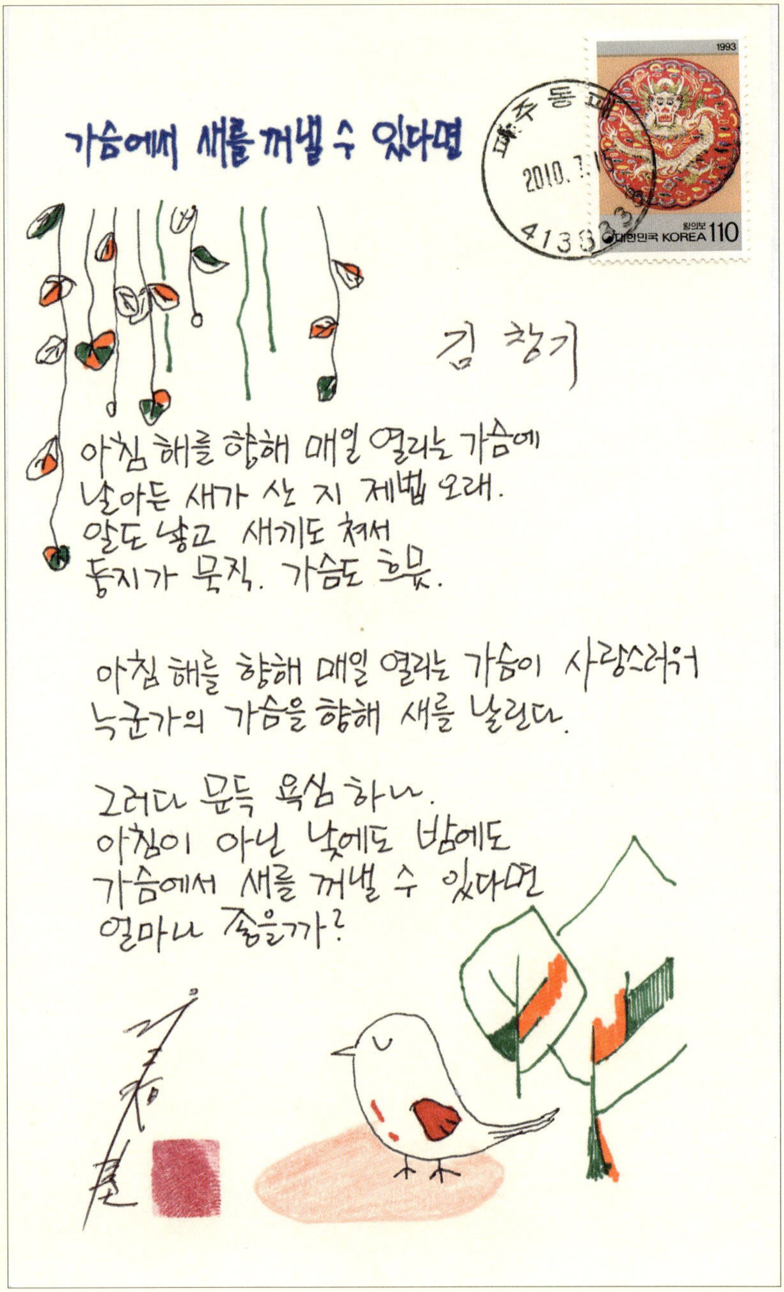

가슴에서 새를 꺼낼 수 있다면

김 창기

아침 해를 향해 매일 열리는 가슴에
날아든 새가 산 지 제법 오래.
알도 낳고 새끼도 쳐서
둥지가 묵직. 가슴도 흐뭇.

아침 해를 향해 매일 열리는 가슴이 사랑스러워
누군가의 가슴을 향해 새를 날린다.

그러다 문득 욕심 하나.
아침이 아닌 낮에도 밤에도
가슴에서 새를 꺼낼 수 있다면
얼마나 좋을까?

詩가 있는 아침

경희궁 오피스텔 문을 열려면 비밀번호가 필요하듯이
아침을 열려면 詩가 필요하다.

밤새 연습한 뒤척임의 리듬과
잠꼬대의 언어
긴 불면의 고통 뒤에 태어나는 詩가
잘 맞는 열쇠가 되는 시간

쉬잇!
짧은 맘들이 허물 벗은 매미처럼 하늘을 날며
참박의 성스러운 공연을 마무리 짓기까지
막 태어날 새 날을 경청하라.

경희궁 오피스텔 문을 열 때 비밀번호를 기억
해야 하듯이
아침을 열 때는 절대.
절대로 詩를 잊으면 안 된다.

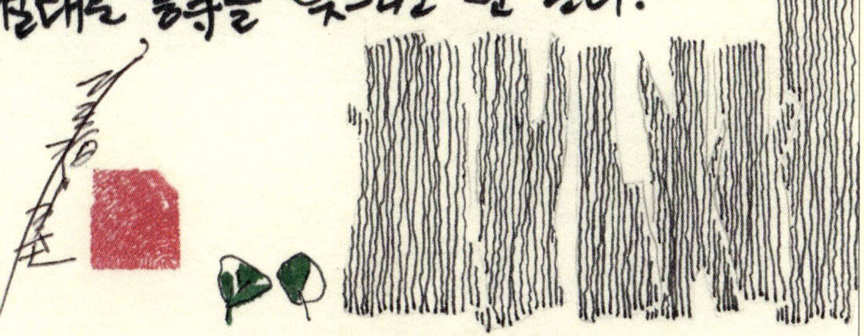

김 철 기 _{시 인}

김 철기(金哲起) 시인·화가: 호는 율원(栗園). 1977년 경기도백일장 장원 및 '문예
사조'에서 시로 등단.
1982~4년 경기도, 인천시 미술대전 수상. 1996년 문학의 해 시낭송대회 금상.
저서로는 김철기 시 모음 <불 켜기> 외 시집 9권. 수상은 탐미문학상 본상, 경기도문학
상 본상, 2008한국시학상, 한국자유시인상, 한국문예협회상, 해동문학상 등.
현재 한국문인협회, 국제펜클럽 회원, 한국현대시인협회 이사, 한국학술문화정보협회
이사, 한국작가회 중앙위원 등.

向日

뫼끝이 받아를 꿈꾸는 혼불
맑디 밝은
빛(光)을 닮는 빛(質)...

울원 김 철기

김현숙 _{화 가}

김 현숙(金賢淑) 화가: 홍익대학교 미술대
학원 회화 전공 졸업(석사).
시문회(詩文會 사임당 문학) 회원, 한국미술
협회 회원.

2010. 9.

김 혜 정 _{화 가}

김 혜정(金惠貞) 화가::이화여자대학교 교육대학원 미술교육 졸업(동양화 전공). 인사아트센터, 교하아트센터 위해시 국제전시 센터(중국), 등에서 10회의 개인전을 가졌다. 단체전은 꽃과 미술의 만남전, 한국미술협회전, 이화여대 대학원 동문전 등 100여회 참가 하였으며, 현재 한국미술협회, 고양미술협회, 일산미술인회, 환경미술인회 회원으로 경희대학교에 출강하고 있다.

김혜정 화가

김 혜정(金惠貞) 화가: 신상미술회,회원. 개인전 1회.
2009년 뉴욕 미술 대전, 뉴욕-서울 교류전, 신진 작가전, 현대미
술전 2010년 IGAF 인사동 아트 페스티벌, 2010 KASF (Korea Art
Summer Festival), 2010 상해 세계 박람회 14회 상해 아트페어에 참가.
아동 미술 심리 치료사 수료 (배화여대).

Kim Hye Jung

노 원 호 _{동시인}

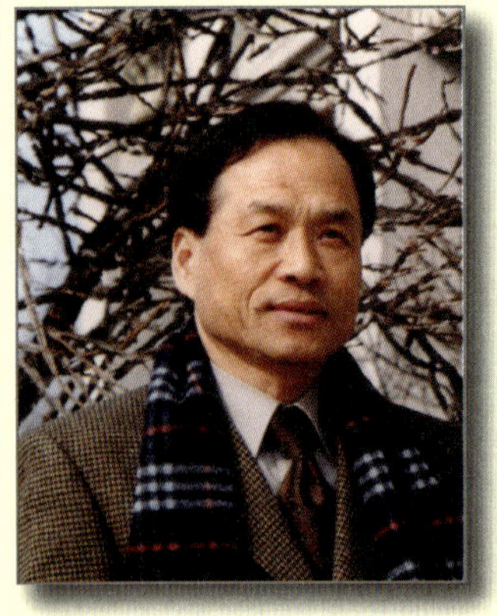

노원호(盧源浩) 동시인: 경북 청도에서 태어나, 대구교육대학과 한국외국어대학교 교육대학원 국어교육과를 졸업하였다. 1972년 매일신문 신춘문예 동시 입선과 1975년 조선일보 신춘문예 동시 당선으로 문단에 나와 대한민국문학상, 새싹문학상, 세종아동문학상, 한국동시문학상, 이주홍아동문학상, 은하수동시문학상 대상, 방정환문학상 등을 수상하였다.
동시집으로는 〈바다를 담은 일기장〉, 〈아이가 그린 가을〉 〈고향 그 고향에〉, 〈바다에 피는 꽃〉 등 여러 권이 있다.
한국동시문학회와 한국동요작사작곡가협회 회장을 역임하였고, 현재 사단법인 새싹회 이사장으로 있다.

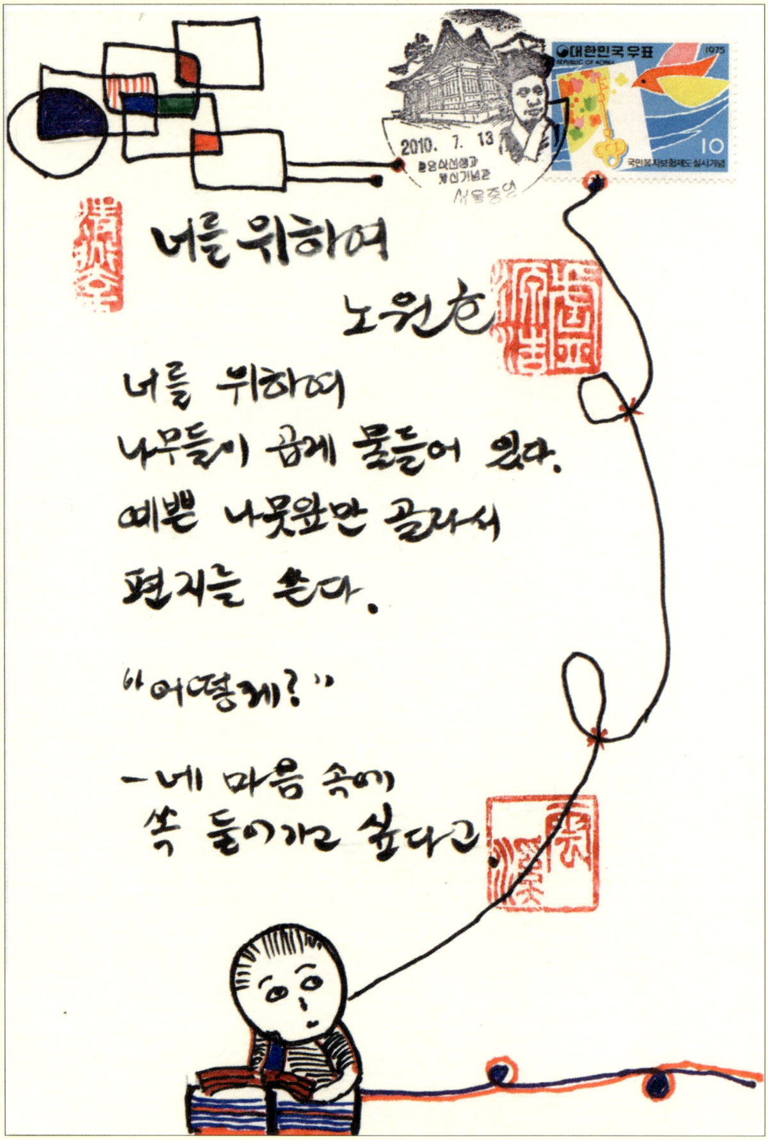

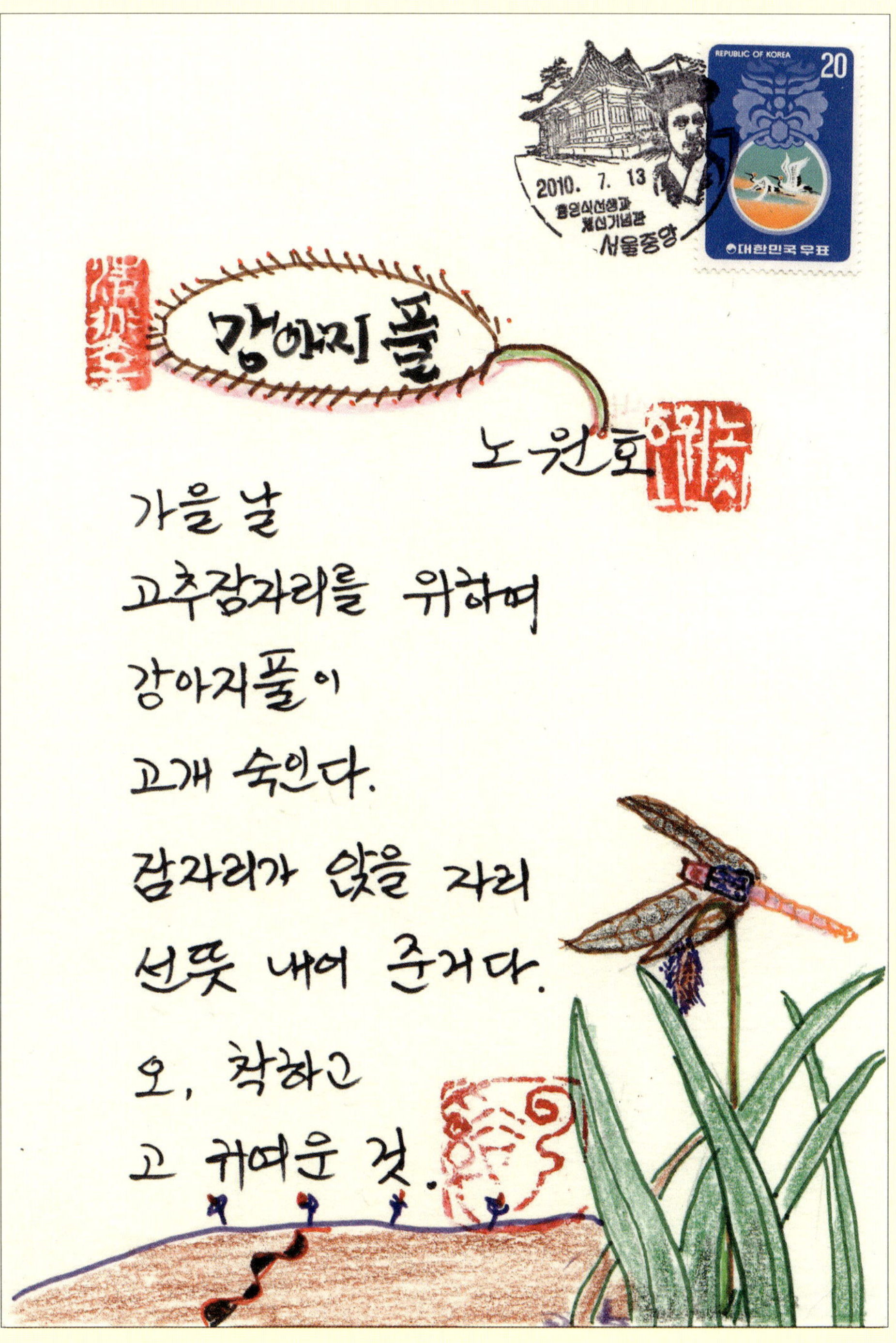
강아지풀

노원호

가을 날
고추잠자리를 위하여
강아지풀이
고개 숙인다.
잠자리가 앉을 자리
선뜻 내어 준거다.
오, 착하고
고 귀여운 것.

REPUBLIC OF KOREA
20
대한민국 우표
2010. 7. 13
서울중앙

류 윤 근 _{화 가}

류 윤근(柳胤根) 화가: 호는 은암(隱菴) 1946년 전북 남원에서 출생. 12살까지 조부님 지도 아래 한문공부와 붓글씨를 배우다가 가출하여 글씨와 그림을 직업으로 삼아 그럭저럭 평생을 산다.
그룹전에도 다수 출품하고, 천도교미술인회 사무국장으로 서화지도도 맡아서 한다.
한편 동학정신으로 통일운동을 한다고 하면서, 고향에 동학정신선양사업을 하며 집안 문집을 정리하고 지낸다.

REPUBLIC OF KOREA 20
대한민국 우표
새 한을
새 세상을 맞이하며
送
迎
新
2010 서민날

리 그리고리 한국문학연구가

리 그리고리(Li Grigoriy) 한국문학연구가: 한국명 이기곡, 러시아인(우즈베기스탄) 1955년 고려인 3세로 출생.

1977년 러시아 노보시비르스키 전기기술대학교 졸업, 2004년 한국학중앙연구원 석@박사 통합과정을 이수, 2010년 6월에 졸업하고 문학박사 학위를 취득함.

한국문학번역원의 지원 대상자로 선정 되어 정지용의 시선집과 김원일의 장편소설 <마당 깊은 집>을 번역 모스크바 국립대학 출판부에서 출간했으며, 2010년에는 김남조 시선집 <오늘 그리고 내일의 노래>와 송찬호 시선집 <고양이가 돌아오는 저녁>을 러시아어로 번역했다.

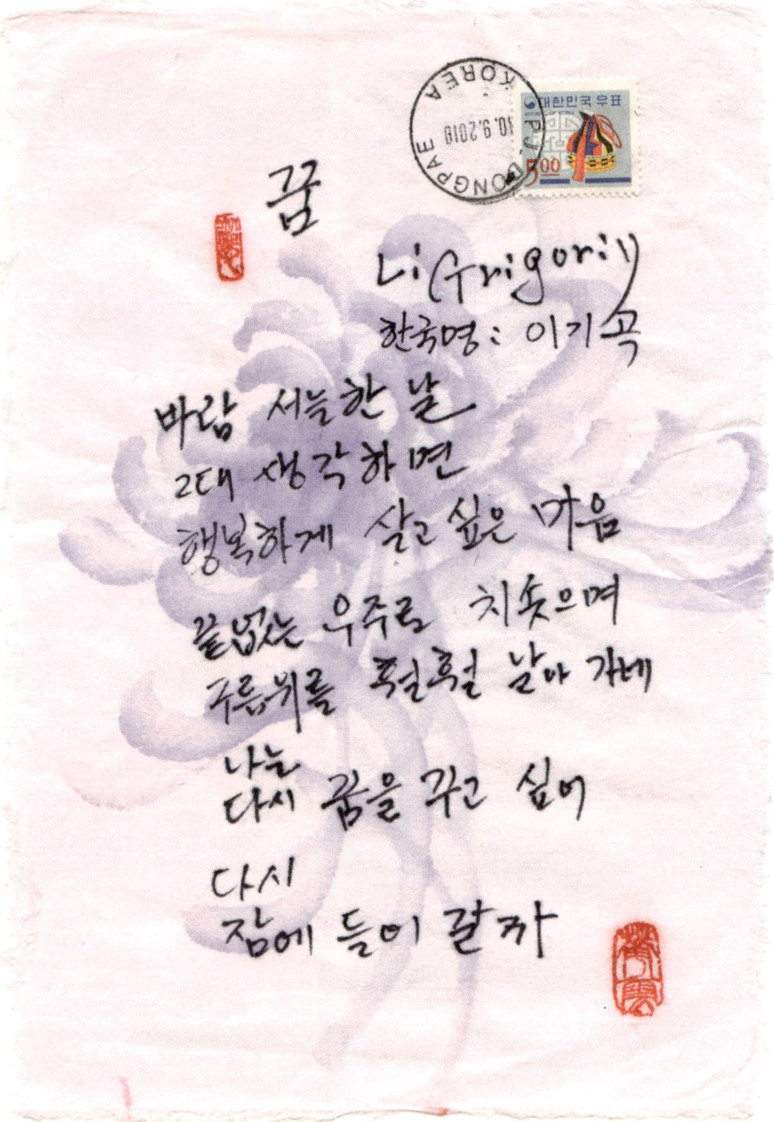

그리움

한국명: 이기곡
Li Grigoriy

거리를 걸어가며
생각하네
하늘을 쳐다보며
생각하네

새들이 먼길 떠나가네
나도 새처럼 날고싶어
그대 있는 곳까지

건강하게 잘 있는지
그대도 내마음 같은지
궁금 하네
궁금 하네

문 경 패 _{화 가}

문 경패(文鏡貝) 화가: 호는 인월(仁月). 홍익대학교 미술대학원 현대미술최고위과정 수료. 개인전 4회. 대한민국 미술대전 입선 2회(국립현대미술관), 목우회 공모전 입선, 대한민국 미술대전 특선(국립현대미술관), 일본 대만 공모전 금상(일본).
현재 한국미술협회, 창석회 회원.

문복희 시 인

문 복희(文福姬) 시인: 호는 초우(初尤) 서울 출생.
경원대학교 국어국문학과 교수. 한국어문회 '어문생활' 편
집위원. 1999년 '시조생활'에 '백목련'이 당선되어 문단에 등단.
시집으로 <숲속으로 가리>(2005), <첫눈이 오면>(2006), <숲
속 이야기>(2007), <페루의 숲>(2008)이 있다. 저서로는 <한
국 신선시의 의해>(2005), 공저에 <한국문학과 여성>(1997),
<행복한 시인의 사회>(2004),<이제 희망을 노래하려다> 등이
있다.

연 꽃

볼수록 그리운 그대
등에 업고 눈물난다

만질수록 외로운 손
호주머니에 품었다가

천년 후
아무도 몰래
뜨겁게 사랑하리

文 福 姬

동 백 꽃

단 한 번 입맞추려
얼마나 떨렸던가

절망보다 더한 장면
수없이 지나간 후

혼(魂) 바쳐
피워낸 황홀
붉다 못해 서럽다

吳福姬

문 삼 석 _{동시인}

문 삼석(文三石) 동시인: 1941년 전남 구례에서 출생. 1959년 광주사범학교, 1978년 전남대학교 교육대학원을 졸업하고, 40여 년간 초중고에서 교직에 종사하였다. 1963년 조선일보 신춘문예에 동시 당선으로 문단에 데뷔했으며, 한국아동문학협회장 등을 역임하였고 현재 국제펜클럽한국본부 부이사장, 계몽아동문학회장직을 맡고 있다.
계몽사아동문학상, 세종아동문학상, 소천아동문학상, 대한민국문학상, 방정환문학상, 대한민국동요대상, 국민훈장 동백장 등 다수 수상하였다.
저서로는 동시집 <산골 물>, <가을 엽서>, <별>, <바람과 빈 병>, <우산 속>, <도토리 모자>, 중국어 역 동시집 <하늘 놀이터> 등이 있다.

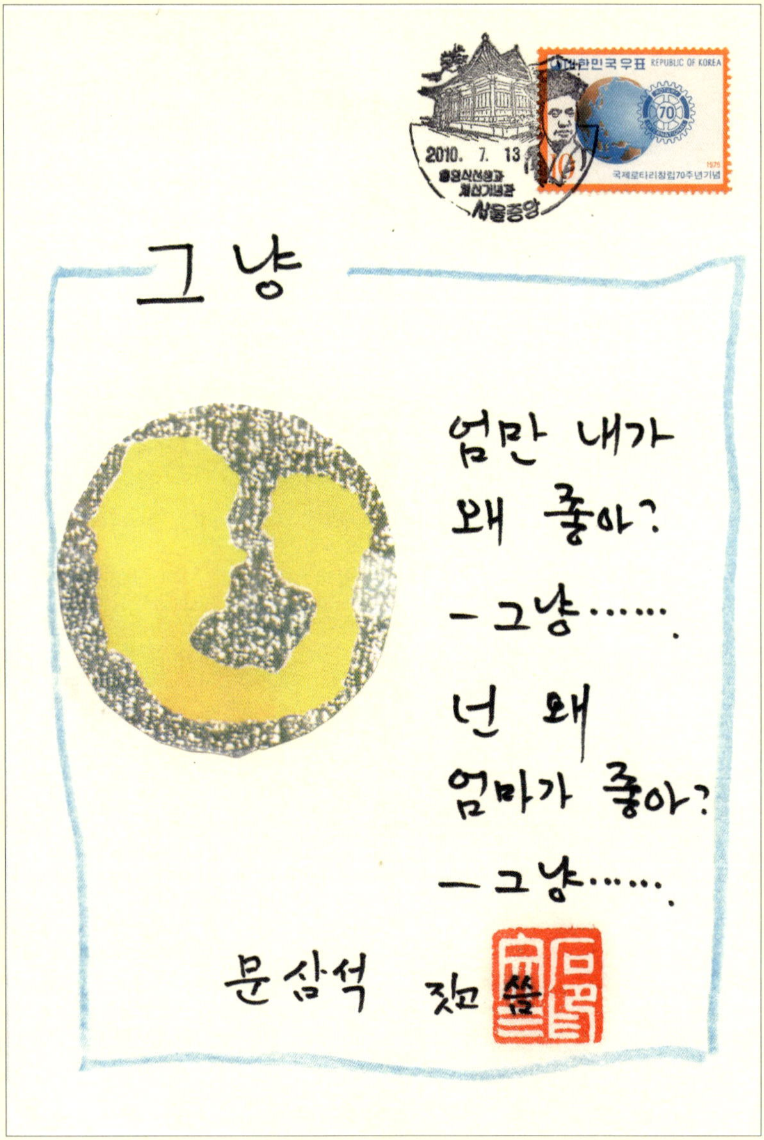

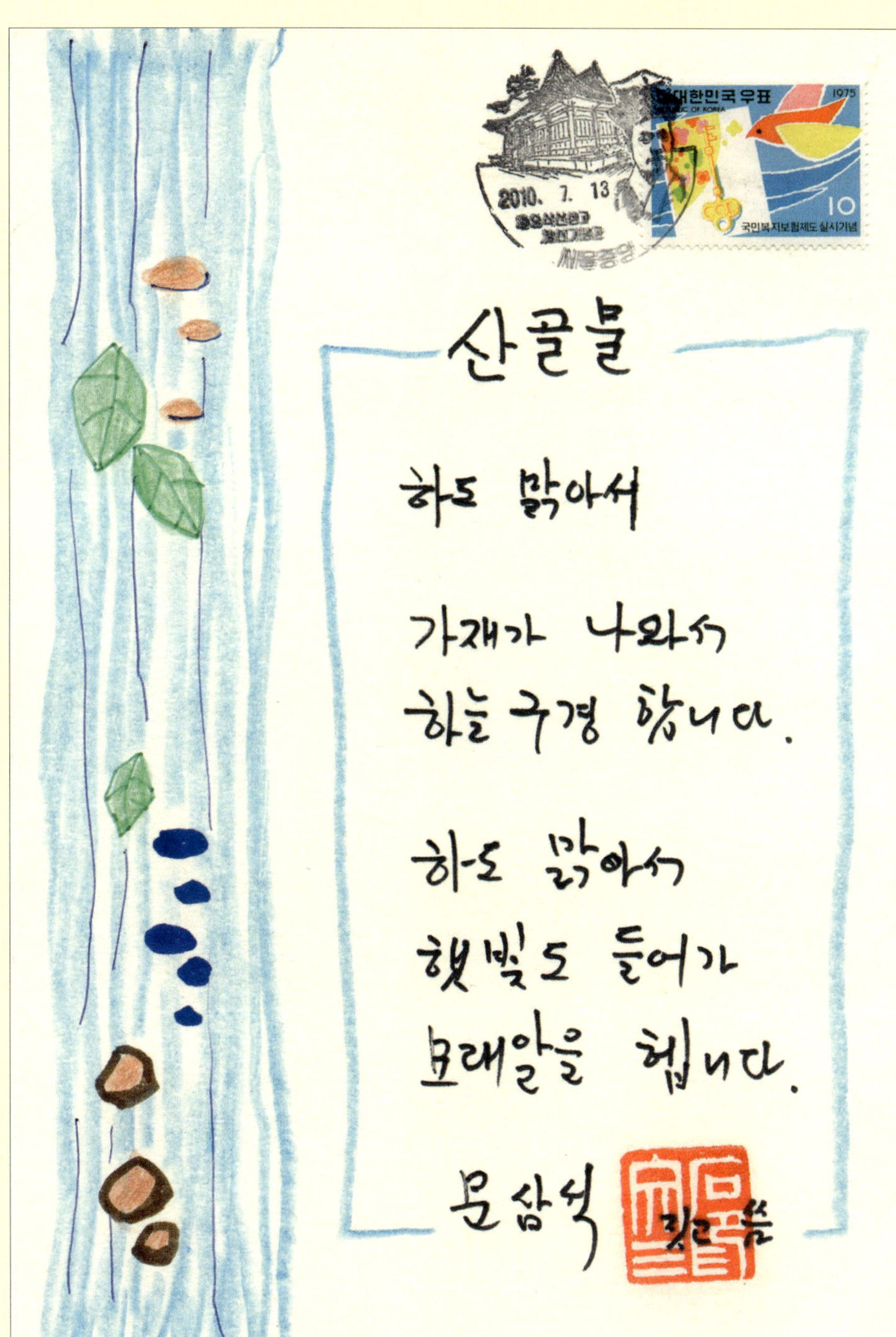

산골물

하도 맑아서

가재가 나와서
하늘 구경 합니다.

하도 맑아서
햇빛도 들어가
모래알을 헵니다.

문삼석

문　숙 화가

문 숙(文淑) 화가: 추계예술대학 서양화과 졸업.
모로 갤러리(2005년), 산 갤러리(2007년)에서 개
관 초대개인전. 한국현대시 100년 시, 그림전, 3인 3색
전, 여섯 사람 서양화전, 일요화가회전 등 많은 단체전에
참가. 현재 일요화가회, 천호회, 야수회 회원, 서울 금호동
큰솔 예화실 원장.

문 숙 시인

문숙(文淑) 시인: 1961년 경남 하동군 출생.
동국대학교 문예창작 석사.
<불교문예> 편집장, 2000년 <자유문학>으로 시 등단, 시집 <단추> 등.

첫 사랑

공사 중인 골목길
접근금지 팻말이 놓여 있다
시멘트 포장을 하고
빙 둘러 줄을 쳐놓았다
굳어지긴 직전,
누군가 그 선을 넘어와
한 발을 찍고
지나갔다
너였다

나무를 심으며

사랑이란

나를 너만큼

피내는 일

그 자리에

너를

꾹 눌러 심는일

문재구 시 인

문 재구(文在球) 시인: 1931년 1월 8일 전남 장흥에서 출생. 대구사범, 국학대학, 중앙대학교 대학원 국문학과를 졸업(문학박사), 부산여자대학교, 중앙대학교 등에서 교편을 잡음.
1962년 KBS 드라마 모집에 당선(한류난류), 주로 부산에서 문단 활동. 조향(趙郷) 선생과 '일요문학' 동인을 조직 모더니즘 시운동을 하다가 상경 후 한때 절필.
뒤늦게 느낀 바 있어 '한국시'지를 통해 재 등단 시집 〈하얀 향기〉를 상재. 저서는 〈문학비평론〉. 〈한국문학과 성문화〉. 〈한국 근대문학에 나타난 성문제 연구〉 등 주로 문학이론서 다수 저술.

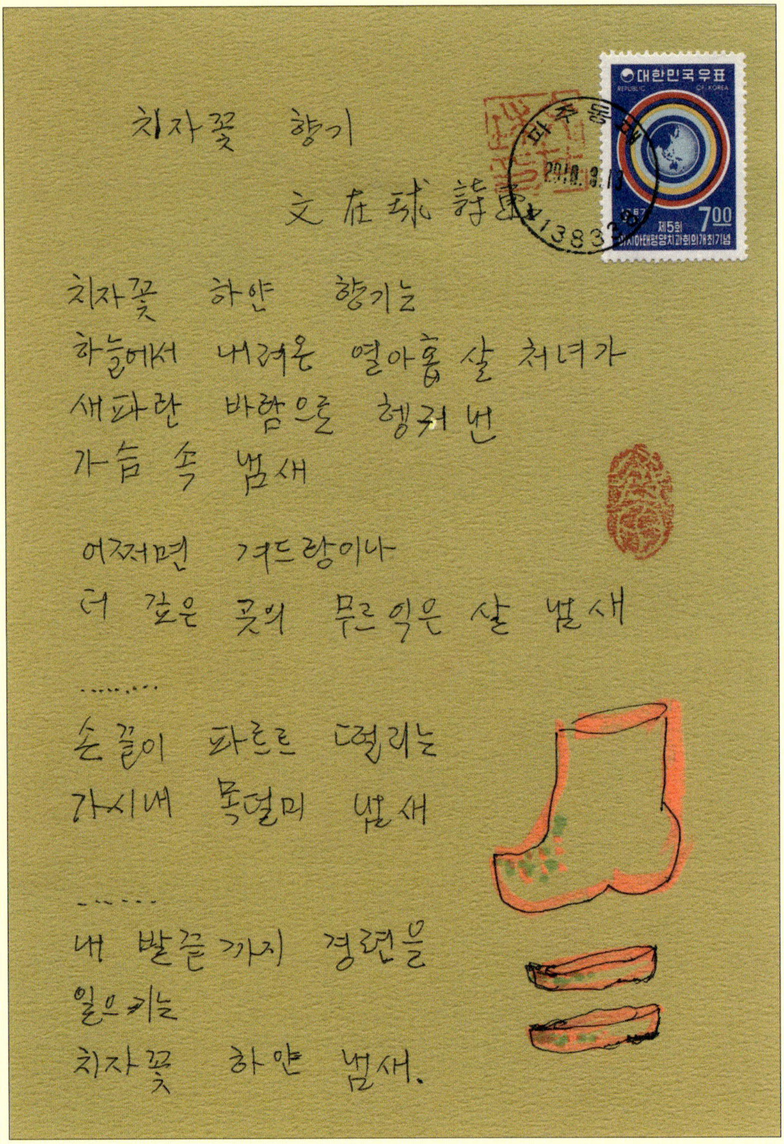

치자꽃 향기

　　　　文在球 詩

치자꽃 하얀 향기는
하늘에서 내려온 열아홉 살 처녀가
새파란 바람으로 헹궈 낸
가슴 속 냄새

어쩌면 겨드랑이나
더 깊은 곳의 무르익은 살 냄새

．．．．．．

손 끝이 파르르 떨리는
가시내 목덜미 냄새

．．．．．．

내 발끝까지 경련을
일으키는
치자꽃 하얀 냄새.

少女像
文在球 詩
白聖基 畵

너는
五月
잔디 밭에
피어나는
百合

스치면
향기 터지는

잡힐 듯
잡히지 않는
아지랑이

· ̄ …

연분홍 치마폭
하는 적거리는

… …

눈이 감기는
향기여.

민 성 동 _{화 가}

민 성동(閔聖東) 화가: 2000년 제1회 개인전(천안시민회관)을 시작으로 제8회 개인전을 인사아트프라자에서 가졌으며, LA와 터키, 프랑스 파리, 중국 등 국내외에서 200여회의 국내외 단체전 및 초대전에 참가했다.
수상은 충남청년미술작가상, 아티스트미술상, 청룡문화예술상, 대한민국 선진미술상, 동아국제미술대전 우수지도자상을 수상했다.
현재 시형회, 경기수채화협회, 충남수채화협회 한국미술협회 천안지부 회원.
2009년 대한민국 서화예술비엔날레 추진위원 및 심사위원, 갤러리 민 대표, 환경미술연구소 총괄본부장.

민수영 시인

민수영(閔洙英) 시인: 1994년 월간 '문예사조' 신인상 수상.
1995년 전국여성문학상 수상. 아산문인협회 회원.
시집으로 <선택>, <낯선 곳에서의 하룻밤> 등.

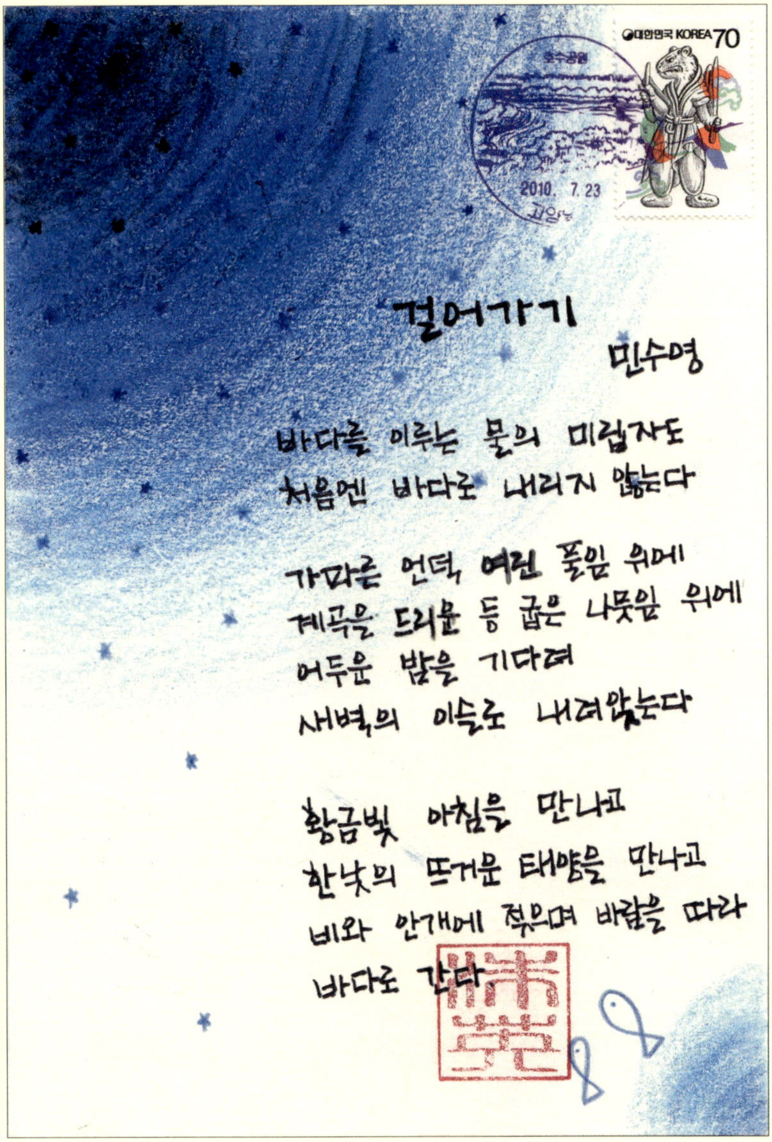

순간, 내 허리가 휘어지는 고통을 느꼈어
선택된 거지

유난히 꿈이 많았던 나는
우선 줄기가 튼튼했고 생에 처음으로
가지마다
잔별 같은 꽃을 풍성하게 피우고 있었거든
— 민수영 「선택」中에서 —

박 동 인 _{화 가}

박동인(朴東仁) 화가: 1944년 전남 해남에서 태어나, 서라벌예술대학(중앙대)를 졸업. 1977년 제1회 개인전 이후 개인전 12회. 한국일보-한국미술대상전 특별상, 구상전 목우리전 문화공보부장관상, 한국미술협회전 금상 수상. 신형상전, 한국의 자연전, 한국현대미술 초대작가전, 등 국내외전 300여회 참가. 한국미술협회 부이사장(1989~1992), 미술대전 및 전국미술대전 심사위원 운영이원, 추계예술대학교 교수 등 역임.
한국예술문화상(공로상)과 녹조근정훈장을 받음.

박두순 시인

박두순(朴斗淳) 시인·동시인: 1950년 경북 봉화군에서 출생. 1977년 '아동문학평론', '아동문예'에 동시로 신인상을 받고 등단하였으며. 1991년에는 '자유문학' 시부문 신인상 당선으로 시단에 등단.
동시집 <망설이는 빗방울>, <나도 별이다>, <들꽃> 등 10권과 시집 <행복 강의> 등 2권을 냈다. 대한민국문학상, 소천아동문학상, 한국아동문학상, 방정환문학상, 동리문학상 등을 수상 하였으며 한국동시문학회 회장을 역임, 현재 동시 전문지 '오늘의 동시문학' 주간으로 일하고 있다.

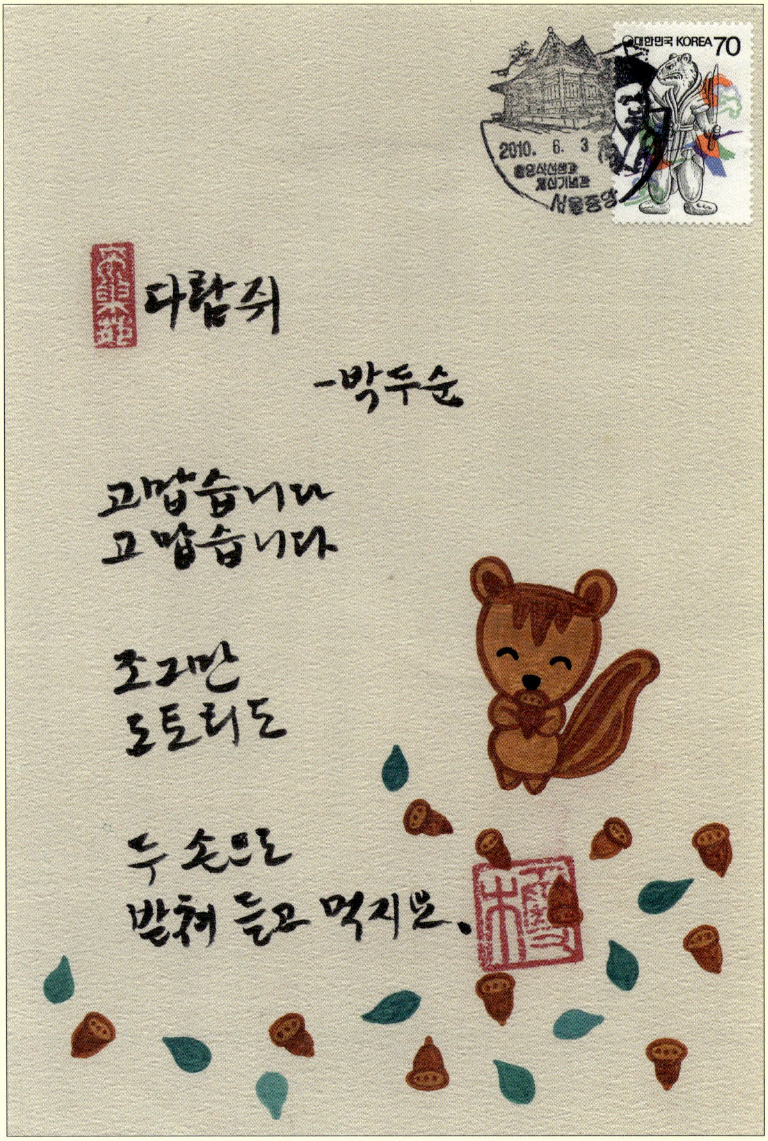

꽃을 보려면

　　　　　-박두순

채송화 그 밝은 꽃을 보려면
그 앞에서
고개 숙여야 한다

그 앞에서
무릎을 꿇어야 한다

삶의 꽃도
무릎을 꿇어야 보인다.

박명숙 시인

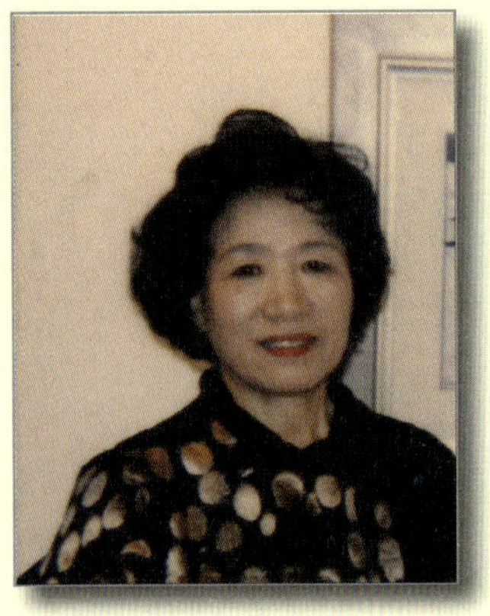

박명숙(朴明淑) 시인: 1994년 '문예사조'에서 등단. 설송 시문학상, 서초 시문학상 수상. 시집으로 <달 만큼의 거리에서>, <덫>, <겨울이 키우는 여자> 등이 있다. 현재 한국문인협회, 여성문학인회, 사임당 시문회, 서초문인협회 회원.

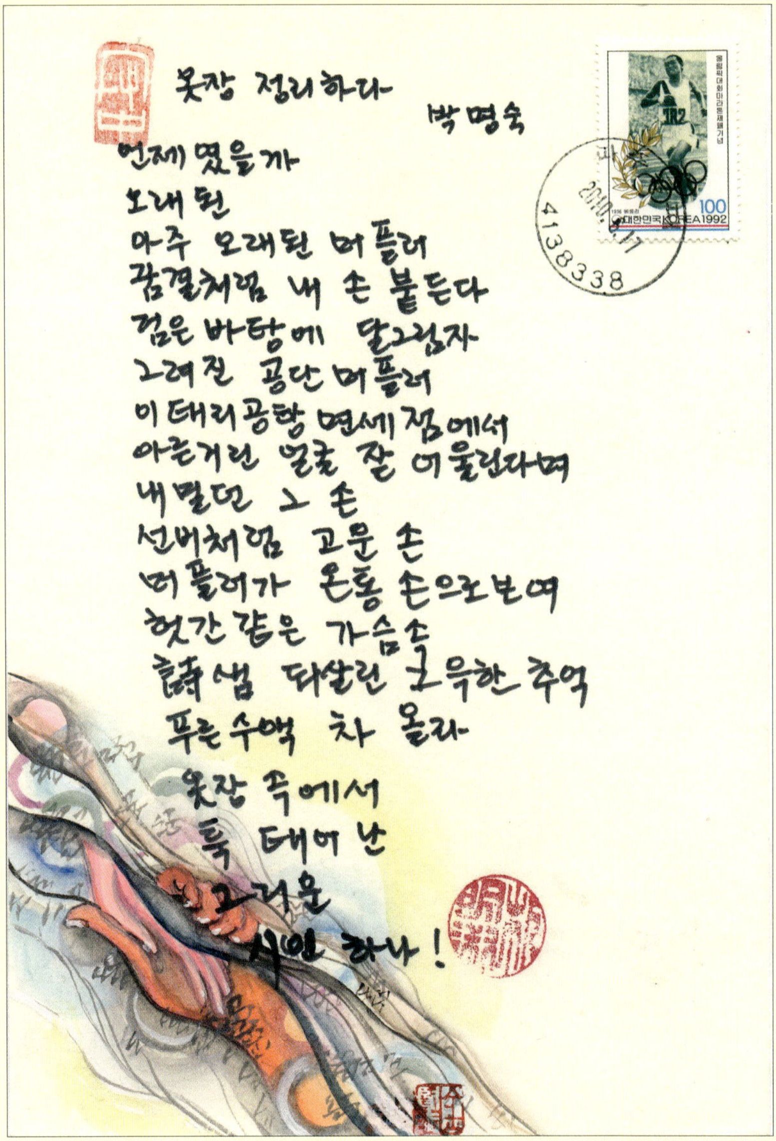
옷장 정리하다

박명숙

언제였을까
오래된
아주 오래된 머플러
꿈결처럼 내 손 붙든다
검은 바탕에 달그림자
그려진 공단 머플러
이태리공항 면세점에서
아른거린 얼굴 잘 어울린다며
내밀던 그 손
선비처럼 고운 손
머플러가 온통 손으로 보여
헛간 같은 가슴속
詩샘 되살린 그윽한 추억
푸른 수액 차 올라
옷장 속에서
툭 태어난
그리운
시인 하나!

해당화-

박명숙

사랑 한 송이
입술 퍼렇게 말렸어야 했어

눈 아프게 바라보다
부끄럼조차 목마름으로
피워내곤
다리 절며 서 있었어

구름 베고 서 있는 언덕
새소리·물소리에 섞여
여태 못 다 부른 이름
피 흘리며 불러야 했어

끝내
초록가슴 부비며 향기로움
저 멀리 가시로 섰던 날
울음덩이 삭혀 되돌아섰지

박미숙 _{화가}

박 미숙(朴美淑) 화가: 홍익대학교 일반대학원 회화과.
예술의 전당과 독일 베를린 아트 센터 등 국내외서 개인전 8회, 그 외 국내외 단체전에 다수 출품. 신사임당미술대전 특선, 서울미술대상전 입선, 행주미술대전 입선, 대한민국 여성미술대전 우수상, 국제문화 미술대전 동상, 대한민국 평화미술대전 특선(메트로미술관), 평화미술대전 특선(단원미술관).

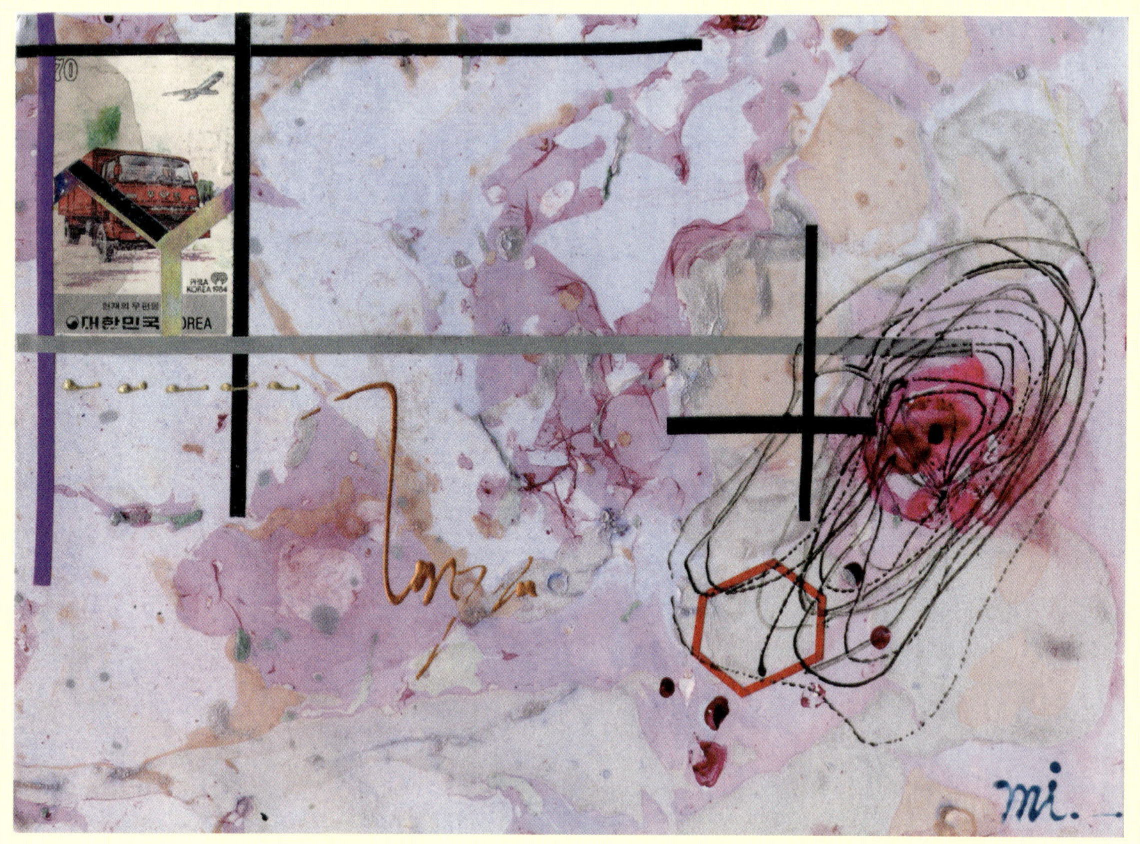

박 상 아 _{화 가}

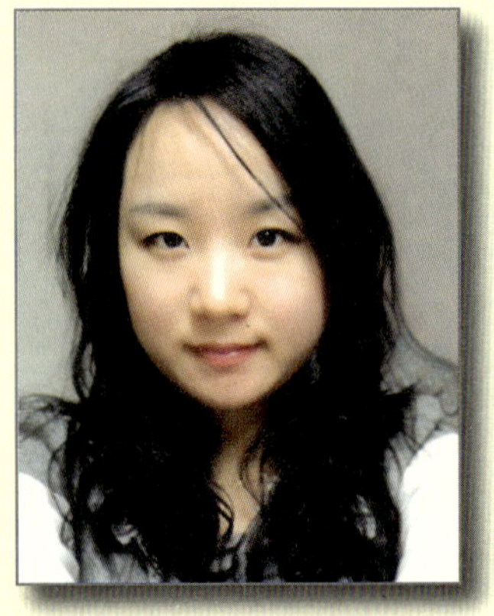

박상아(朴相娥) 화가: 홍익대학교 판화과 졸업, 동대학교 일반대학원 졸업.
2008년 홍익대학교 판화과 석사학위 청구전, 2009년 Bodystreamline-colorpeople 기획공모 당선전(한전프라자), 2010년 The Circulating Energy 개인전 −SONO Factory 한국북아트협회와 소노팩토리가 지원하는 올해의 작가전 등.
단체전은 2010년 '꿈을 바라보며 그리다'(의정부 예술의 전당) 외 50여회.
수상은 2005년 현대판화 공모전 입선, 2005년 전국대학미술대전 서양화 부문 특선, 2006년 경향미술대전 −서양화 부문 장려상, 2006년 21세기 미술 새로운 도전전 우수상, 2007년 단원미술대전 판화부문 특선, 2008년 단원미술대전 평면부문 선정작가, 2008년 매트로 미술대전 −평면부문 특선 등.
현재 한국 북아트협회 회원, 소마 드로잉 센터 아카이브 1기 선정작가, 제30회 삼성생명 청소년 미술공모전 심사위원, 호서대학교 출강.

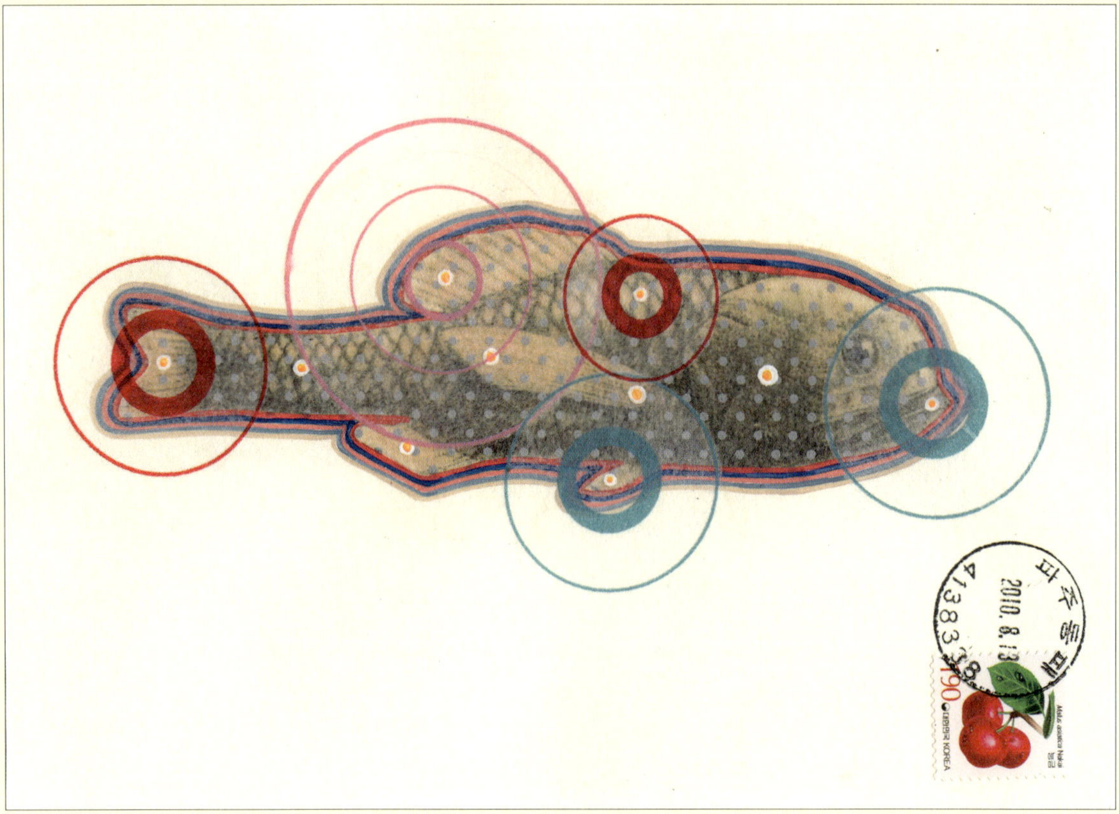

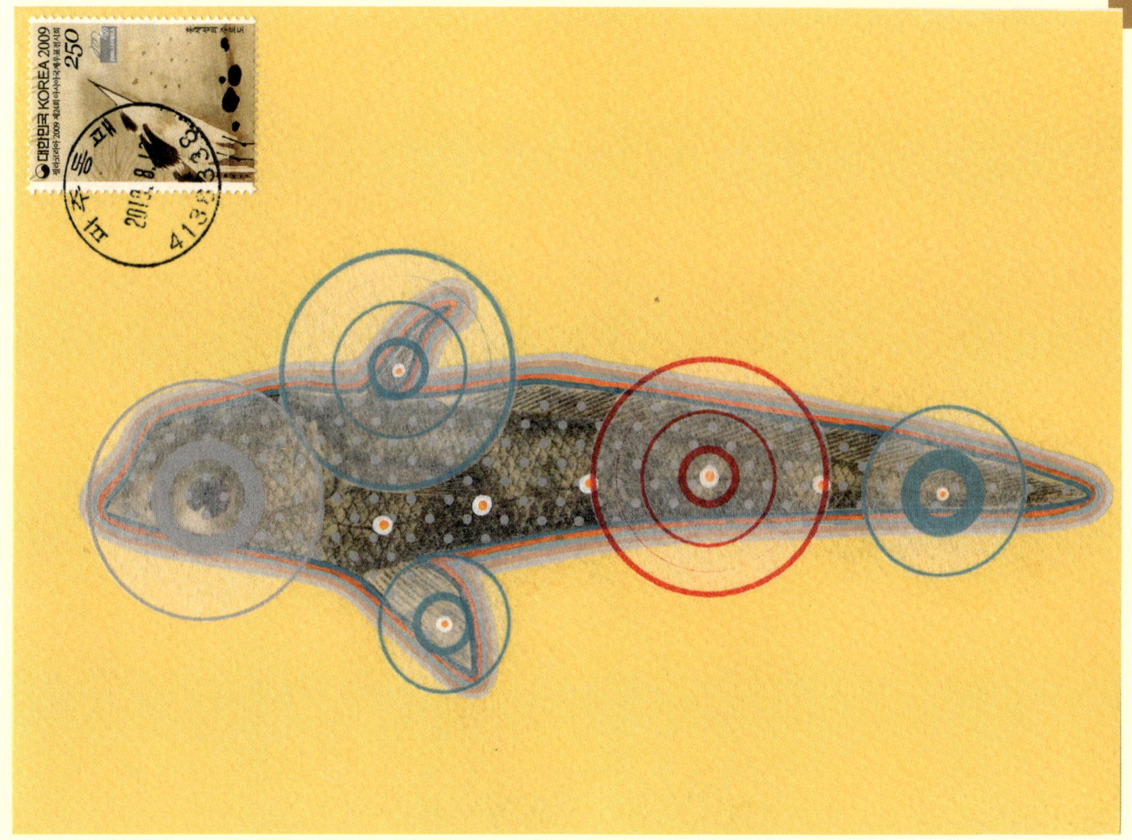

박 성 현 시 인

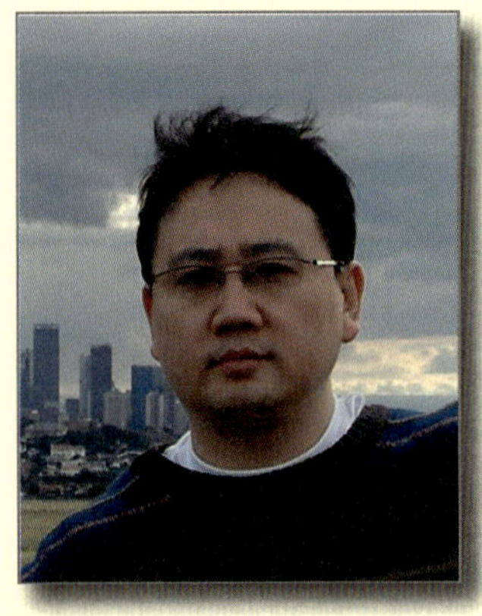

박성현(朴星炫) 시인: 1970년 서울출생.
2009년 중앙일보 제10회 중앙신인문학상 시 부문 수상.
건국대학교 국어국문학과 졸업.
건국대학교 국어국문학과 박사과정 졸업(문학박사).
서울교대 강사.

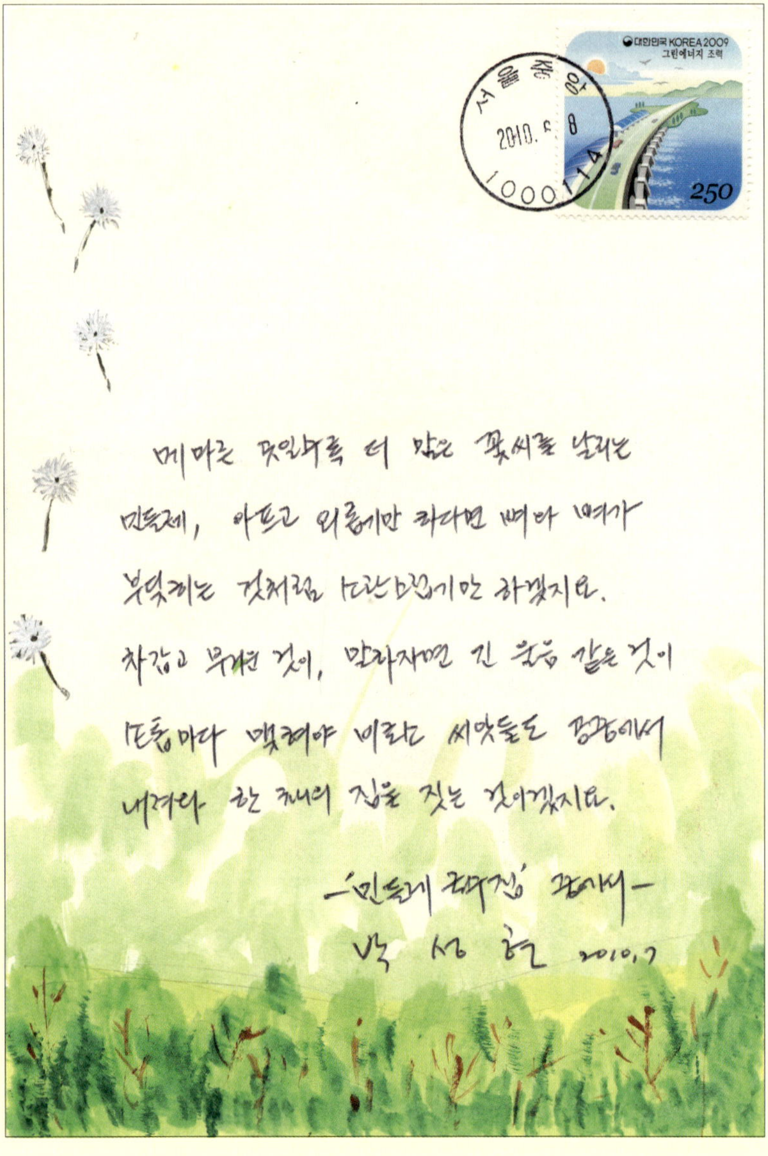

메마른 곳일수록 더 많은 꽃씨를 날리는 민들레, 아프고 외롭기만 하다면 뼈와 뼈가 부딪치는 것처럼 소란스럽기만 하겠지요. 차갑고 무거운 것이, 말하자면 긴 울음 같은 것이 모퉁이마다 맺혀야 비로소 씨앗들도 공중에서 내려와 한 채의 집을 짓는 것이겠지요.

-'민들레 국수집' 에서-

박 성 현 2010.7

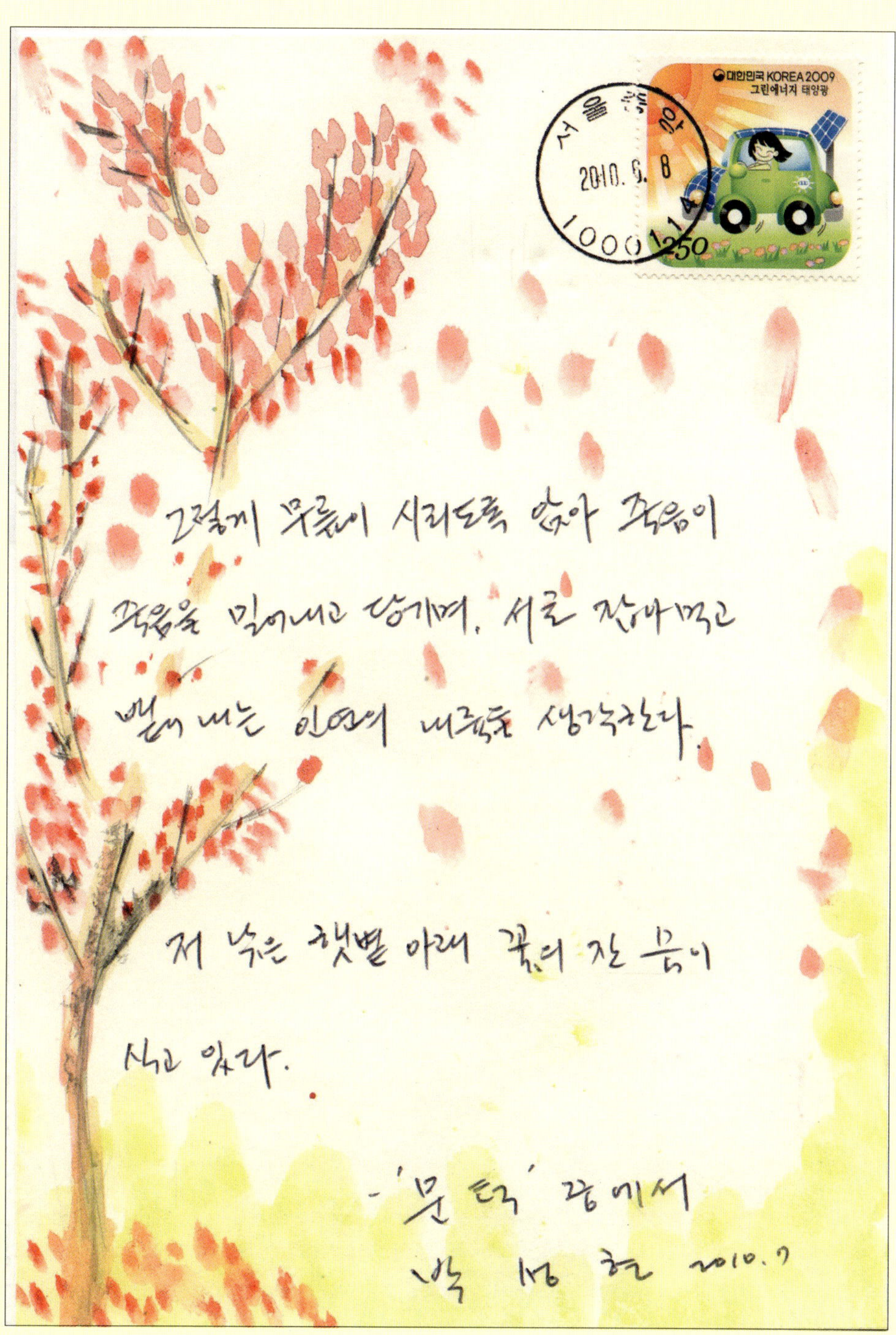
그렇게 무릎이 시리도록 앉아 죽음이

죽음을 밀어내고 당기며, 서로 잡아먹고

뱉어내는 인연의 내력을 생각하노라.

저 낮은 햇볕 아래 꿈의 잠 음이

시고 있다.

-'문턱' 길에서

박 병 천 2010.7

박얼서 시 인

박얼서 시인: 본명 박종기(朴宗起). 시인이자 수필가이며, 1952년 전북 전주에서 태어났다. 전북일보 신춘문예에 당선.
'월간', '문예사조' 신인상, '한울문학' 작가상, '문예춘추' 릴케문학상 수상.
한국문인협회, 전북시인협회 회원.
시집으로 <폭포의 시원을 가다>, <그해 겨울 내가 만난 아버지는 다시 나였다> 등.

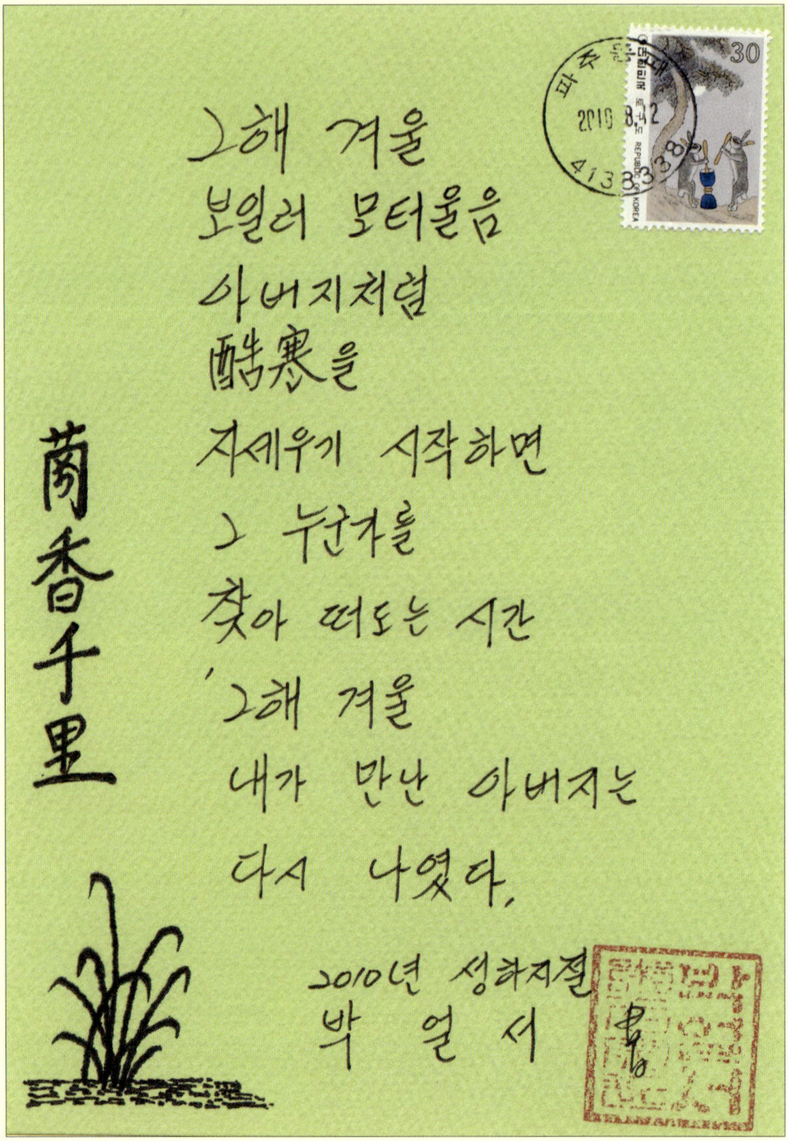

蘭香千里

그해 겨울
보일러 모터울음
아버지처럼
酷寒을
지세우기 시작하면
그 누군가를
찾아 떠도는 시간
'그해 겨울
내가 만난 아버지는
다시 나였다.

2010년 성탄지절
박 얼 서

새벽입니다
詩를 사랑하는
당신의 가난한 새벽입니다
임이시여? 이제 는 세상을
깨울 시간입니다
당신의 분선
그 우렁찬 탄생소리가
여명을 밟고 새아침 바삐
몰아오고 있지 않습니까
우리들의 구든
새벽입니다

2010년 성하지절
박 얼서

박 엘 _{화 가}

박엘 화가: 영남대학교 조형대학원 졸업, 2010 KASF(Korea Art Summer Festival) Setec, 2010 KASF 우수작가 개인전(갤러리 신상), 2010 갤러리 스카이연 개관기념전, 2010 상해 박람회 상해 아트페어, 포항 물댄동산 갤러리, 경산중앙교회 갤러리, 개인전(포항 작은행복 갤러리), 대한민국 현대미술작가 뉴욕 초대전, 2003 포항 청년작가회전, 2003포항 아트 페스티벌전, 2002 한터전 등에 참가.

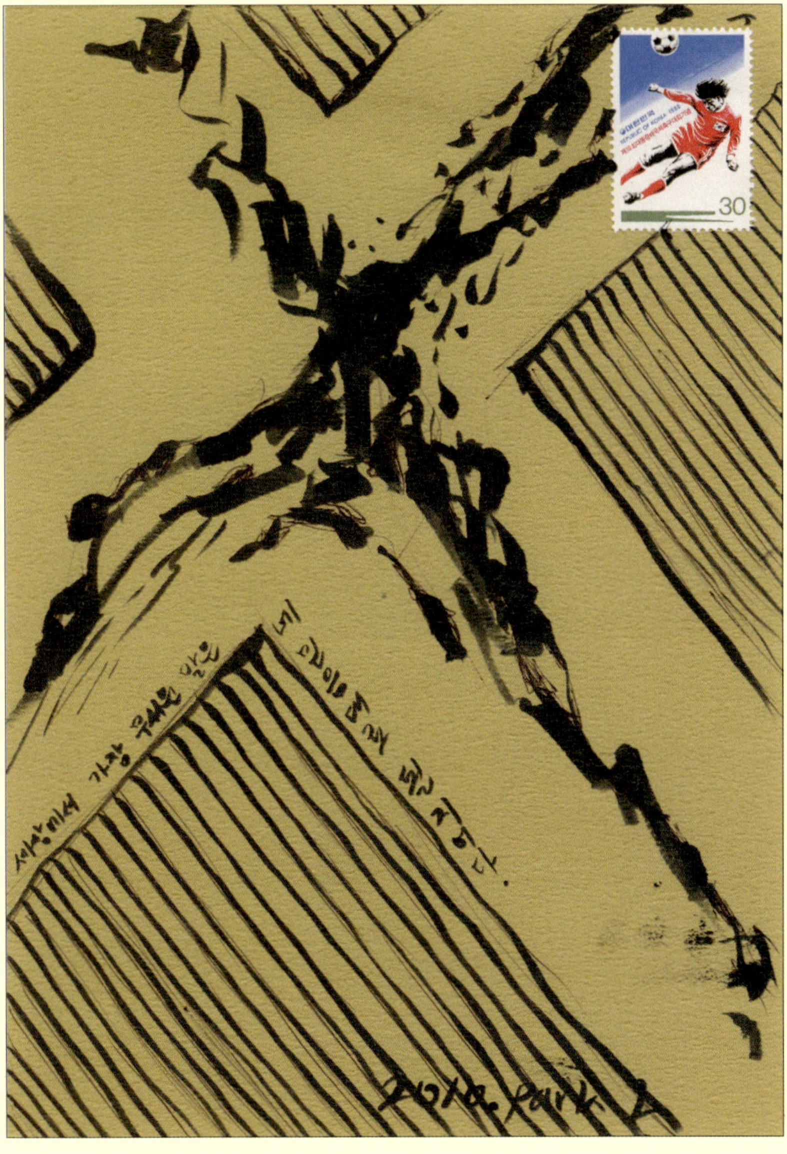

박 연 화가

박연(朴燕) 화가: 이화여자대학교 미술대학 서양화과와 동대학원 서양화과 졸업.
관훈갤러리, 오스트리아 비인, 갤러리 신상 등에서 개인전 5회.
제5회 대한민국미술대전 입선, 한국미술 2000년대의 주역들전, 한국여류화가회전, 한국미협전 등에 참가.
현재 한국미협, 갑자전, 환국여류화가회, 이서전 회원.

누가
박용래
—오오냐.오냐 들녘 끝에는 누가 살든가
—오오냐.오냐 수수이삭 머리마다 스쳐
—오오냐.오냐 화적떼가 살든가
—오오냐.오냐 풀모기가 날든가
—오오냐.오냐 누가 누가 살든가.
간 피얼룩
박기여ㄴ. 10.

박 연 옥 _{화 가}

연옥(朴蓮玉) 화가: 제11회 중국 상해 국제아트페스티벌 한국현대미술 우수작가상 수상.
한국미술의 대표작가 초대전 '오늘'(세종문화회관), 제4회 세계열린미술대축제 초대작가전(서울시립미술관, 목포문화예술회관), 서울 오픈 아트페어(코엑스), 한국 독일, 미국 국제 교류전(독일 프랑크푸르트), 한국여류미술 100년-자아를 찾아서전 등 개인전 4회, 국내외 단체전 초대전 60여회 참가.
현재 세계미술연맹, 한국미술협회, 한국전업미술가협회 회원.

박 영 길 화 가

박 영길(朴永吉) 화가: 홍익대학교 미술대학원 졸업.
일본, 독일, 미국, 한국 등에서 개인전 16회.
미국 라스베가스 아트페어, 상해 아트페어 개인부스전, 홍콩국제 아트페어
부스전, 독일 중국 대만 일본 등 50여회 참가.
대한민국 미술대전 '97, '98입선. 2001년 특선. 제1회 SWAF 특선 수상.
한국미술협회 서양화 이사, 한국미술창작협회 이사, 대한민국 신미술대전 심
사위원 및 운영위원, 대한민국문화미술대전 심사위원 역임.
현재 명신대학교 미술학과 겸임교수, 숙명여자대학교 인물화 교수.

박 영 란 화 가

박영란(朴瑛蘭) 화가: 1962년 충북 보은 출생. 홍익대학교 미술대학원 회화전공.
인사 아트센터, 갤러리 라메르 등에서 개인전 4회. 국내외 단체전 100여회 참가.
수상은 2006년 대한민국 회화 대상전, 나혜석 미술대전, 세계평화미술대전, 서울미술
대전, 대한민국 여성미술대전, 단원미술대전 입선. 예술대제전 특선.
2007년 서울미술대상전 신사임당 미술대전 특선.
현재 한국미술협회, M전회, 그린아우라 회원.

대한민국 우표
REPUBLIC OF KOREA
10
한국우편연합창립100주년기념
1874 — 1974

박완호 시 인

박완호(朴完鎬) 시인: 1965년 충북 진천 출생.
경희대학교 국어국문학과 졸업.
1991년 '동서문학' 으로 등단. 시집으로 <내 안의 흔들림>, <염소의
허기가 세상을 흔든다>, <아내의 문신> 등.

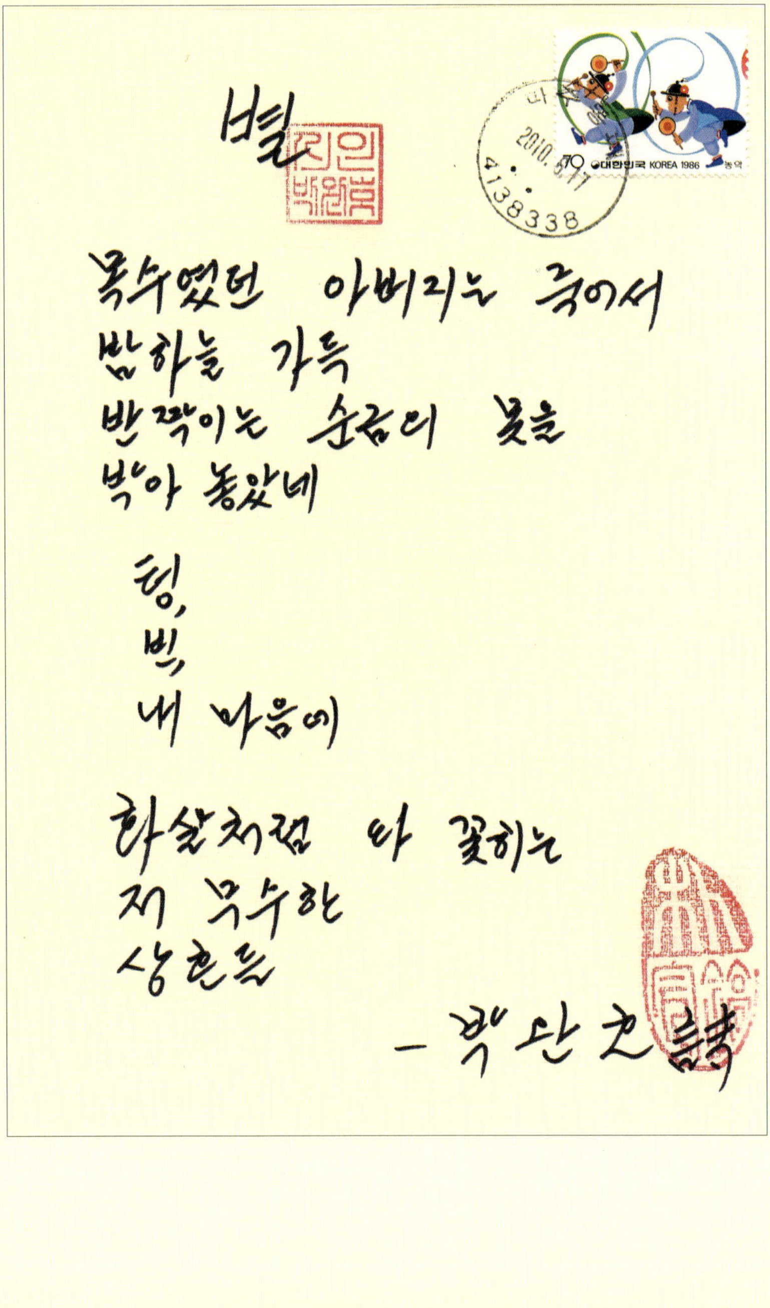

못수였던 아버지는 극에서
밤하늘 가득
반짝이는 손금이 놋는
박아 놓았네

   팅,
   빙,
   내 마음에

화살처럼 다 꽂히는
저 무수한
상흔들

— 박완호

누가 내 정신의
건반을 두드리는 것일까
몸 속에서 작은 음계 하나
떠오른다

저 풀잎들처럼 나도 어느덧
내 몸을 연주하고 있다

박완호 詩
'풀잎처럼' 中

박 찬 예 _{화 가}

찬예(朴贊禮) 화가: 미국 뉴저지 Burlington County College
AA–Art 수료.
대한민국 현대여성 미술대전 입선, 환경전시회 특선, 한강미술대전 특선.
'순후전' 멤버 아카데미 전시 2회, 아시아 작가초대전(한국, 일본, 중국),
블루 웨이브 갤러리 초대전(LA), UN본부전 등.
뉴욕 월드 아트페스티벌 대상, 한인회장상 등 수상.

박현수 시 인

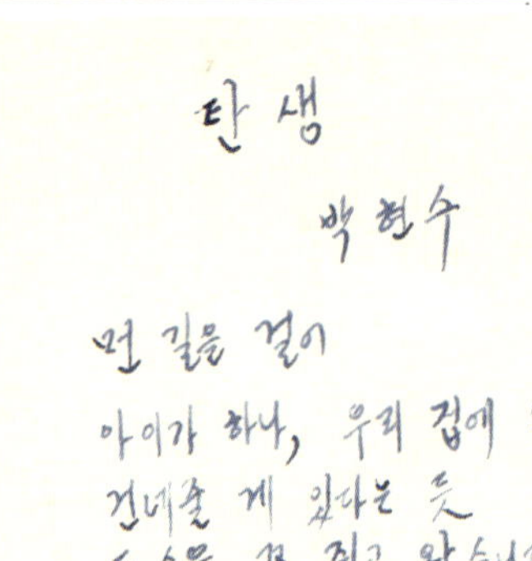

박 현수(朴賢洙) 시인, 평론가: 경북 봉화 출생, 세종대학교 국어국문학과 졸업
서울대학교 대학원 국문학 박사과정 졸업, 경북대학교 교수.
1992년 한국일보 신춘문예 당선.
시집 <위험한 독서>, <우울한 시대의 사랑에게>, 평론집 <황금책갈피> 등.

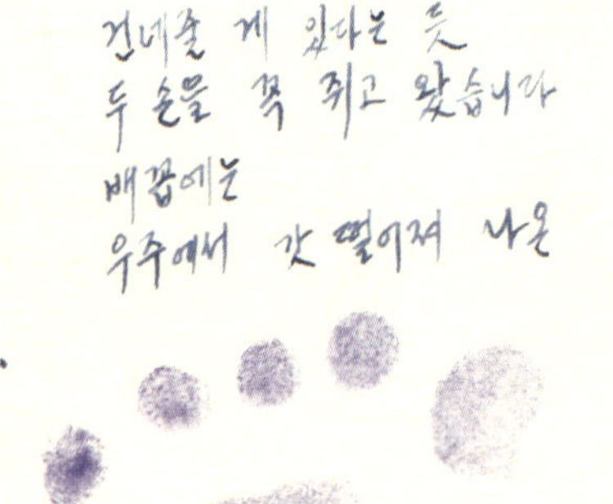

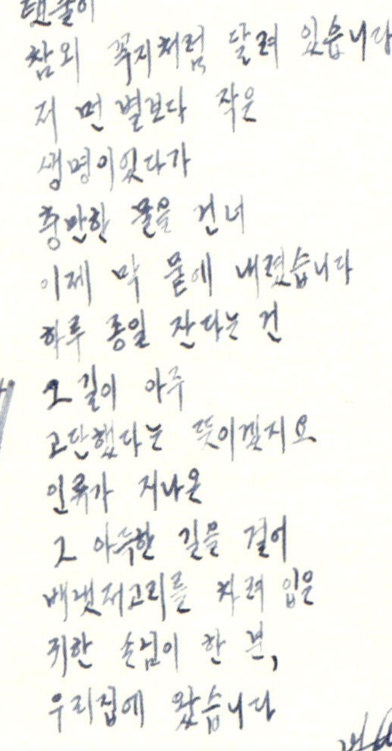

형 제

거울 속의 내 모습에
형이
때로는 동생이 겹쳐 보인다
가난한 화가의
덧칠한 캔버스 아래 어리는
희미한 초상처럼
어느 것이 밑그림이고
어느 것이
덧칠한 그림인지는 아무래도 좋다
아니면
둘 다 덧칠이고 밑그림은
신이 가지고
있으리라는 반전도 괜찮다

한 가지 분명한 것은
삶이
언젠가 한번 살아본 듯
낯익을 때면
거울 속에
누군가
자주 겹쳐 보인다는 것이다

박 현 숙

박혜숙 ^{시인}

박혜숙(朴惠淑) 시인: 1953년 인천 출생, 건국대학교 국어국문학과 졸업, 건국대학교 대학원 문학박사, 건국대학교 교수.
건국대학교 '동화와 번역 연구소' 소장.
월간 〈시문학〉으로 등단.
시집 〈물구나무 선 거리〉, 〈게으름을 파는 가게〉외 다수.

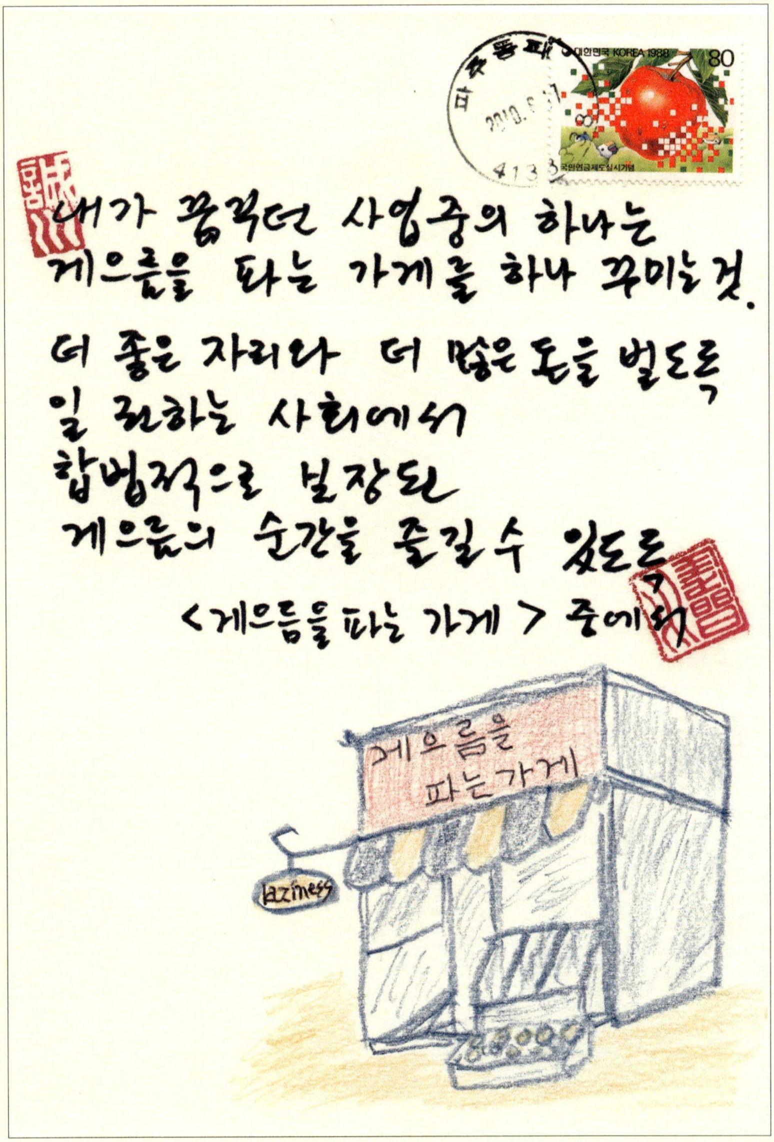

적멸보궁 앞에 서있었다.
비로소 법당 앞 붉은 꽃
나풀대며 떨어지고
찾아 온 빈객
고목처럼 서있었다.

적멸이라는 언어 앞에 온몸신 죽어
너무 많아 벅찬 허욕들을
꽃잎처럼 떨구고 있었다

- 빈객

ㅂ

박 희 연 _{시 인}

박 희연(朴喜演) 시인: 1934년 전북 무주 출생. 연세대학교 국문과와 건국대학교 교육대학원 졸업. '현대문학' 추천(박두진 추천).
전주고, 살레시오여고, 대광고, 청량고, 자양고, 광남고 근무.
'현실' 동인, '원탁' 동인 참여. 시집으로 <햇빛 잔치>, <우리는 산벚꽃나무 아래서 만난다> 등이 있다.
1999년 국민훈장 석류장 받음.

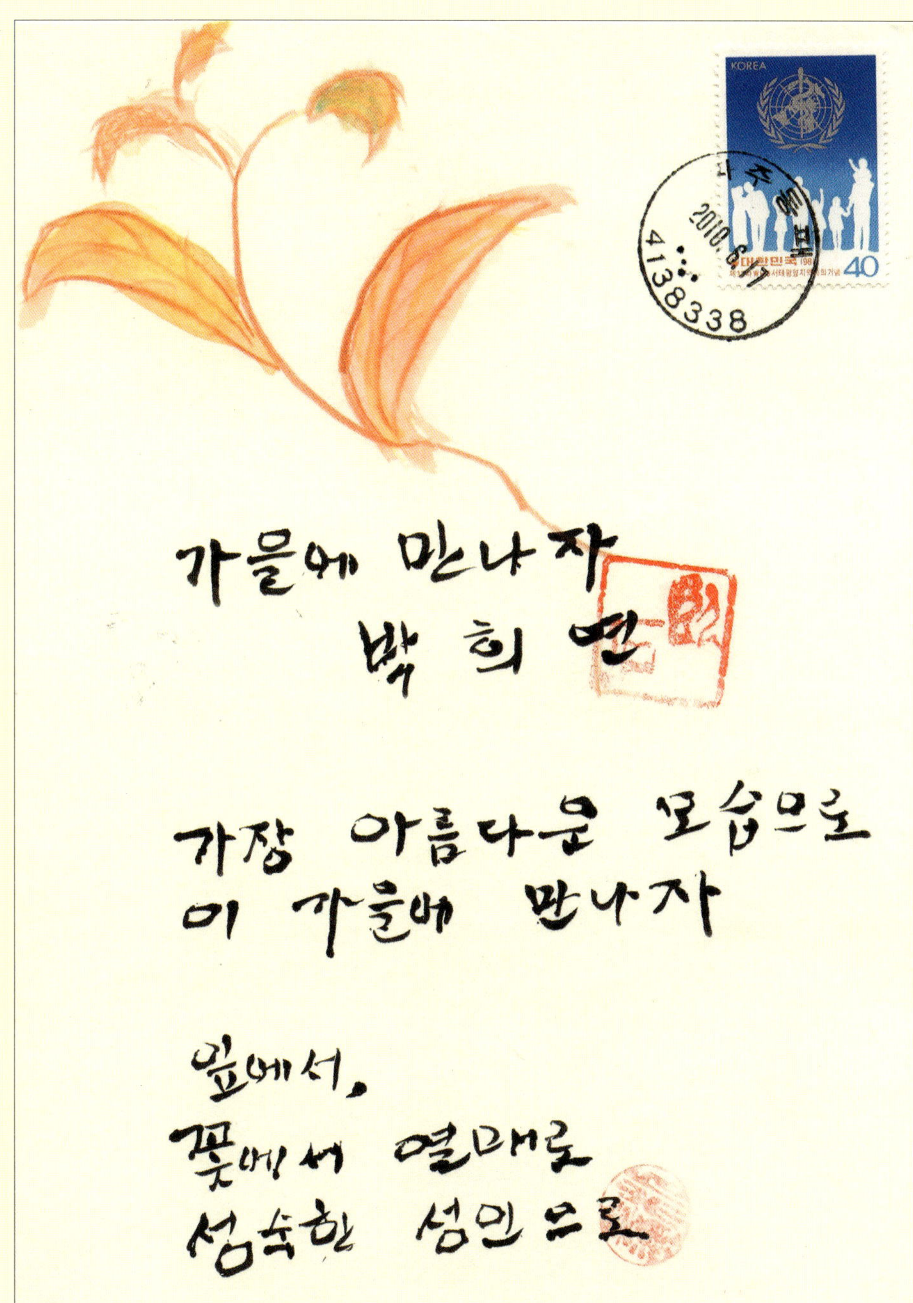
가을에 만나자
박 희 만
가장 아름다운 모습으로
이 가을에 만나자
잎에서,
꽃에서 열매로
성숙한 성인으로

방남수 시인

방남수(方南秀) 시인: 1958년 경남 울진 출생.
동국대학교 대학원 석사과정 졸업.
1993년 〈문예한국〉 등단.
도서출판 〈화남〉 대표, 월간 〈여성불교〉 편집 주간.

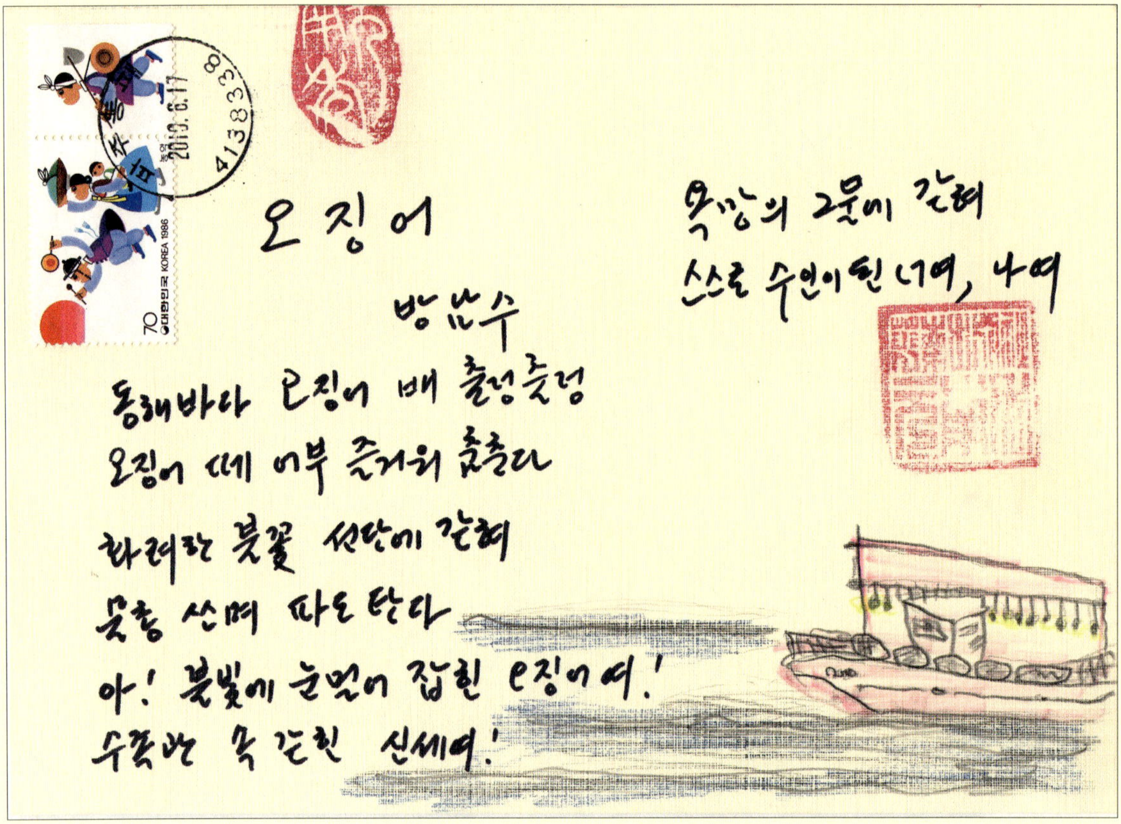

오 징 어

방남수

동해바다 오징어 배 출정 중경
오징어 떼 어부 즐거워 춤춘다

화려한 불꽃 선단에 갇혀
몸을 선며 파도 탄다
아! 불빛에 눈멀어 잡힌 오징어여!
수족관 목 갇힌 신세여!

목숨의 그물에 갇혀
스스로 수인이 된 너여, 나여

충무로 곰뱅이

방순수

낙산자락 텅빈 나뭇가지 사이로
다식은 국물처럼 흐린 하늘
쏟아져 내리는 e후
구둣방의 오목길 우산없이 지날때
후줄근 천러기 소리 있다

충무로에는 소문난 곰뱅이 집든않지
순한 연체 모둥라 고즌 저지는 독하
대자가 건너 어우러진 맛의 기막힌
충창

배 명 식 시인·화가

배 명식(裵明植) 목사·시인·화가: 광주광역시에서 출생하여 총신대학교 대학원과 미국 트리니티대학원을 졸업.
1987년 크리스찬신문 신인문예상과 1993년 '문학과 의식'에 시와 1994년 '문학세계'에서 소설 신인상으로 등단. 시집으로 <다른 하늘을 그리며>, <사랑하기위해 있는 나무> 등 여러 권이 있고, 화가로서도 한일미술대전, 한국문화예술대상전, 대한민국국민미술대전에서 수상하고 10회의 개인전과 20여회의 시화전을 가졌다.
현재 원동교회 담임목사로 재직하며, 한국작가회의, 한국문인협회 회원, 크리스찬시인협회 회장 직을 맡고 있다.

">

연가
배 명식

나는 날마다
새벽을 기다린다

그대 얼굴에 담고 온
햇살 하나
건지기 위해
나는 날마다
다시 황혼을 목말라한다
내 시간이
그대
손안에
있다

MYOUNG 2010

배 홍 배 시 인

배 홍배(裵鋠焙) 시인: 1953년 전남 장흥에서 출생. 2000년 월간 '현대시'를 통해 등단하였으며 시집으로 <단단한 개> 와 산문집 <추억으로 가는 간이역> 등이 있다.
현재는 사진작가로, 번역가로, 오디오 평론가로도 활동하고 있다.

단풍

배 홍 배

푸른 잎 하나가 떨어졌다
햇빛이 깊이 새긴 손자국이라고 해서
물들지 않겠는가만
꼬옥 움켜쥔 손금대로 단풍은 들것인지,
굳어진 빛깔로 감추던 산은
내가 살아온 길은
햇빛 안에서 또 얼마나 서러웠냐고
풍덩, 손바닥 안으로 뛰어드는 목구멍이
허구한 날 떠오르다
해는 돋는가
떠오르다가 단풍 든 해는 돋는가

二〇一〇년 8월 二7일

새가 나는데
배홍배

해가 진 서쪽 하늘에 왜가리 간다
꺼억꺼억 - 반달 토해 내고
남은 반달은 간다
새의 목청 안에 울창한 달빛 가지
울음의 마디가 하나 더 자라
허공중을 걸어 올 뼈의 속이 하나 더
비었을 뿐인데 새는 어디까지 가는지
가야 하는지
누구네 가계의 쓸쓸한 내력을 저 허공에
써서 걸어야
뼛속이 꽉 차서 새는 날개를 접을것인지
갓 피어난 감꽃이 맑은 눈을 슴벅이는 이제녁
二0一0년 8월 21일

백윤정 화가

백윤정(白閏貞) 화가: 서울시립대학교 경영학과와 경영대학원 졸업. 2001년과 2년에 인사갤러리에서 그룹전. New Start Exhibition, 제14회 상하이 세계박람회 국제 아트페어, 신상미술대전, New York – Seoul 전, 한여름밤의 꿈전, 송년 Gift 전, 그린 아우라 회화 협회전 등에 참가했으며, '옆길로' 회화그룹에서 활동 중.

－나의 그림은 또 하나의 그리움과 대화를 시작한다. 사회적 관념을 담는 거울이라는 '타자'와의 이야기가 아닌, 순수자아로서의 정체성과 주체적 상상력을 되찾고자 나는 그림을 그린다.

대한민국 KOREA 1992
100
2010. 6. 3
서울중앙

백재숙 _{화 가}

백 재숙(白在淑) 화가: 1961년 순천에서 출생하였다. 대한민국 미술
대전에서 특선 1회, 입선 5회를 했으며 경기미술대전 특선 3회 등
다수의 공모전에서 특선 및 입선을 했으며 다수의 상을 수상하였다.
그리고 중국 섬서미술관 초대전, 여성작가전, 전통과 현대의 만남 먹그
림전 등에 출품하였으며 현재 한국미술협회, 목우회, 문인화협회, 여성
작가회 회원으로 활동 중이다.

범효춘 시인

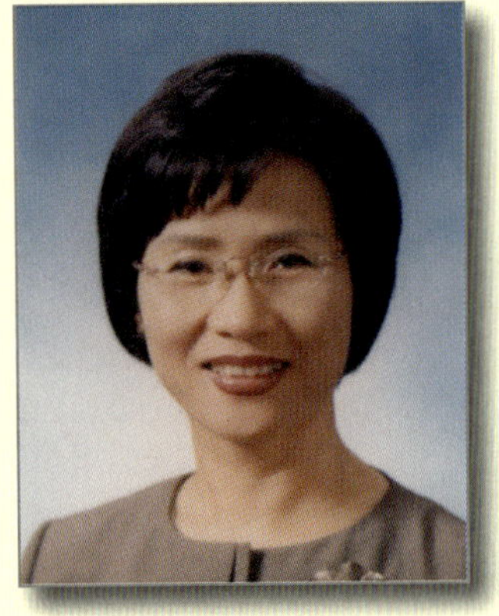

범효춘(范涍椿) 시인·아나운서: 1952년 출생. 이화여고와 이화여대 영문과를 졸업하고 KBS 한국방송공사 제1기 아나운서가 되었다. 홍익대학교에서 한국미술사로, 가톨릭대학에서 독서교육학으로 석사학위를 받았다.
프리랜서 M.C.로 KBS TV '한국의 미', R. '자녀교육상담실' 등을 거쳐 현재는 3R '내일은 푸른 하늘'을 진행하고 있다. '겨울나무'로 등단하였으며, 공저로 <회귀선의 돛대>가 있다.

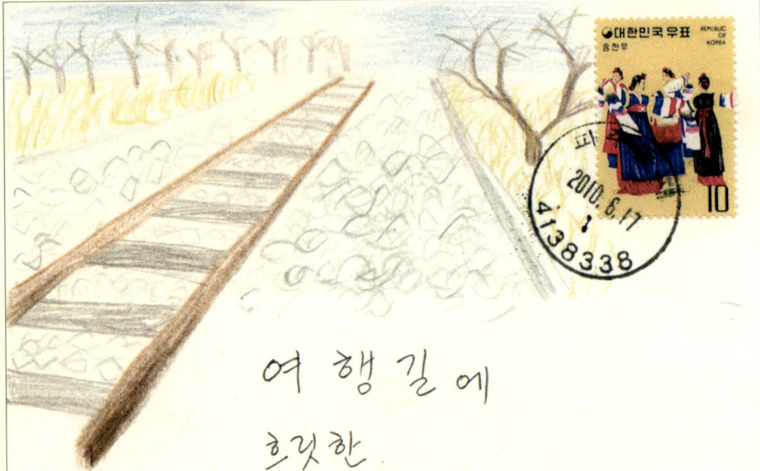

여행길에

흐릿한
차창 가로
시간들이 스쳐가고

지나간
운명들이
추억속에 반짝인다.

그대여
우리 또다시
여행길에 벗이 되자

2010년 여름. 범 효춘

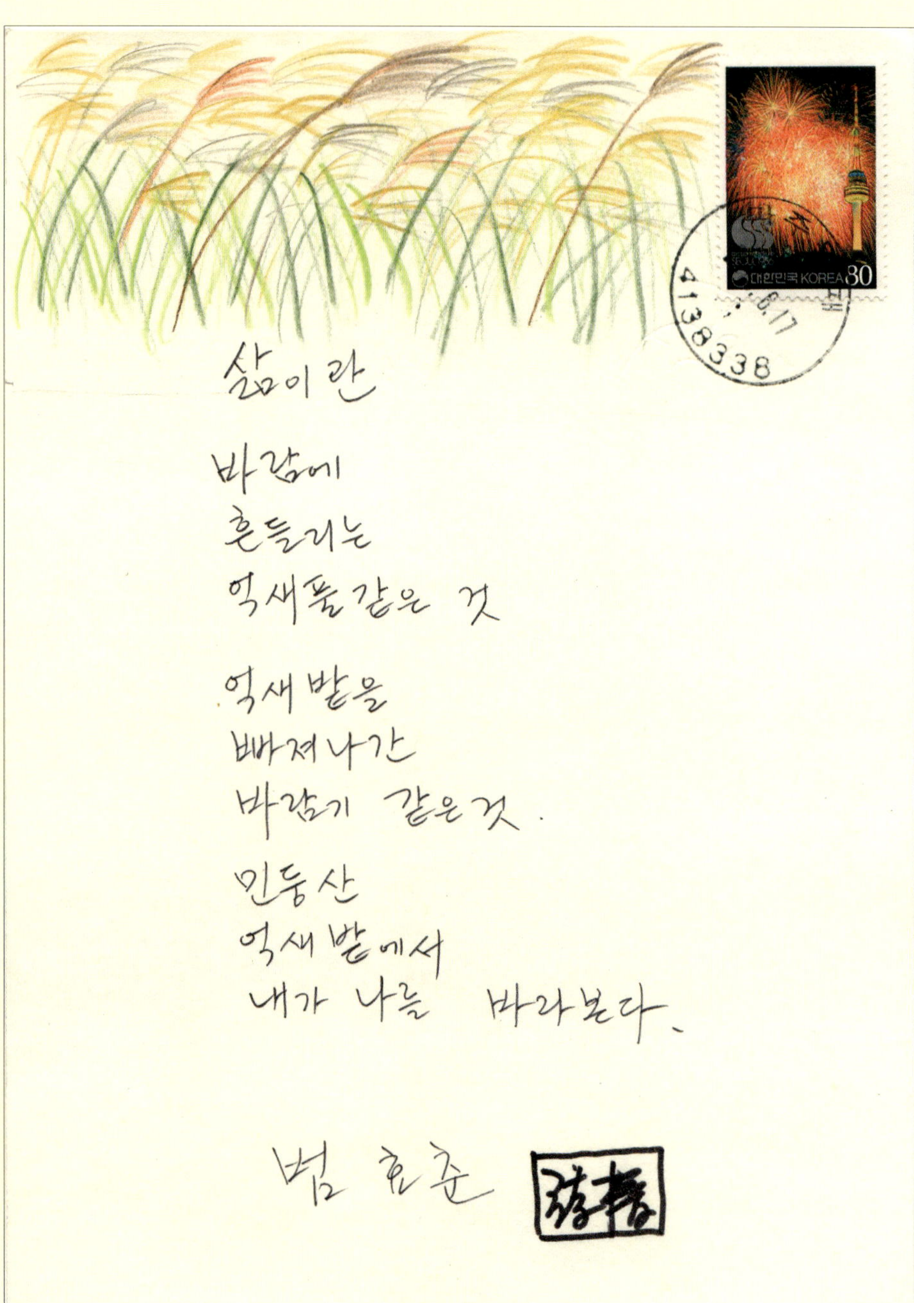

삶이란

바람에
흔들리는
억새풀 같은 것

억새밭을
빠져나간
바람기 같은것.

민둥산
억새밭에서
내가 나를 바라본다.

범 효춘

서 선 영 _{화 가}

서선영(徐善英) 화가: 목포교육대학(미술전공) 졸업. 개인전 8회(광주, 서울 3회, 미국 뉴욕 2회, 프랑스 파리, 중국 심양 등). 외국 초대전 뉴욕, 파리, 호주 캔버라, 동경, 중국 북경 심양, 대만, 태국 방콕 아트페스티벌 등. 국내초대전·단체전:약 150여 회.
수상은 대한민국미술대전, 목우회, 전남도전 입·특선, 한국예술대전 종합대상, 세계미술 뉴욕대전 금상, 베이징 올림픽기념 Art Expo 대상, 일본 동경 미술출판사 사장상 등.
현재 한국미협, 광주미협 광주사생회, 광선화우회, 기독교 미술회, 전우회, 국제 Arto IN 회, 광주미술관회, 신상미술대전 초대작가.

2010. 10. 12
Rothenburg
Seo Seon Young

서안나 시 인

서안나(徐安那) 시인: 1990년 〈문학과 비평〉 겨울호로 등단.
시집 〈푸른 수첩을 찢다〉, 〈플롯 속의 그녀들〉. 평론집 〈현대시와 속도의 사유〉. 홍익대학교 출강.

쿤밍에서의 카드게임

눈이 내리는데 꽃이 피었다
떠났는데 나는 도착하지 못했다
사흘 동안 없는 당신과 카드게임을 했다
낮의 카드는 뜨겁고 저녁의 카드는 추웠다
카드를 서너 장 뒤집으면
이족(彛族) 아가씨가 은주전자를 높이 들어
내 눈동자에 폭주를 가득 부었다
나는 당신의 심장을 빼앗고 눈동자를 빼앗아
쿤밍으로 떠날 것이다
쿤밍 쿤밍, 흰말을 달려 밤새 울며 차를 마시는
소수민족마을에 닿을 것이다
쿤밍 쿤밍, 채찍을 내려치면 이국어처럼 눈이 내렸다
나는 카드처럼 어지럽게 뒤섞였다
한 사람이 카드를 하다 두 사람이 지쳐버리는 쿤밍의 카드게임
발가락과 발가락을 비비면 하얘졌다가 피가 고였다
발가락마다 익숙한 거리가 새어나왔다
카드를 펼치면 마음과 마음이 겹쳐졌다
눈을 감으면 꿈보다 꽃이 먼저 날아들었다
쿤밍 쿤밍, 눈이 내리는데 꽃이 피었다

서안나
(徐安那)

등

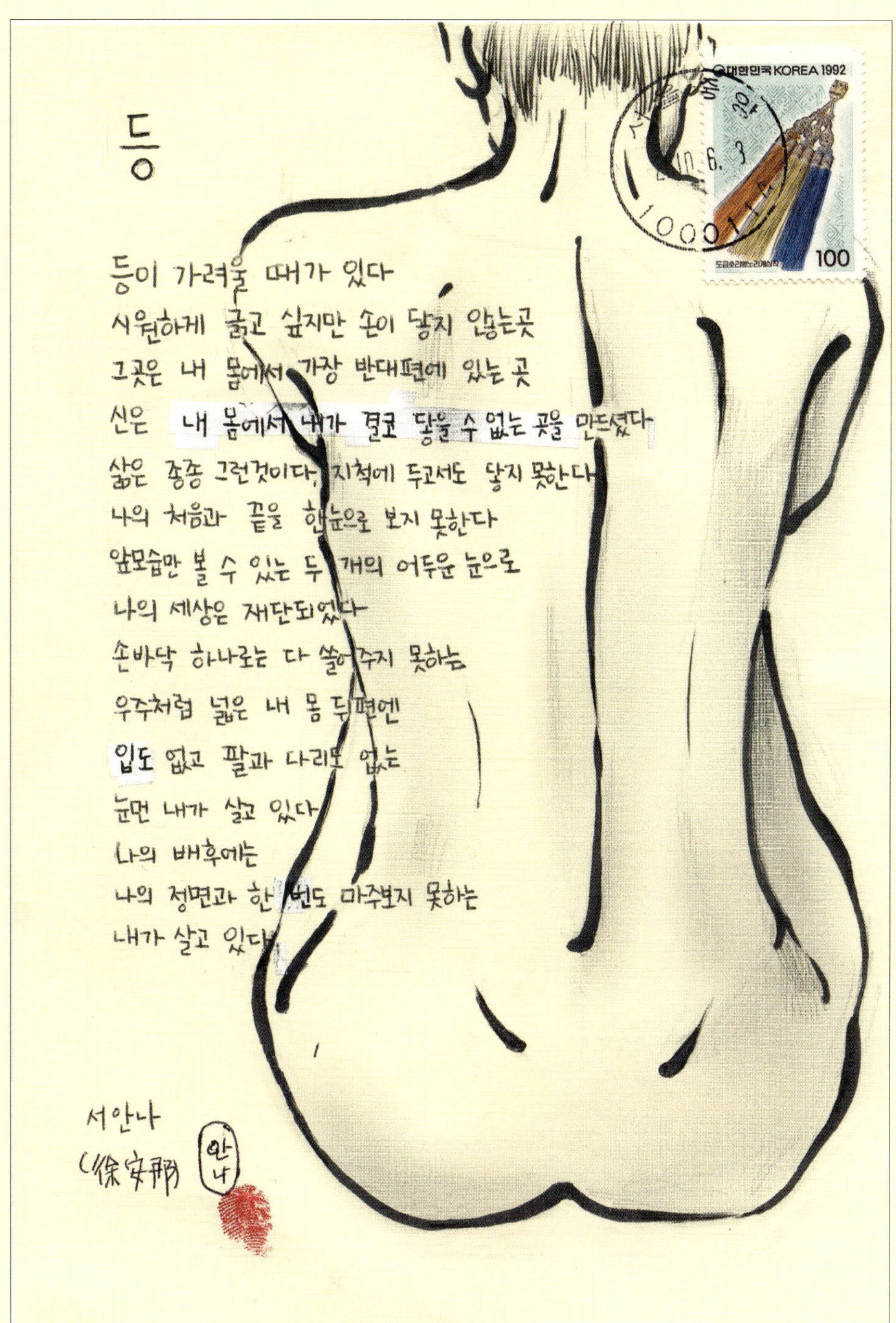

등이 가려울 때가 있다
시원하게 긁고 싶지만 손이 닿지 않는곳
그곳은 내 몸에서 가장 반대편에 있는 곳
신은 내 몸에서 내가 결코 닿을 수 없는 곳을 만드셨다
삶은 종종 그런것이다, 지척에 두고서도 닿지 못한다
나의 처음과 끝을 한눈으로 보지 못한다
앞모습만 볼 수 있는 두 개의 어두운 눈으로
나의 세상은 재단되었다
손바닥 하나로는 다 쓸어주지 못하는
우주처럼 넓은 내 몸 뒤편엔
입도 없고 팔과 다리도 없는
눈먼 내가 살고 있다
나의 배후에는
나의 정면과 한 번도 마주보지 못하는
내가 살고 있다

서안나
(徐安那)

서용은 _화 가

서용은(徐龍殷) 화가: 1993년 제1회 개인전(서울 삼정 아트). 1995년 제2회 개인전(원주 치악 예술회관), 1996년 프랑스 재불 한인 예술제, 1997년 프랑스 프와띠에 현대 미술제, 2000년 손곡예술 아카데미 개원, 2002년 손곡거리 예술제, 2008년 강원 현대작가전(강원대학), 2009년 한중 교류전, 뉴욕-서울 아트페스티벌(뉴욕, 서울), 2010년 제4회 개인전(원주 인동 아트갤러리)
작품 소장처 파리 프랑스대사관, 파리 프와티에 현대 미술관.

YONG EUN SEO

서정윤 시인

서정윤(徐正潤) 시인: 1957년 대구 출생.
1984년 현대문학으로 등단.
저서에 시집으로 <홀로서기> 1~5권, <가끔 절
망하면 황홀하다>, <슬픈 사랑>, <따옴표 속에>
등. 소설로 <오후 2시의 붓꽃> 1~2권 등. 그 외
수상록 다수.

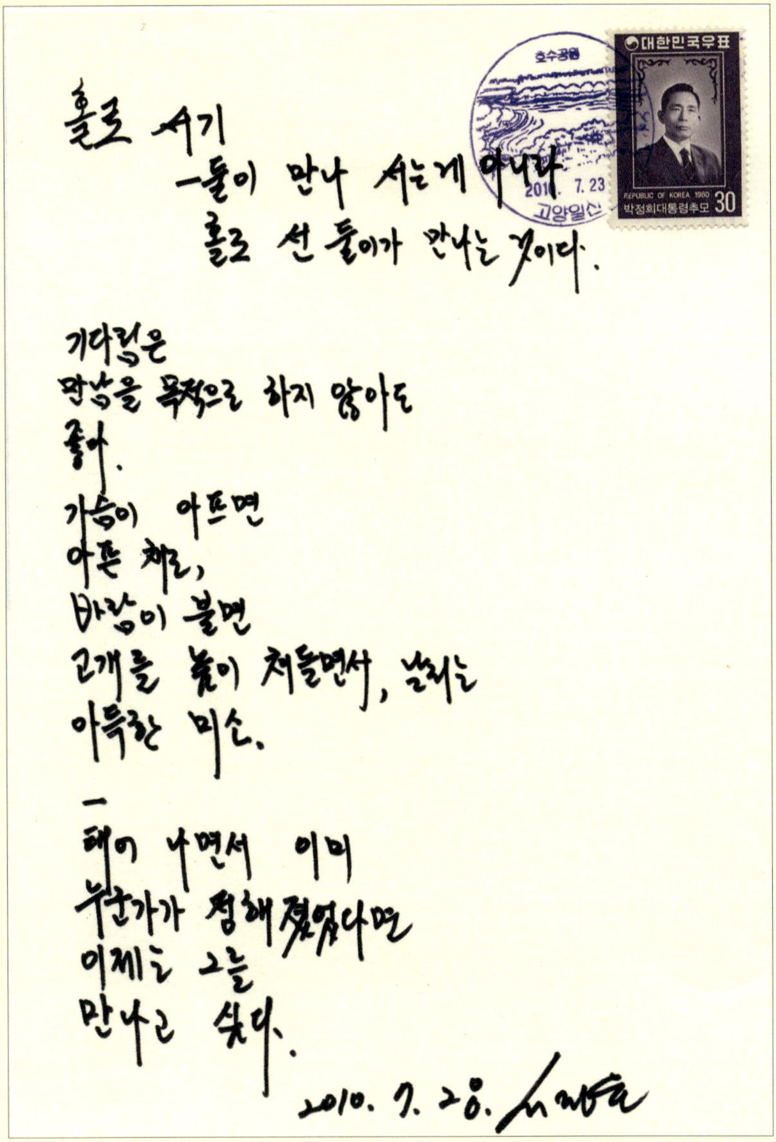

홀로 서기
　—둘이 만나 서는게 아니다
　　홀로 선 둘이가 만나는 것이다.

기다림은
만남을 목적으로 하지 않아도
좋다.
가슴이 아프면
아픈 채로,
바람이 불면
고개를 높이 쳐들면서, 날리는
아득한 미소.
—
해어 나면서　이미
누군가가 정해졌었다면
이제는 그들
만나고 싶다.

2010. 7. 20.

그대를 사랑하는
—서정윤

내가 그대를 사랑하는 건
그대의 빛나는 눈만이 아니었습니다.

내가 그대를 사랑하는 건
그대의 따스한 가슴만이 아니었습니다.

가지랑 잎 뿌리까지 모여서
살아있는 '나무'라는 말이 생깁니다.
그대 뒤에 서있는 우울한 그림자.
쓸쓸한 고통까지 보았기에
나는 그대를 사랑하지 않을 수 없었습니다

-2010. 7. 28.

서정춘 시인

서정춘(徐廷春) 시인: 전남 순천 출생. 1968년 신아일보 신춘문예에 당선. 시집 <죽편> 등. 박용래 문학상 수상.

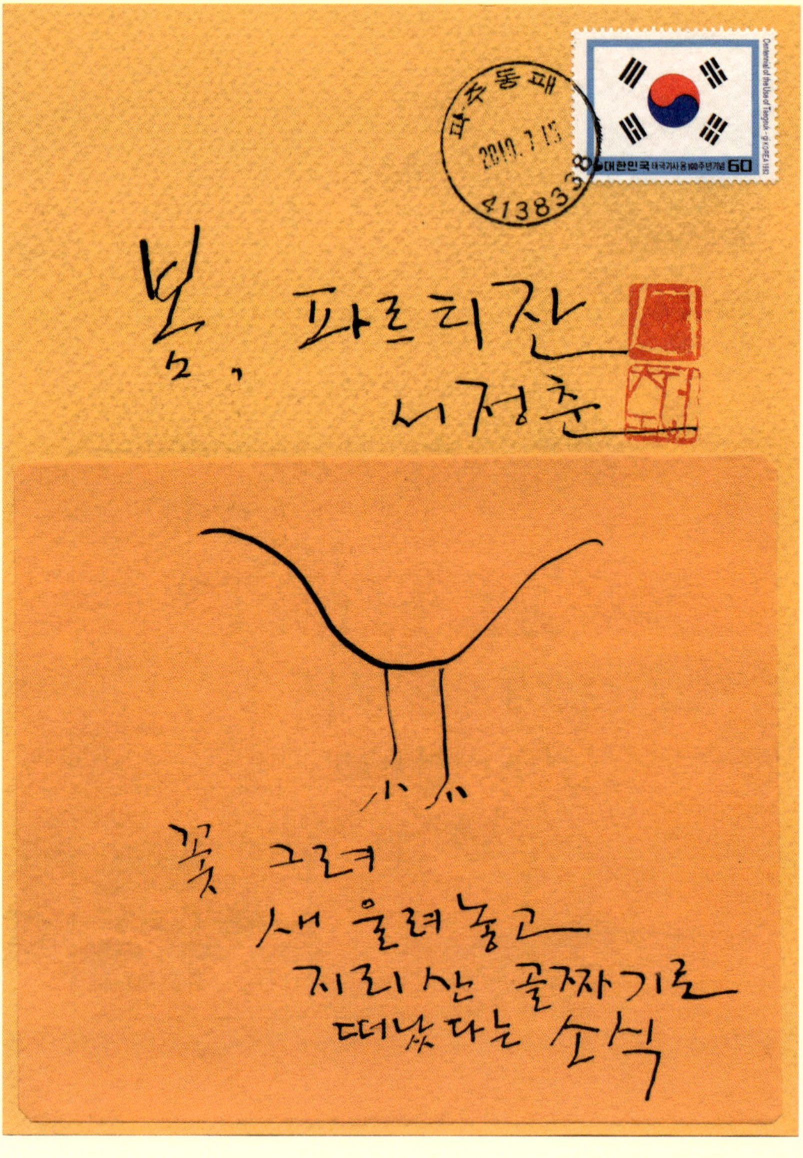

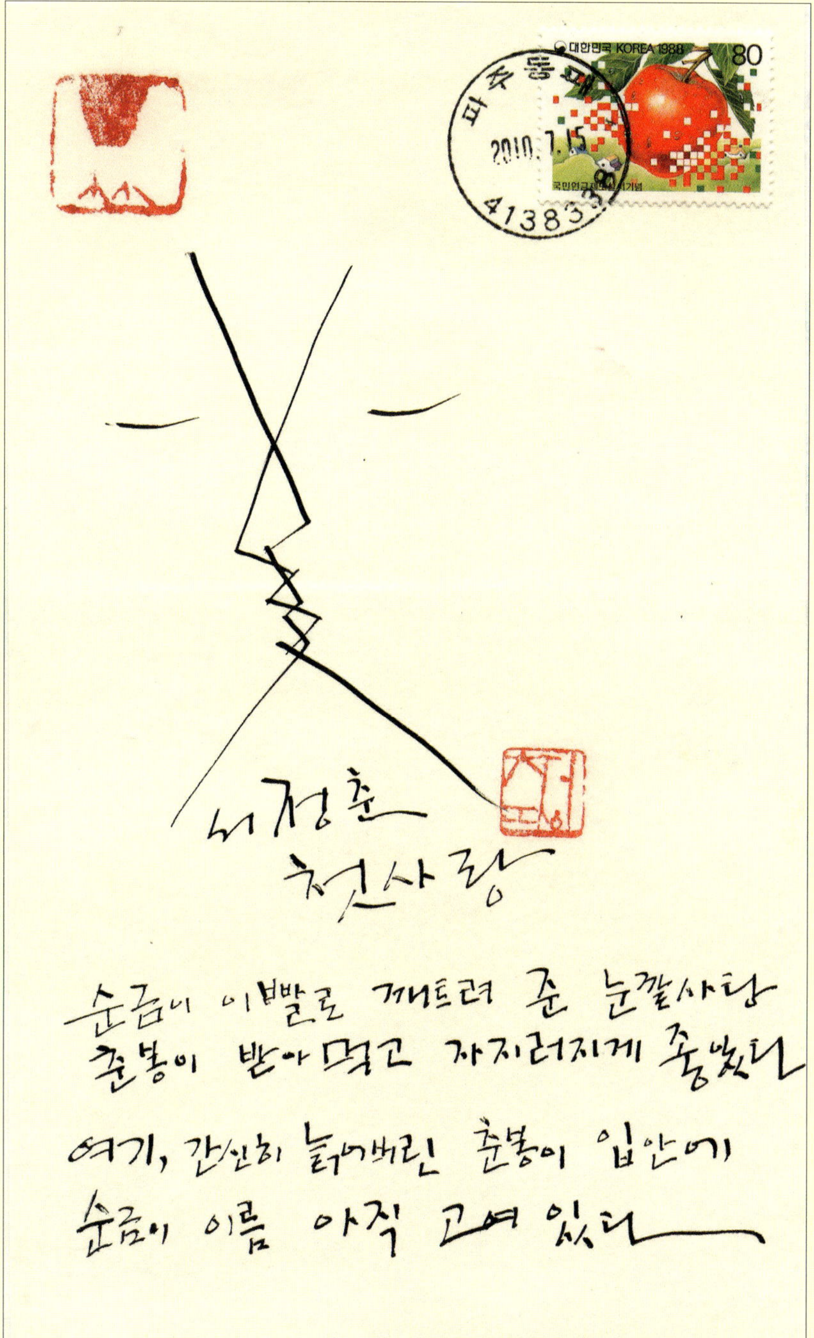
내청춘
첫사랑

순금이 이빨로 깨트려 준 눈깔사탕
춘봉이 받아먹고 자지러지게 좋았다

여기, 간신히 늙어버린 춘봉이 입안에
순금이 이름 아직 고여 있다

서종남 시 인

서 종남(徐宗男) 시인: 1951년 충남 공주 출생.
문학박사 교육학박사(미국 조지워싱턴 대학교). '문학시대'로 시 등단, '한국수필'로 수필
등단. 한국다문화교육·상담센터 소장. 기독교 상담·심리치료 전문가. 황진이(문학)상, 한국수
필문학상, 헤르만 헤세 '국제문학교류' 학술대상, '충청문학상' 본상 등 수상. 저서로는 〈나일
강의 꽃〉, 〈다문화 교육〉 외 다수.

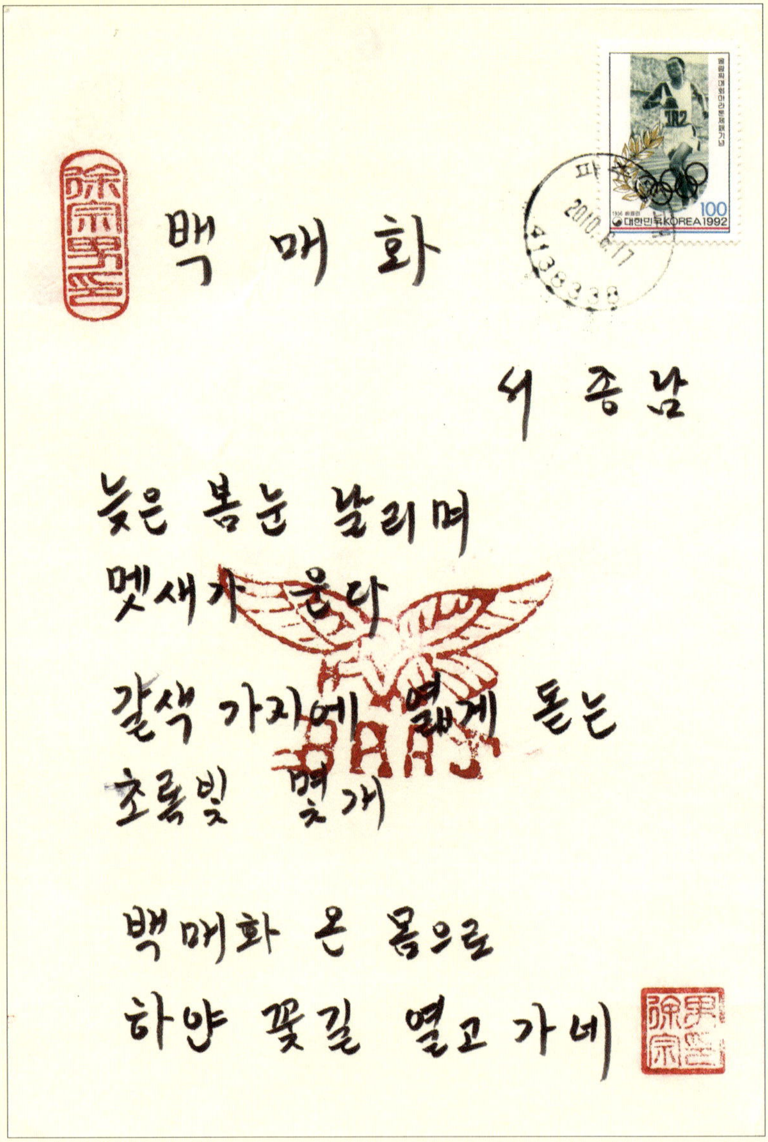

상 처

서 종남

너와 나
그냥
다가가지 못하는

두 그루

벗은 나무이네

석영호 화 가

석영호(昔永浩) 화가: 홍익대학교 회화과 졸업. 개인전 2회
(한국, 뉴욕), 아트페어 2회 및 다수의 단체전 참여.
현재 한국미협 회원.

대한민국 우표
딸기
2010. 9.
영일산
2010재한국제한방바이오...
REPUBLIC OF KOREA
30
Young ha.s

석현숙 화가

석 현숙(石賢淑) 화가: 개인전 6회 신상갤러리 초대개인전, 단원전시관, KASF 2010 (서울 SETEC) 안산국제아트페어(안산 예술의 전당), 도봉구청초대전, ART&MIND(서울미술관) 등.

수상은 현대 여성 미술대전 입선 (단원 전시관), 대한민국 미술전람회 특선(서울시립미술관), 목우회 공모대전 입선(단원전시관), 대한민국 미술대전 입선(국립현대미술관) 등.

단체전은 한성갤러리 3인전, Woman's Vision (세종문화회관), 미술과 비평사 러시아 초대전 (러시아 레핀대 미술관), '현대미술의 원류를 찾아서' 한국 작가 초대전(프랑스 VÉRGEZE 문화원) 등 그 외 다수의 단체전에 참가. 현재 한국미술협회, 강북미술협회 회원.

소 중 애 **아동문학가**

소 중애(蘇重愛) 아동문학가: 1982년, '아동문학평론'지에서 동화를 추천 받아 문단에 나왔으며, <개미도 노래를 부른다> 등 130권의 저서가 있음. 2009년, 초등학교 교사직에서 명퇴, 지금은 숲속 작은 집에서 앗쭈구리라는 강아지와 함께 살며 동화를 쓰고 있음. 2010년, 계곡에서 주은 작은 돌에 웃는 아이 얼굴을 그려 '웃는 돌' 전시회를 하였음.

소 중 애 아동문학가

엄마, 나도 날고 싶어요
소중애
엄마,
상현이는 학원 가방도 없고
방과후 학습 가방도 없으니깐
훨훨 날아요.
책도 많이 읽고
생각도 많이 하니깐
어디든지
갈 수 있대요.
엄마,
나도 날고 싶어요!

손 영 은 _{화 가}

손 영은(孫永恩) 화가: 홍익대학교 미술대학 졸업. 미강갤러리 초
대전, 스피리트 아시아 2010 북경전, 아트엑스포 말레지아전.
성원미술관에서 개인전. 현재 현대작가회, KSAP회원으로 활동 중.

Euphoria-
Tree
2010.

송복순 화 가

송 복순(宋福瞬) 화가: 성신여자대학교(그래픽 디자인) 졸업, 파리 에꼴 엠지엠 광고그래픽과(Graphisme Publicitaire)졸업, 파리제8국립대학교(Vincenne St-Denis)조형예술학부 학사과정 (Diplome National-Licénce)졸업, 동 대학 석사과정(Maitrise)졸업-조형예술학, 동 대학 초급박사과정(D.E.A) 수료.
국회 환경포럼 자문위원, 사상과 문학 편집위원, 한국시인협회 예술시대작가회 회원..
에세이집<데꼴라쥬,포스터,글>, 현 극동대학교 광고컨텐츠디자인학과 교수.

송세희 시 인

송 세희(宋世熙) 시인·전각가: 1953년 부산 출생. 1995년 '자유문학'으로 등단. 시집으로는 〈가을 진달래〉, 〈시는 말라꼬 쓰노〉(전각시집). 제31회 한국현대시인협회 현대시인상 수상. DMZ동인, 고우회 회원. 전각회원전 2회. 한국문인협회 사무국장 역임. 한국문인협회, 한국여성문학인회 회원. 현대시인협회 심의 부회장.

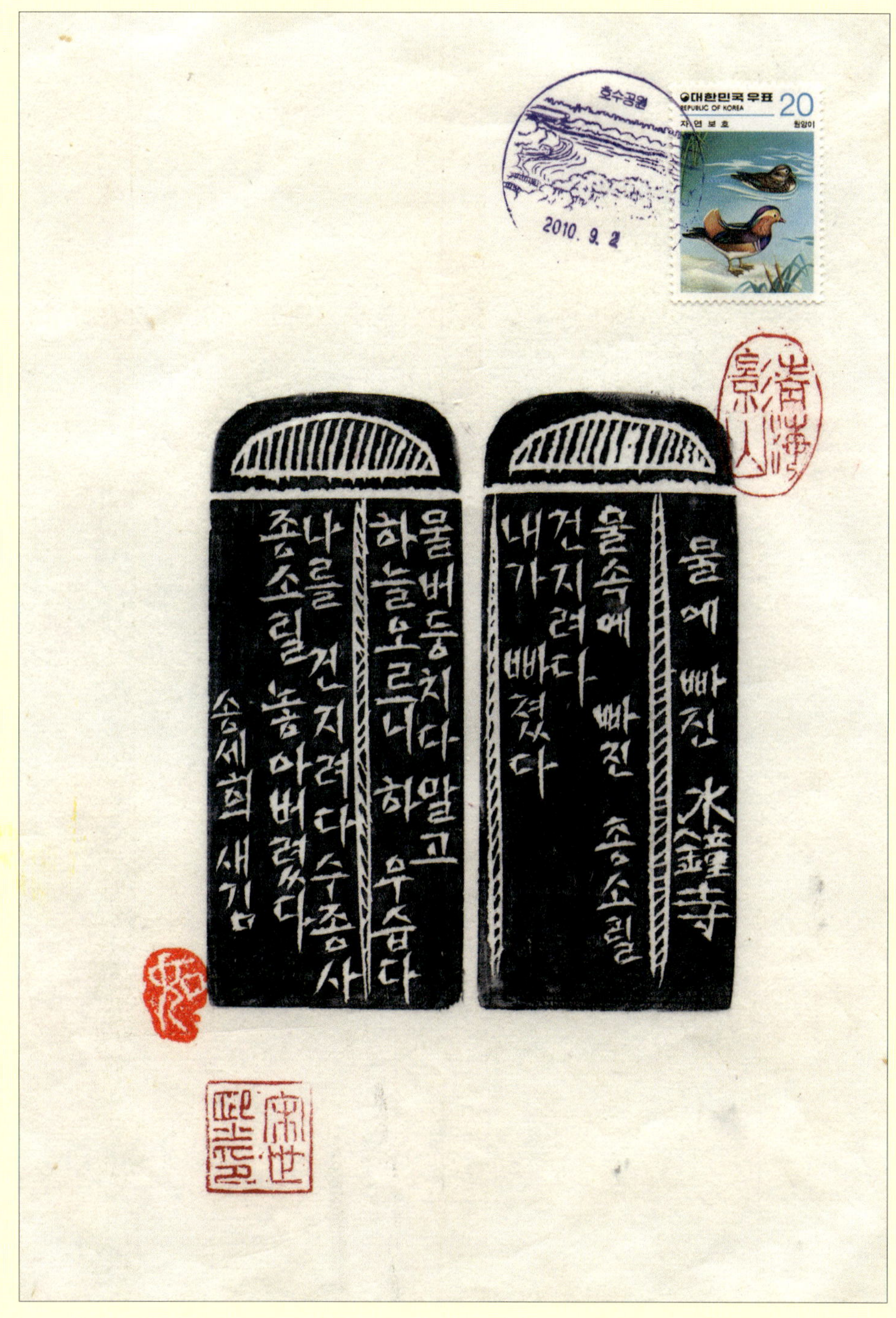
물에 빠진 水鍾寺
물 속에 빠진 종소리
내가 건지려 빠다 빠졌다
물버둥치다 말고 하늘 오르니 우습다
나를 건지려다 수종사 종소리 놓아버렸다
송세희 새김

신 동 명 _{시 인}

신 동명(申東明) 시인: 서울에서 출생. 명지대학교 졸업, 국민대학 대학원 문창과 수료. '문예사조' 수필과 '문학21'에서 시로 문단에 등단. 한국문인협회 회원, 국제펜클럽 회원, 한국현대시인협회 회원.
현재 월간 '문예사조' 편집위원장. 저서로는 <날개의 의지>, <슬픔의 반란> 등 시집 4권과 에세이집 <달팽이의 꿈>, 기행수필집<한강에서 세느강까지> 등 모두 11권이 있다.

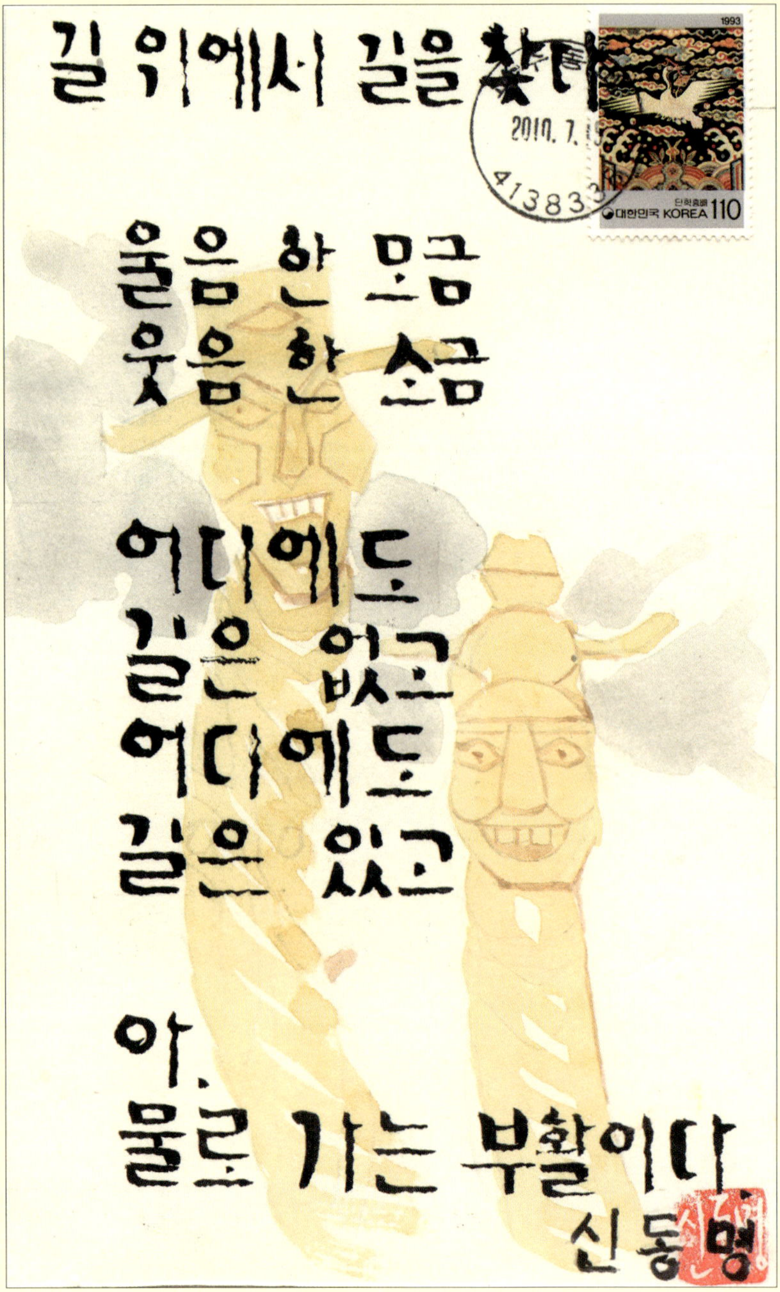

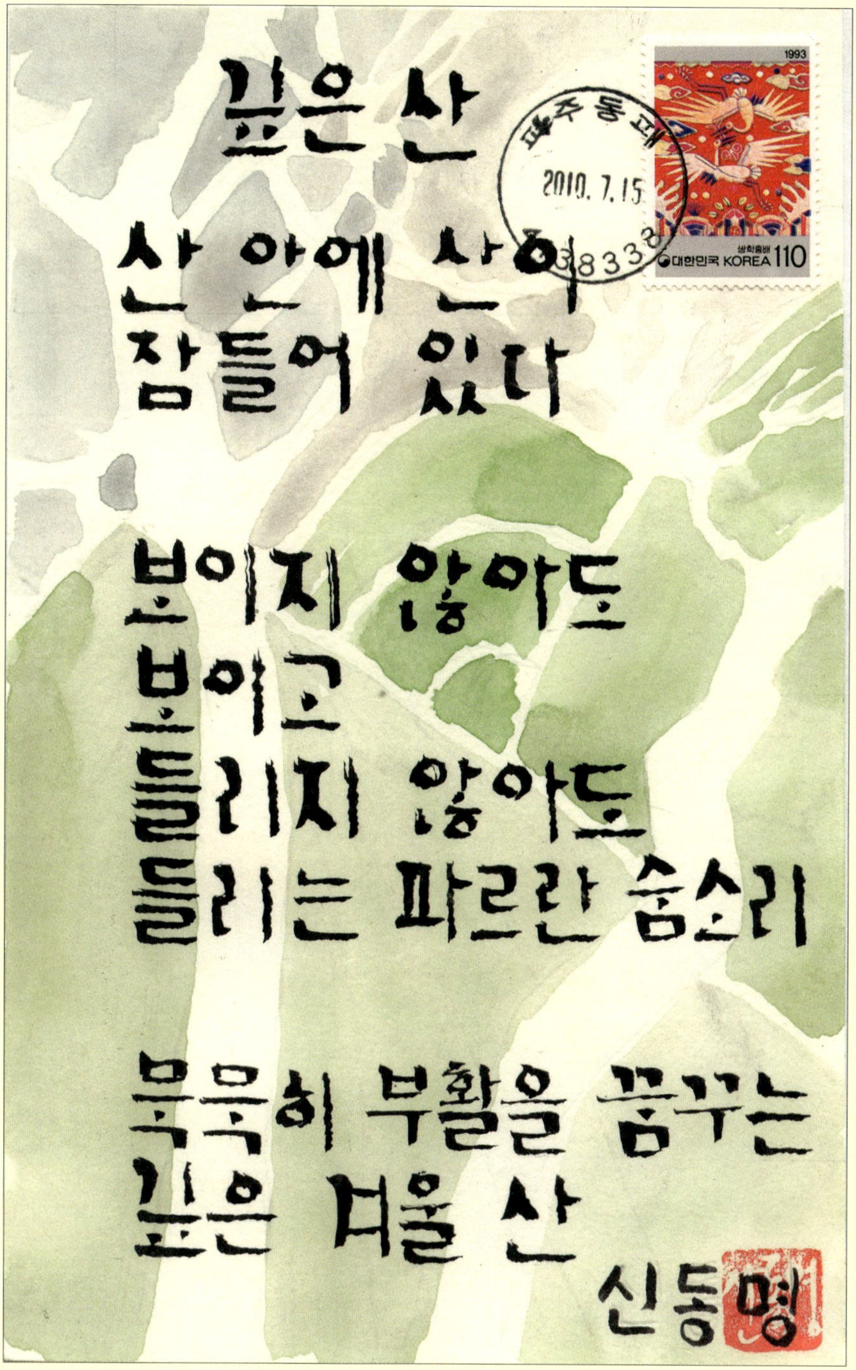

깊은 산
산 안에 산이
잠들어 있다

보이지 않아도
보이고
들리지 않아도
들리는 파르란 숨소리

묵묵히 부활을 꿈꾸는
깊은 겨울 산

신동명

신현득 아동문학가

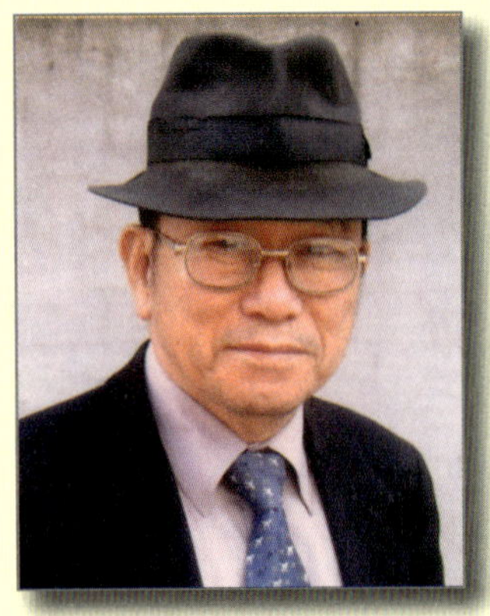

신현득(申鉉得) 아동문학가·시인; 1933년 경북 의성 출생. 안동사범, 단국대학 대학원 국문과 석·박사 과정 등 수학(문학박사). 1959년 조선일보 신춘문예 동시부 입선.
동시집 <아기 눈>, <고구려의 아이> 등.
세종아동문학상 등 수상.

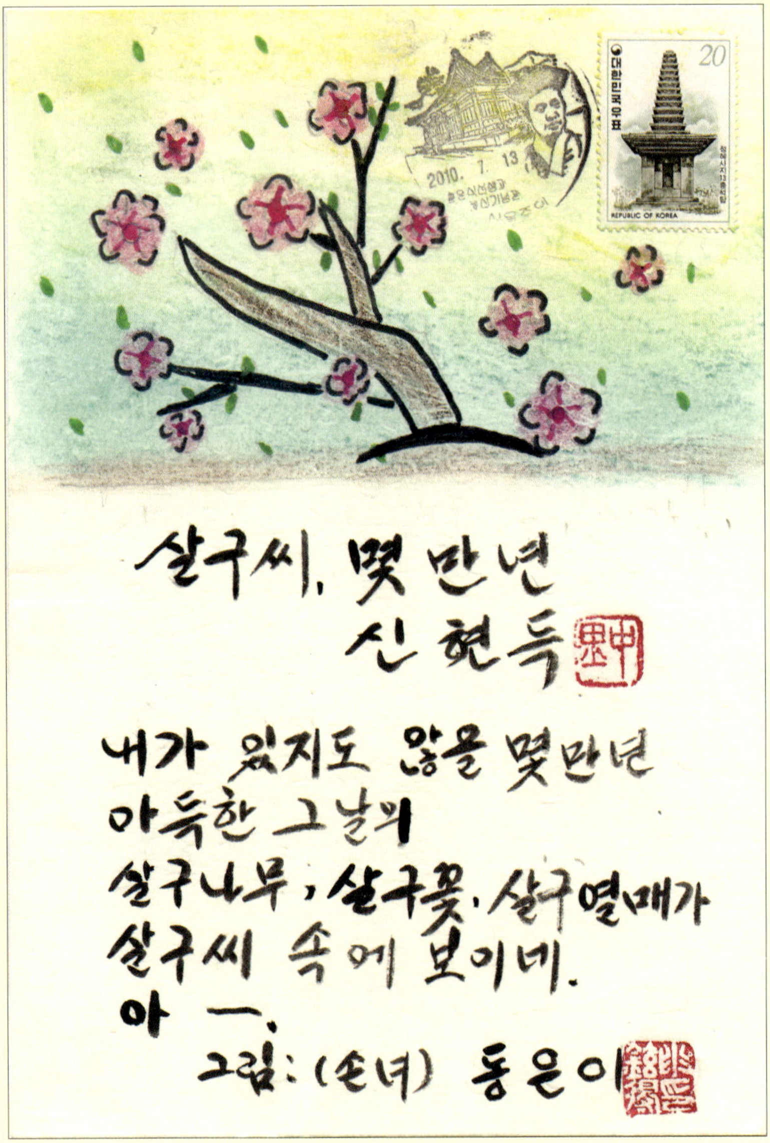
대한민국우표
20
REPUBLIC OF KOREA
2010. 7. 13
살구씨, 몇 만 년
신현득
내가 있지도 않을 몇 만 년
아득한 그날의
살구나무, 살구꽃, 살구열매가
살구씨 속에 보이네.
아 ―.
그림: (손녀) 동은이

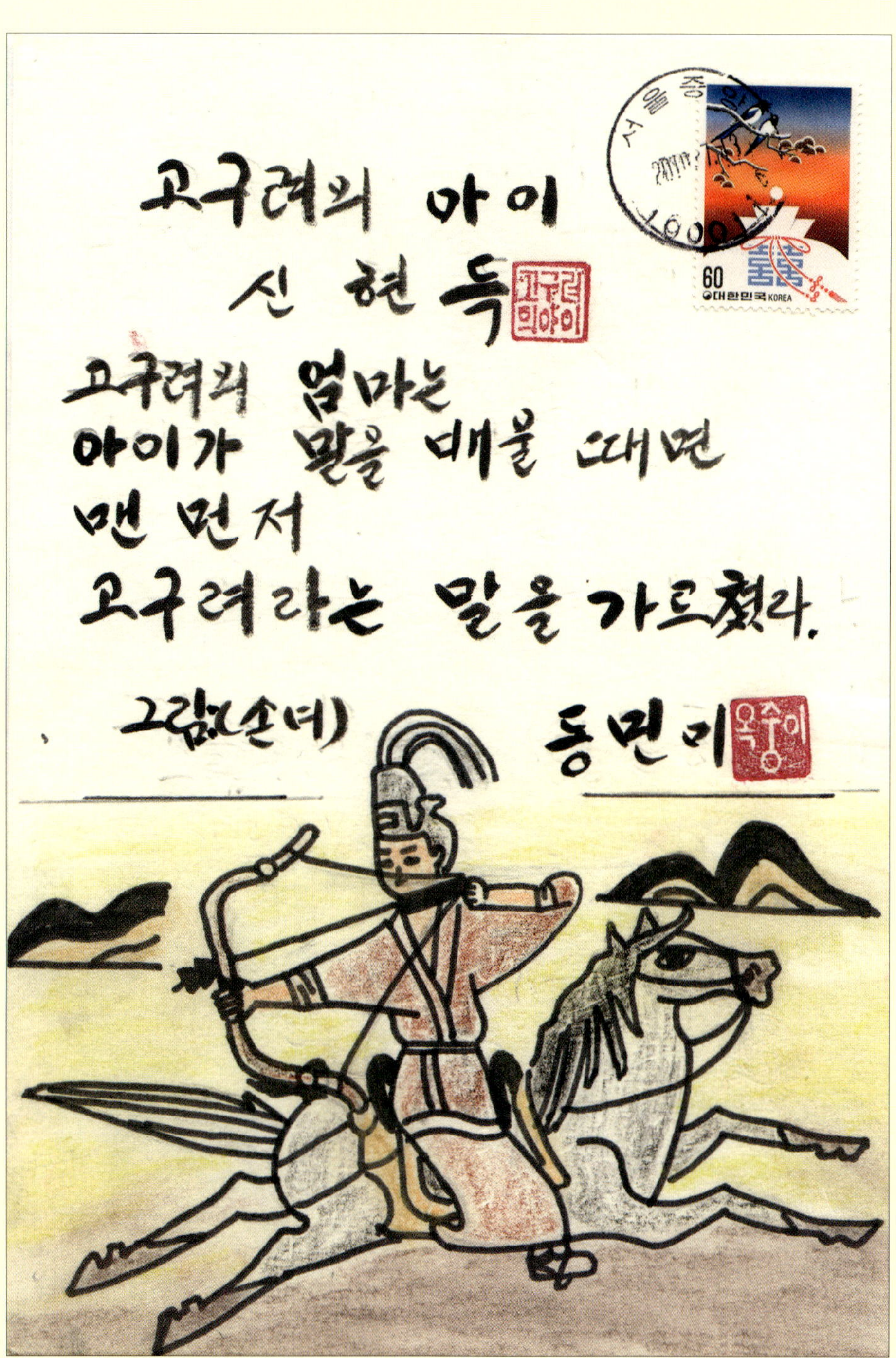
고구려의 아이
신 현 득

고구려의 엄마는
아이가 말을 배울 때면
맨 먼저
고구려라는 말을 가르쳤다.

그림(손녀)   동면리

# 신 희 순 _{화 가}

신희순(申熙順) 화가: 꽃과 열매, 산과 들, 돌, 물, 동물 등 주로 자연을 소재로 수묵과 채색으로 표현하는 화가. 대한민국미술대전 입상 2회, 한국화 특장전 대상 수상과 개인전 2회, 현대한국화협 아트페어에 참가하고 남농미술대전, 목우공모전, 인천 경기 전일전 외 다수의 전시회에 참가. 현재 한국미협, 한국전업미술가회, 창석회, 한묵회, 구상회, 현대한국화협 회원으로 활동 중.

P.J. DONGRAE
15. 9. 2010
KOREA

심 선 희 화 가

심 선희(沈善喜) 화가: 홍익대학교 미술대 서양화과 졸업, 홍익대학교 미술대학원 현대미술 최고위과정 수료. 개인전 3회(토포하우스 갤러리, 서울 뉴 국제아트페어 시나프, 리더스 수 갤러리 등). 해외초대전 프랑스 한국문화원 및 다수. 1967 한국청년작가 연립전 신전동인 최초의 헤프닝 참여(서울 중앙공보관). 홍익여성화가협회 정기전(예술의 전당), 홍익67예도42년 정기전, 국립현대미술관한국현대미술의 전환과 역동의 시대전 초대전 등. 현재 전업작가. 한국미협회원, 홍익여성화가협회원, 홍익67와우회회원, 양천미술협회회원.
작품명 무직드림1. 무직드림2.

대한민국우표
REPUBLIC OF KOREA
1975
2010. 5.
20
2010.
Sun hee

안도현 시 인

 도현(安度眩) 시인: 1961년 경북 예천군 출생. 원광대학교 국어국문학과 졸업. 단국대학교 대학원 문예창작학과 졸업. 우석대학교 문예창작학과 교수.
1981년 대구매일신문 신춘문예 당선. 1984년 동아일보 신춘문예 당선. 1996년 시와시학 젊은 시인상. 1998년 소월시문학상. 2002년 노작문학상.
시집으로 <서울로 가는 전봉준>, <모닥불>, <그대에게 가고 싶다>, <외롭고 높고 쓸쓸한>, <그리운 여우>, <바닷가 우체국>이 있다. 어른을 위한 동화<연어>, <관계>, <사진첩>, <짜장면>, <증기기관차 미카>, 산문집 <외로울 때는 외로워하자>를 내기도 했다.

내가 울기 전에 나를 위해 뻐꾸기 대신 울어줄
북항, 나는 서러워지게끔 그리운 꽃들 북항
이라
하였는데 너는 다시는 돌아오지 못한
다 하였다
　— 「북항」 중에서

안도현

안복순 화 가

안복순(安福順) 화가: 홍익대학교, 대학원 졸업. Düsseldorf univ. 수료(독일). 부산여자대학 미술학과 조교수 역임, Düsseldorf Fachhochschule 객원교수 역임. 개인전 6회 국내외 단체전 및 초대전 200여회 참가.
현재 문우회, 세계국제미술연맹협회, 한국미술협회 공공디자인 학회, 대한 산업미술가협회, 한국미래 아트회, 한국 저작권협회 회원. 삼원미술협회, 대나무회 부회장. Kunst Zelle 대표, 성북구 주민자치 미술교수.

안 택 준 ^{서예가}

안 택준(安澤濬) 서예가: 1946년 충남 아산 출생. 한국 고불(古佛)서화협회장, 중국 요녕사범대학 서법연구소 객좌교수, 한중서화교류협회 회장, 대한민국 서도대전 초대작가, 아산 국제서화협회 회장, 충남 아산시 서예협회 고문, 온양서예학원 원장.

양 태 석 _{화 가}

양태석(梁太奭) 화가: 호는 청계 (淸溪) 1941년 경남 출생. 풍곡 성재휴 선생님에 사사, 국전에 특·입선을 했으며, 미술대전 심사위원을 역임하고 동경 아시아 현대미술 초대작가상을 수상함.

서법예술대전, 강남미술대전, 세계미술연맹 공모전 심사위원장, 성동미협 회장, 목우회 공모전 동양화 분과위원장 등을 역임.

수필문학으로 등단, 수필문학기협회 이사로 소운문학상을 수상하였다.

저서로는 <한국 산수화 이론과 실재> 외 11권이 있다.

장수 사랑
양태석 7.10

어순영 화가

어순영(魚順英) 시인·화가: 프랑
스 파리 Academie Grands
Chomieres Arts 조형예술 전공.
동양미술대전초대작가상, 대한민국
미술대전, 신미술초대전, 88올림픽
신미술기획초대전, 경기도미술대전
최우수상(조소부문), 센프란시스코
한국우수작가100인전 금상, 파리
Salon d'automne cheowjs 등.
현재 경기도 공예협동조합 이사장,
한얼문화예술진흥회 부회장, 예원예
술대학 객원교수, 한국관광평가연구
원 부소장, 환경미디어 부소장.

都市의 方定 健 -36×19×175 Bronze

어양우 화가

어 양우(魚羊牛) 화가: 홍익대학교 및 대학원 졸업(서양화 전공, 철학박사 수료). 서일대학교 교수(학과장), 성신여대, 강릉대, 청주대, 숭실대학교대학원 강사 역임. 코엑스, 예술의 전당, 뉴욕, UN본부, 일본 중국 등에서 개인전 15회. 국내외 초대전 300여회, 국내외에서 심사위원 100여회. 미국, 프랑스, 스페인, 모로코, 캐나다, 일본, 러시아, 중국 등 세계 여러 나라 전시회 단장. 여수 세계박람회 Art Expo 국제조직팀장, 미국 이민 100주년 뉴욕 워싱턴 조직위원장, 중국 Art Expo 한국조직위원장, UN평화예술봉사 단장 등 역임. 현재 갤러리 신상 관장, 월간 News time 대표.

대한민국 우표
REPUBLIC OF KOREA
20
자 연 보 호
원앙이

어윤석 _{화 가}

어윤석(魚允碩) 화가: 강원대학교 졸업(멀티미디어). 1998년 노원미술대회 한국미술협회 이사장상, 강원디자인대전(시각) 입선, 경기디자인 대전(시각) 특선, 뉴욕 아트페스티벌 UN 본부전 금상, 뉴욕 아트 페스티벌 뉴욕한인회 금상 수상.

대한민국우표
REPUBLIC OF KOREA 1980
30
2010
YOONSUKEO

엘리스 화가

엘리스 화가: 본명 정진숙(鄭眞淑) 1972년 4월 20일생. 2009년 3월 제1회 개인전(성보갤러리), 2009년12월 제2회 개인전(갤러리카페 고희), 2010년 1월 제3회 개인전(경인미술관). 현재 파주 헤이리 예술의 마을에서 오픈스튜디오 운영. 헤이리는 늘 나의 멋진 정원이 되어 주니 오히려 아름다운 작은 정원들을 갖고 계시는 건물주인들보다 작은 작업실만 가진 내가 더 만끽하며 살고 있다. 그리고 ―나에게 그림은 사람과 자연과 우주와의 소통을 만들어주는 도구이고, 존재하는 모든 것이 빛과 사랑임을 자각하게해주는 축복이다―.

염조원 화 가

염조원(廉朝媛) 화가: 개인전 4회. 국전, 대한민국 미술대전 연 6회 입선. 경기도 미술대전 우수상, 특선, 입선. 경기도 예술대상, 경기도 여성상, 부천시 문화예술상 등 수상. 한국미술협회 회원, 부천가톨릭 미술인회, 일수회, 부천미술협회 자문위원.
작품명 〈여인의 꿈〉

오 만 환 시 인

오 만환(吳晩煥) 시인: 충북 진천 출생. '예술계'에 신인상 (시) 당선으로 문단에 데뷔. 시집으로 <칠장사 입구>, <서울로 간 나무꾼> 등. '97 농민문학 작가상, 제2회 진천 문학상 수상. 현재 인터넷문학신문 주간, 서울 선정고등학교 교사, 한국문인산악회 회장.

고 향

눈감으면   새털로 날아오는 춤.
숭 - 수웅
지난 이야기들도 담으로 둘러앉아
몸 맞부빈다

넝쿨 잎사키도
구름 깨물고 일어서는 논리 밭둑
생각 돋우는 아이
연으로 떠서
꿈의 실타래 푼다.

그림 마사야스
오만환

오들오들 떨다가
유칙한 방
급하게 들어서는 者
그 누구

쉽지가 않구나
웃음과 꽃들이 달려가는 햇별 속
어제와 내일을 살피고
담요 한 잎 깔아 놓기가

오차숙 시 인

오차숙(吳次淑) 시인: 중앙대학교 예술대학원을 수료한 후 '창조문학'으로 시부문, '현대수필'에서 수필과 평론 부문으로 등단하여 작품 활동을 시작했다. 서초수필문학회 회장, 현대수필문인회 회장을 역임하고, '현대수필' 편집장으로 일하고 있다. 한국문협과 국제펜클럽 회원이며 세계계관 시인상, 구름카페 문학상, 산귀래 문학공로상을 수상했다.
작품집으로는 <콘크리트 속의 여자>, <태풍이라도 불었으면>, <레일 이탈을 꿈꾸고 싶은 날>, <아름다운 구속>, <번홍화>, <가면 축제>, <음음음음 음음음>이 있으며 저서로는 <수필문학의 르네상스>, 선집으로는 <장르를 뛰어 넘어>가 있다.

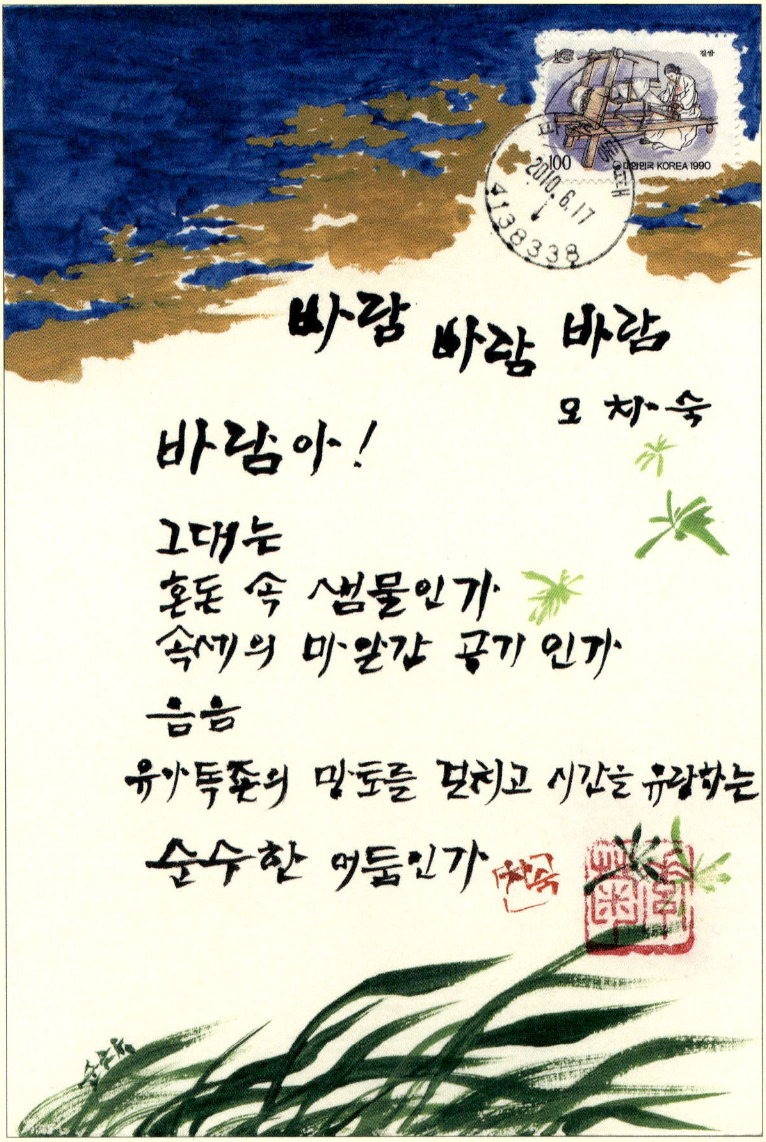

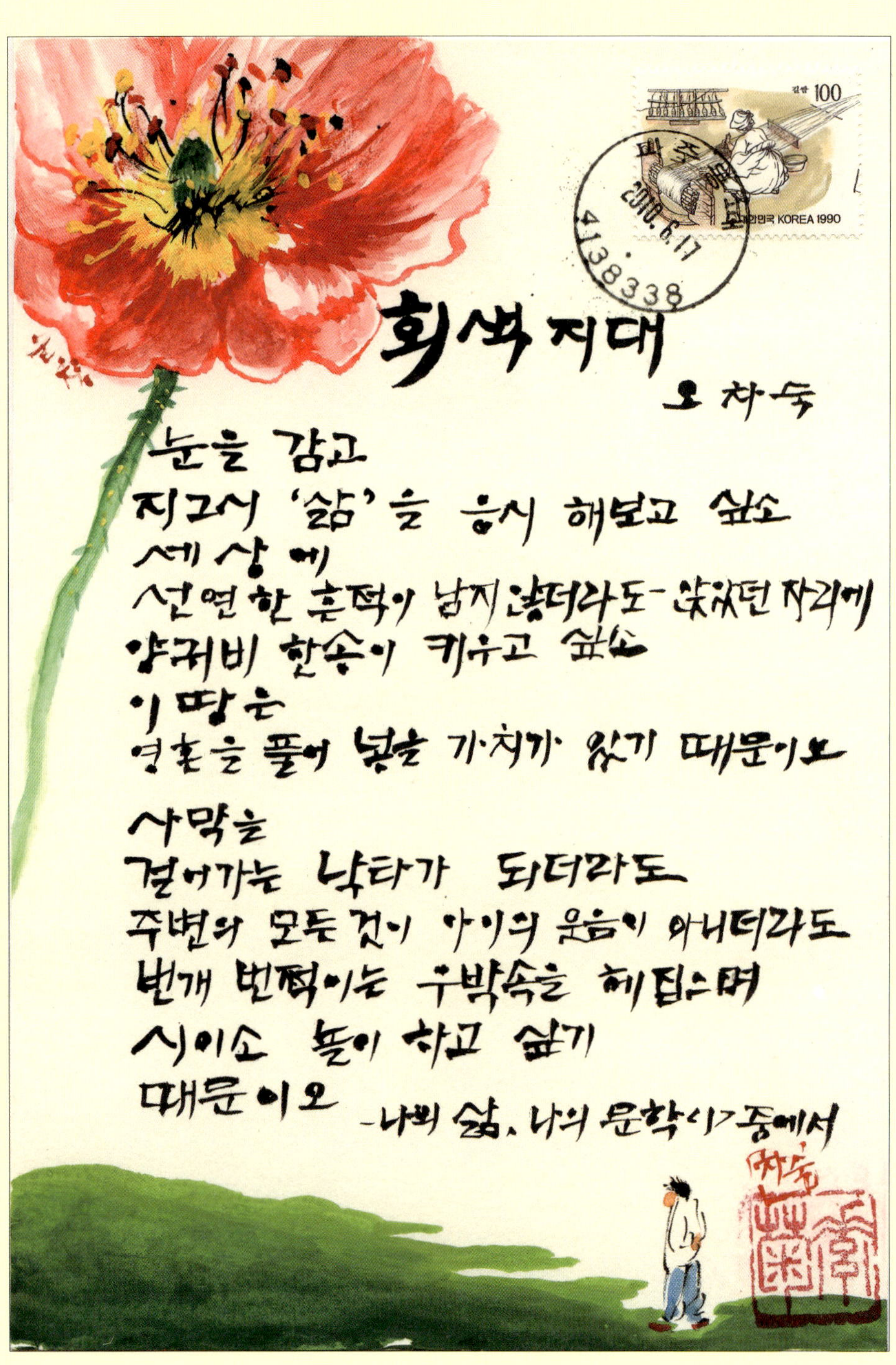
회색지대
오차숙

눈을 감고
지그시 '삶'을 응시 해보고 싶소
세상에
선연한 흔적이 남지 않더라도 - 앉았던 자리에
양귀비 한송이 키우고 싶소
이땅는
영혼을 풀어 넣을 가치가 있기 때문이오

사막을
걸어가는 낙타가 되더라도
주변의 모든 것이 아이의 웃음이 아니더라도
번개 번쩍이는 구박속을 헤집으며
시이소 놀이 하고 싶기
때문이오
- 나의 삶, 나의 문학 중에서

오혜련 _{화가}

　오혜련(吳惠蓮) 화가: 홍익대학교 미술대학과 동대학원 회화과 졸업.
개인전 11회(서울, 수원 상하이), 나혜석미술대전 특선 및 우수상 수상.
현대미술 탐험전(경기도 문화의 전당 2010), Spirit Asia전(Scola Art Center, Yihaodi. Beijing, CHINH.2010), 카바레 볼테르 초대전(스위스 취리히, 2009), 뉴욕한국현대미술전(뉴욕), 에꼴 22인전(인사아트센터), 초대전 및 단체전 300 여회.
한국미협 회원, 나혜석미술대전 초대작가.
경기도 문화의 전당 출강.

우 선 _{시인·화가}

우선(禹善) 시인·화가: 충남 청양에서 출생. 부여여고와 추계예술대학교에서 동양화를 전공하고 경희대학교 교육대학원을 졸업. 대한민국평화미술대전 대통령상, 프랑스 미술협회 르쌀롱상 수상. 예술의 전당 등에서 개인전(10회)과 그룹전을 가졌다.
2008년 시인 신인상, 노천명문학상 수상. 시집 등 저서로는 <나를 찾아 떠나는 여행>, <우선의 명상 일기>, <벗을수록 아름다운 사람> 등이 있다. 현재 아시아골프지도자협회 회장, 베스트웨이 골프학교 이사장, 한국미술협회, M21 회원.

작품명: 골프 파라다이스(아크릴릭)

대한민국 KOREA
십장생도
30
대한민국 KOREA
십장생도
30
SEOUL

우 종 렬 시 인

우 종렬(禹鐘烈) 시인·서각가·한국화가; 아호는 토우(土偶).
2002년 월간 문예지 '문예사조' 추천으로 등단한 후 매년 시
동인지를 발간하며 시작활동을 하고 있다.
대구미술대전 정수미술전 등에 한국화 부문에 입상하고 현재 '그리
움'이라는 서각화실을 열어 동양화와 현대서각의 대중화를 위해 작
업 중이다. 2009년에 제1회 '그리움전'을 개최하였다.

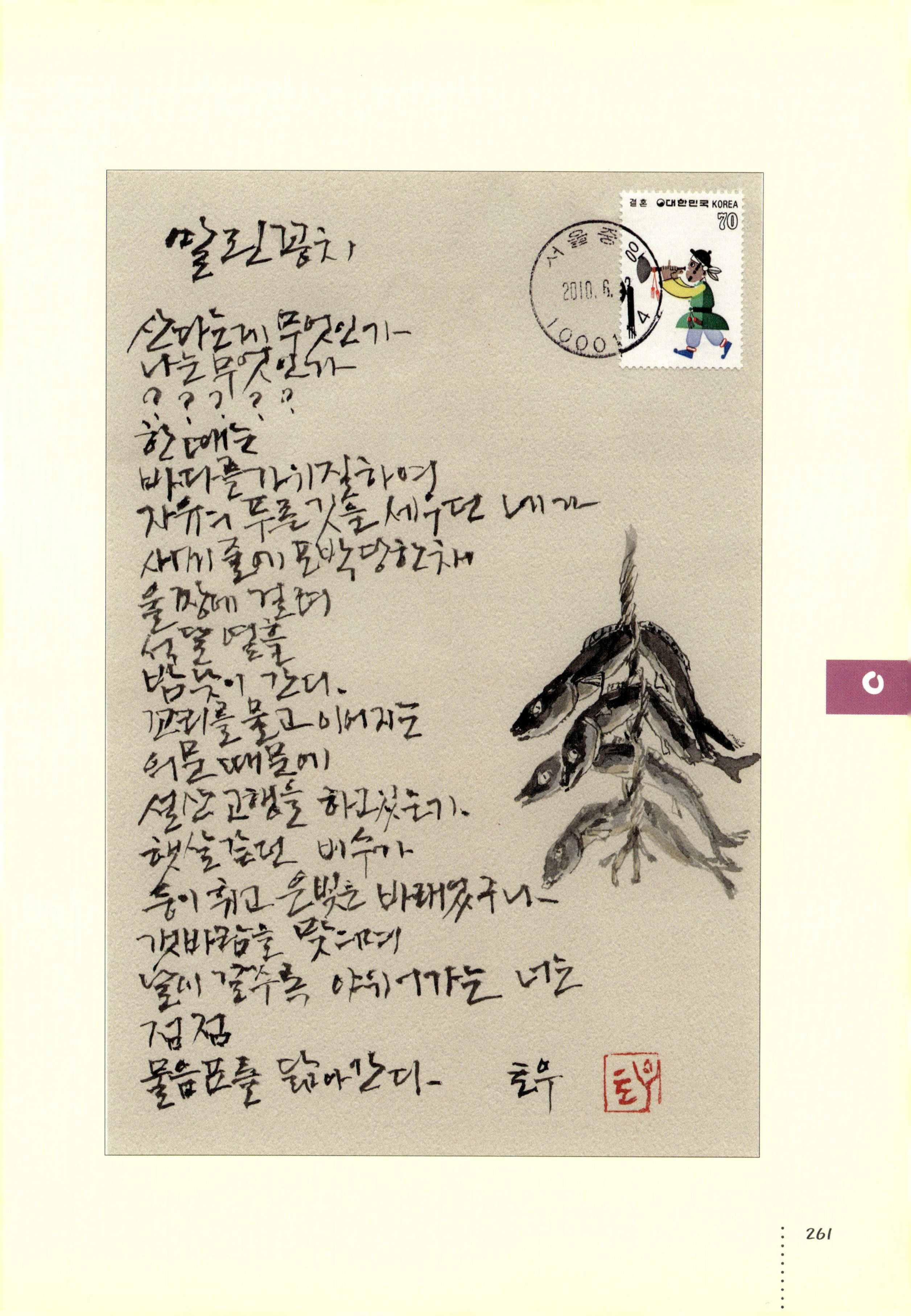

우 희 춘 _{화 가}

우희춘(寓熙春) 화가: 호는 석당(石堂). 대한민
국 미술대전 심사위원, 운영위원 역임.
국내외 전시회에 500여회 출품.
현재 한국미술협회, 전업미술가협회 자문위원, 현
대한국화협회 회장, 홍익, 한국문화센터 출강.

유미정 화가

유미정(兪美貞) 화가: 1958년 서울 출생. 파리 Academie Charpentier 수학. 1997~2010 개인전 및 초대개인전 11회 (Paris, New York, Seoul). 2002~2003 TOILE D'OR 골든 캔버스상 수상(France). 2004 PALMARES 국제 회화 공모대상전 대상 수상(France). 2005 세계창작조형예술인상(Createur d'aujour d'hui) 대상 수상(France). 1997, 2001 ,2003, 2004, 2007년 살롱 도똔느(Salon d'Automne Paris France), 1998~2003 살롱 그랑 에 죤느 오쥬르디(Salon Grands et Jeunes d'Aujourd'hui Paris France). 1999:살롱 아티스트 프랑세(Salon des artistes Français Paris France). 1999~2006 살롱 비올레(Salon Violet Paris France). 1999:살롱 도똔느 인터내셔날 루네빌 초대작가(Salon d'automne Internationale de Luneville France). 1999: 살롱 압스트레 초대작가(Salon d'Art Abstrait).

Bonheur 2010
MJYu

유승우 시 인

유 승우(柳承佑) 시인: 본명 유윤식(柳潤植)
1939년 강원도 춘천에서 남. '현대문학'지로 등단(1966~69)
한양대 대학원 졸업, 문학박사, 인천대학교 교수 역임.
기독교 문인협회 회장 역임. 현재 (사)한국현대시인협회 이사장.
인천대학교 명예교수.
경희문학상, 후광문학상 수상.

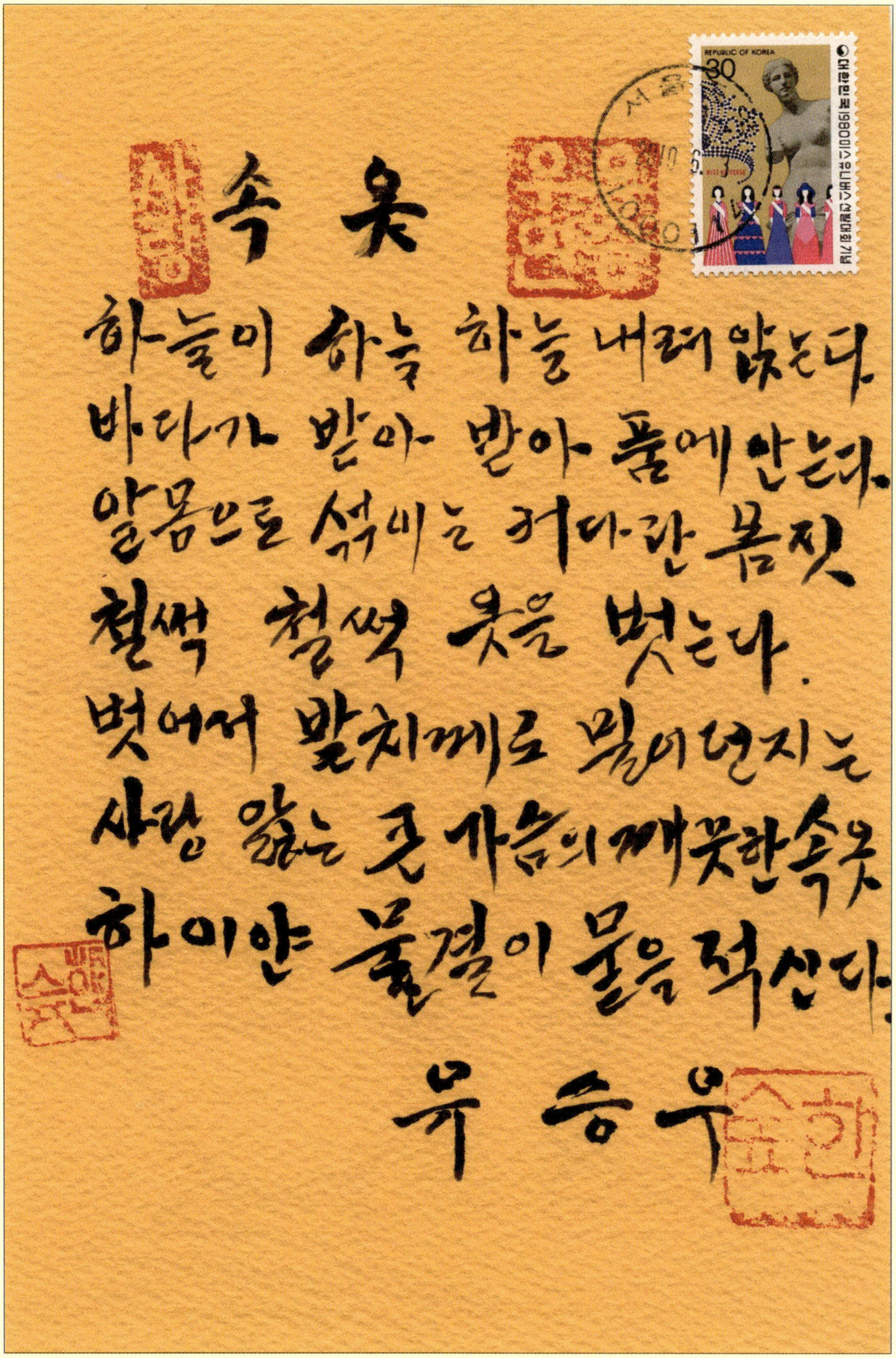

속 옷

하늘이 하늘 하늘 내려앉는다
바다가 받아 받아 품에 안는다
알몸으로 섞이는 커다란 몸짓
철썩 철썩 옷을 벗는다.
벗어서 발치께로 밀어던지는
사람 않는 큰 가슴의 깨끗한 속옷
하이얀 물결이 물을 적신다.

유 승 우

윤소암 시 인

윤 소암(尹昭菴) 시인·수필가: 1986년 '돌부처의 기도'로 등단
했으며, 한국문인협회, 현대시인협회, 민족문학작가회 회원.
〈허공에 점 하나 찍어 놓고〉〈산다화 피는 날〉 등 8권의 시집과
2권의 수필집, 그리고 〈분열과 통합의 논리〉 등 사회 평론집 5권
을 펴내어 모두 18권의 저서가 있다.
현재 동아시아불교문화연구원장이며 80년대 민주화운동 불교대
표를 지내는 등 치열한 역사 인식과 사회운동을 했다.

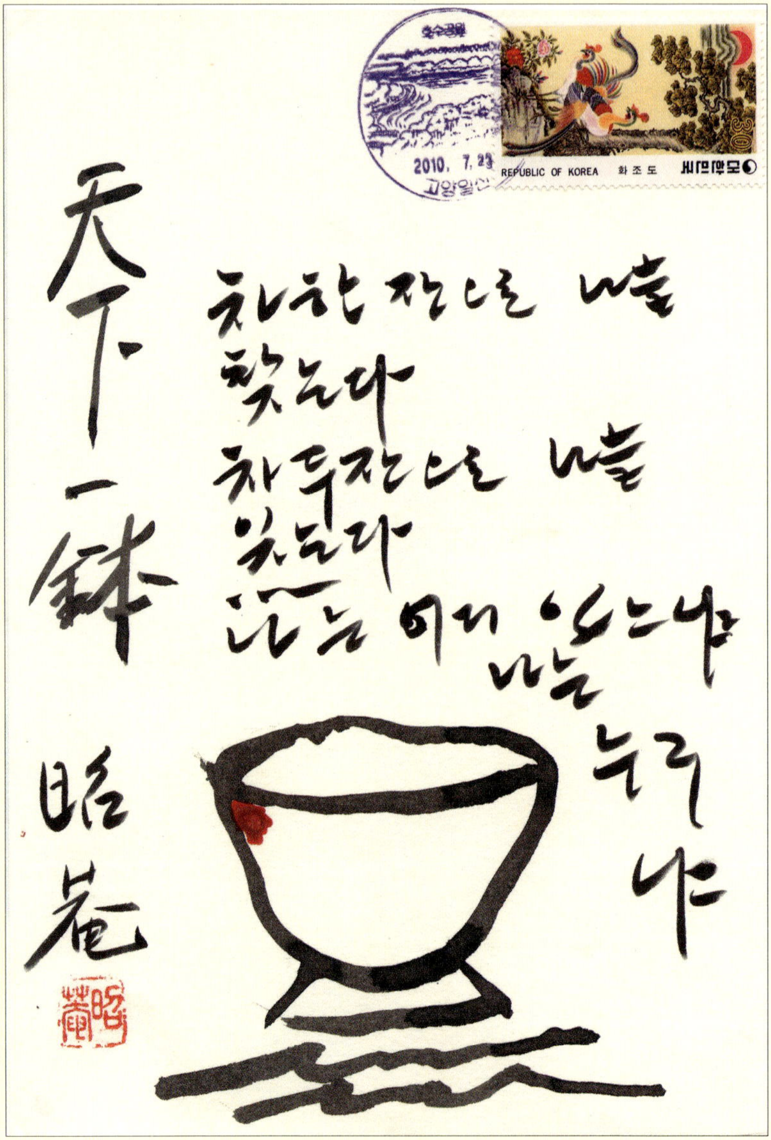

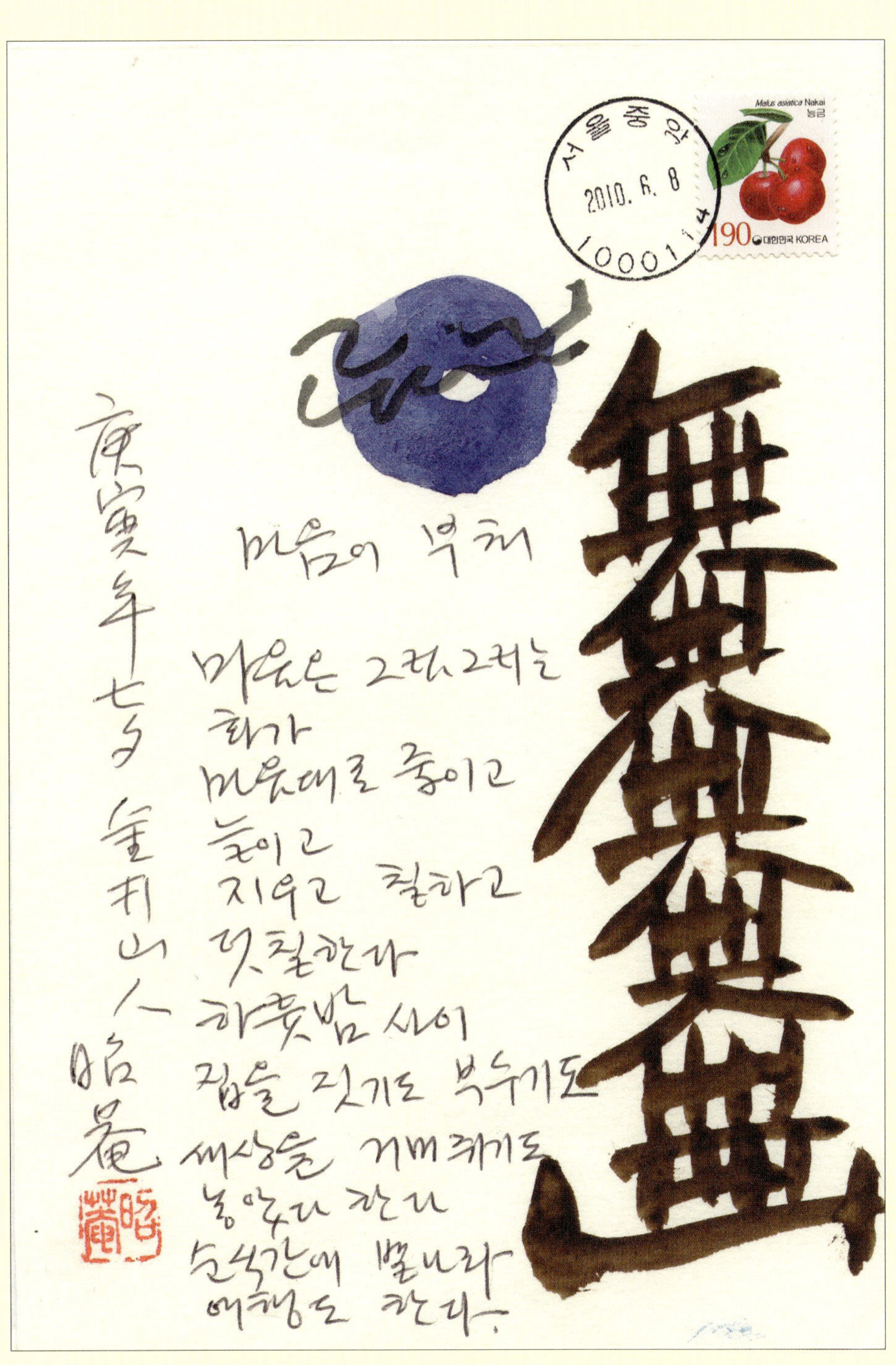
마음의 부채

마음은 그때그때는
화가
마음대로 줄이고
늘이고
지우고 칠하고
덧칠한다
하룻밤 사이
집을 짓기도 부수기도
세상을 기쁘게도
놀라게 한다
순식간에 별나라
여행도 한다.

庚寅年七夕 金正山人 暗養

無

윤영림 화가

윤 영님(尹泳任) 화가 아호 송원. 2006년 대한민국 전통문화대전 대상, 2008년 대한민국 전통문화대전 최우수작가상, 현대미술대전 우수상, 제15회 대한민국미술전람회 대상, 제32회 한국문화미술대전 금상, 국제문화미술대전 금상 등 수상. 개인전 2회, 아시아 태평양 국제미술교류전, 종로문화역사 형상전 등 참가.
현재 한국미술협회, 전업미술가협회, 창석회, 구상회, 봉림회, 한국미술여성협회, 현대미술협회 회원.

PJ. DONGR
15.9.
KOR
대한민국
KOREA
60
을지문덕의살수대첩 General Euljimunduck's Great Victory at Salsoo
松園

윤정옥 소설가

정옥(尹貞玉) 소설가: 1950년 서울 출생. 늦깎이로 대학을 들어가서 국문학을 전공하고 소설로 문단 데뷔를 하였다. 학원 강사를 역임하였고, 현재 한국소설가협회 중앙위원이며, (사)녹색문단, 창조문학신문 고문으로 있다.
강서문학상, 대한민국햇불문학상을 수상하고. 저서로는 소설집 <또 하나의 고백> 수필집 <다시 사랑할 때까지> 동화집 <왕따 만세> 장편소설 <그 여자의 전설>이 있고, 공저로 소설집<들꽃 향기>, <한국소설 베스트선집> 등이 있다.

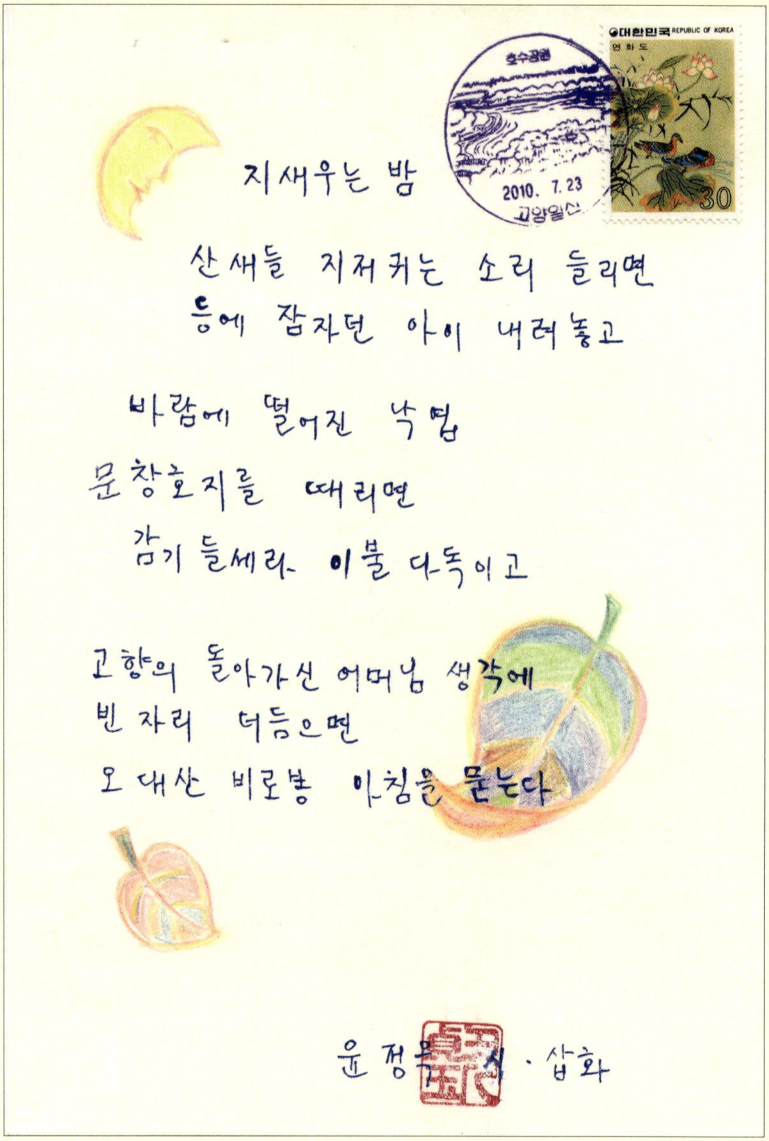

지새우는 밤

산새들 지저귀는 소리 들리면
등에 잠자던 아이 내려놓고

바람에 떨어진 낙엽
문 창호지를 때리면
감기 들세라 이불 다독이고

고향의 돌아가신 어머님 생각에
빈 자리 더듬으면
오대산 비로봉 아침을 묻는다

윤 정옥 시 · 삽화

갈 대

저 바다를 보며 서서
바람에 몸을 놀리고 있는
갈대는 무엇을 느낄까
망망한 대해를 보며 포용을 배웠을까
그렇다면
네가 나보다 더 폭이 넓겠구나

바람따라 망망 대해 날고 싶어도
온 몸으로 이별하는
모진 천성이
가야할 길을 가르친다

윤정옥 글.

윤혜숙 화 가

윤 혜숙(尹惠淑) 화가: 경희대학교 미술교육과 졸업. 개인
전 8회.
코리아 아트페스티벌(공평), 경희대학교 60주년 기념전 등.
현재 전업작가회, 신구회 회원.
작품명 해바라기 1, 해바라기 2

윤홍준 화가

윤홍준(尹弘俊) 화가: 대한민국 미술대전 2회 입상.
부산 여백회 회원전, 부산 한국화전, 부산 미술의 흐름 80년대전, 현묵회 창립회전 등 다수 참가.

이광오 _{화가}

이광오(李光晤) 화가: 개인전 11회, 한국 현대미술 지평전 (Fine Art Gallery /일본,도쿄), 전제된 평론을 위한 파리 기획전 (ESPACE AYA 미술관/ 프랑스, 제1회 광주 국제현대미술제 초대전 (광주 시립미술관), 북방 8개국 우수작가전(운현궁 미술관 기획초대), 2008 정주 비엔날레 (중국, 정주), 국민일보 현대미술 초대전 (세종문화회관 미술관), 2008 '한국의 美' 특별전(국립 카이로 오페라하우스 전시실/ 이집트), PUZZLE PROJECT 展(Willesden Gallery/영국,런던), 부산 국제아트페어 특별초대전(백스코/부산), 개관 33주년 기념 330인 스타작가 초대전(선 화랑), 꿈을 바라보며 그리다. −21세기 미술의 젊은 힘展 (의정부 예술의 전당 기획초대), 제10회 서울 미술제 대상 수상.

이근배 시 인

이근배(李根培) 시인: 1940년 3월 1일 충남 당진 출생. 1961~4년 경향, 서울, 조선, 동아, 한국 신춘문예 당선. 한국시인협회 회장 등 역임. 현재 신성대학 석좌교수, 대한민국예술원 회원 등. 현대불교문학상, 고산문학상 등 수상. 시집으로 <노래여 노래여>, <사람들이 새가 되고 싶은 까닭을 안다>, <시가 있는 국토기행>. 시선집 <사랑 앞에서는 돌도 운다> 외.

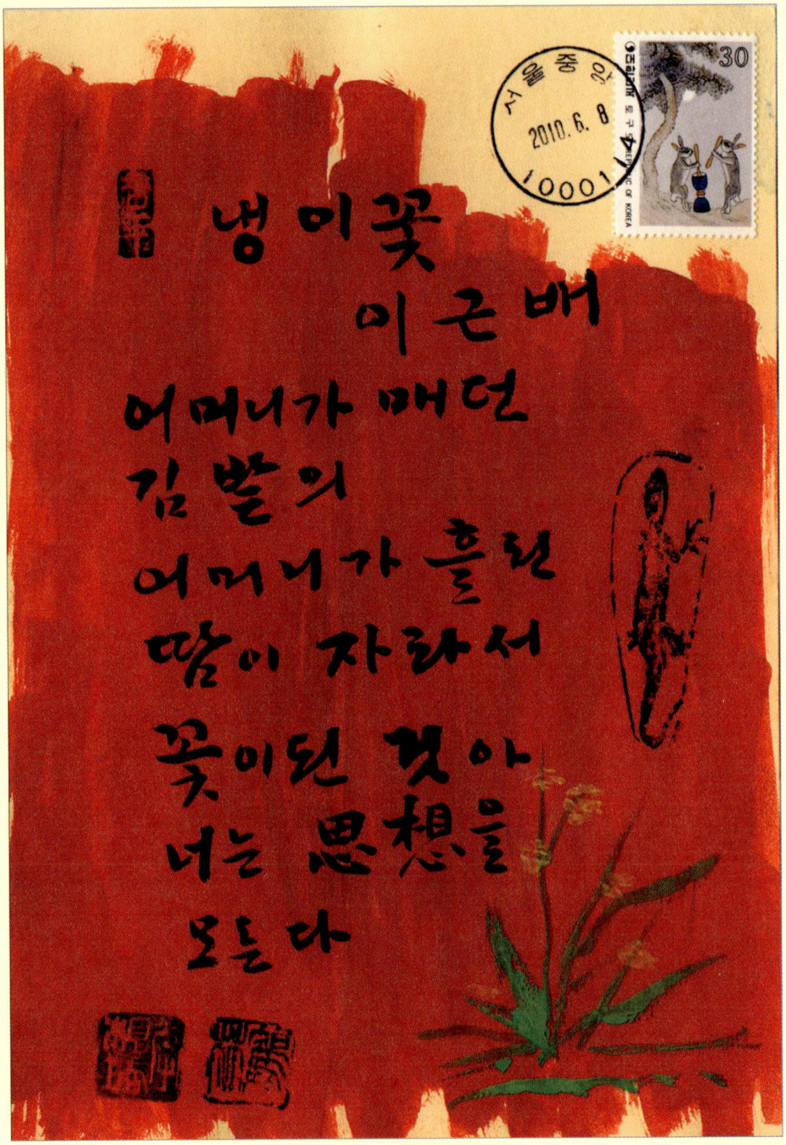

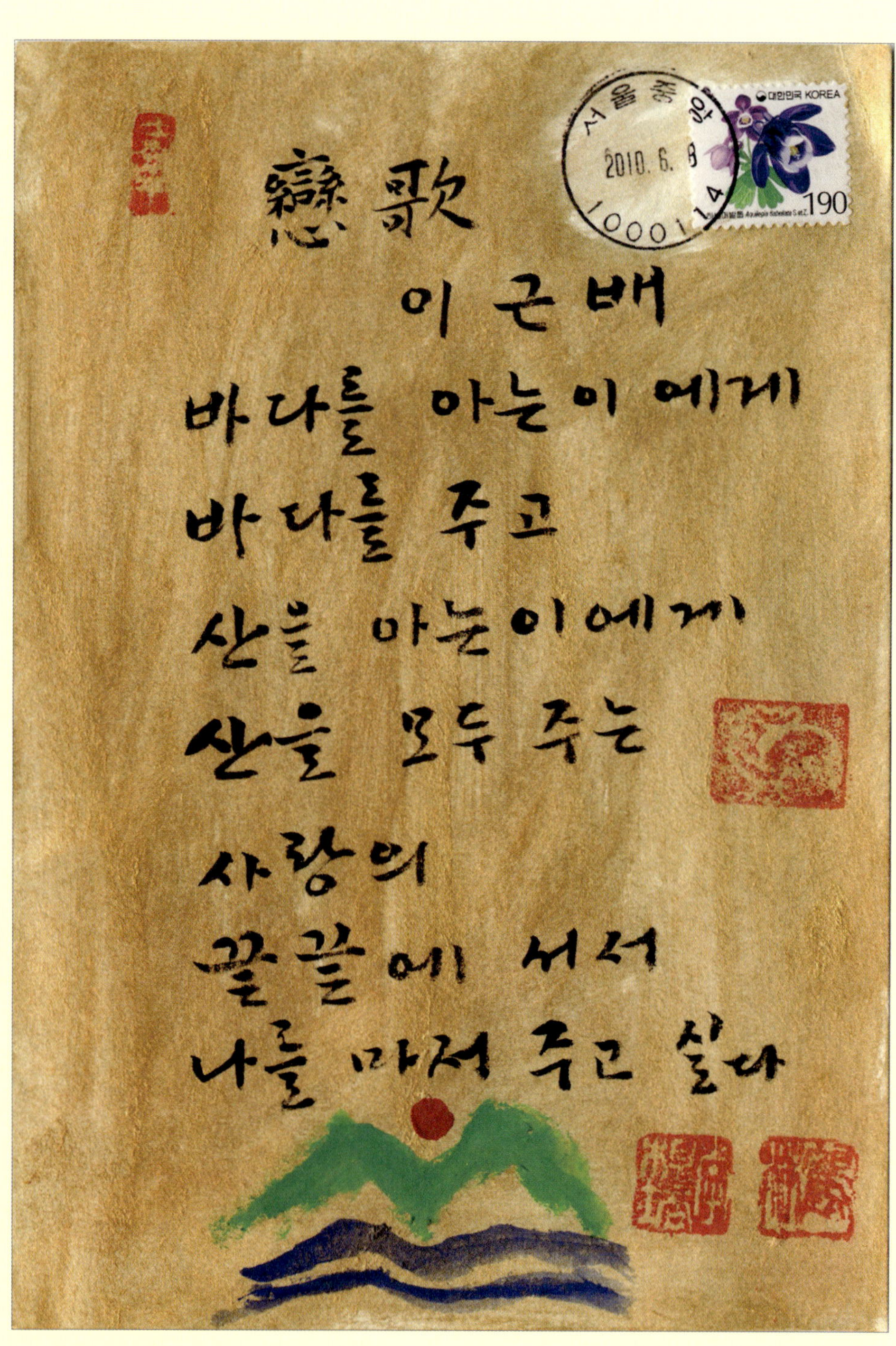
戀歌
이 근 배
바다를 아는 이 에게
바다를 주고
산을 아는 이에게
산을 모두 주는
사랑의
끝끝에 서서
나를 마저 주고 싶다

이내무 시 인

이내무(李來武) 시인: 1935년 충남 태안에서 출생하여 공주사범대학 국어과를 졸업하고 교직에 41년간 근무했다. 충남 아산에 살면서 1989년 '동양문학'과 '한국시'지로 등단하여 시를 쓰면서 서안(西岸)시문학회장과 한국문협 아산지부장을 지냈다.
시집으로는 <풍향계> 등 6권과 세계기행문집 <무지개 꿈을 안고>를 상재했다.
한국시문학상, 노산문학상, 예총 예술문화상, 충남문학 발전대상, 대한민국 국민훈장 동백장 등을 수상했다.

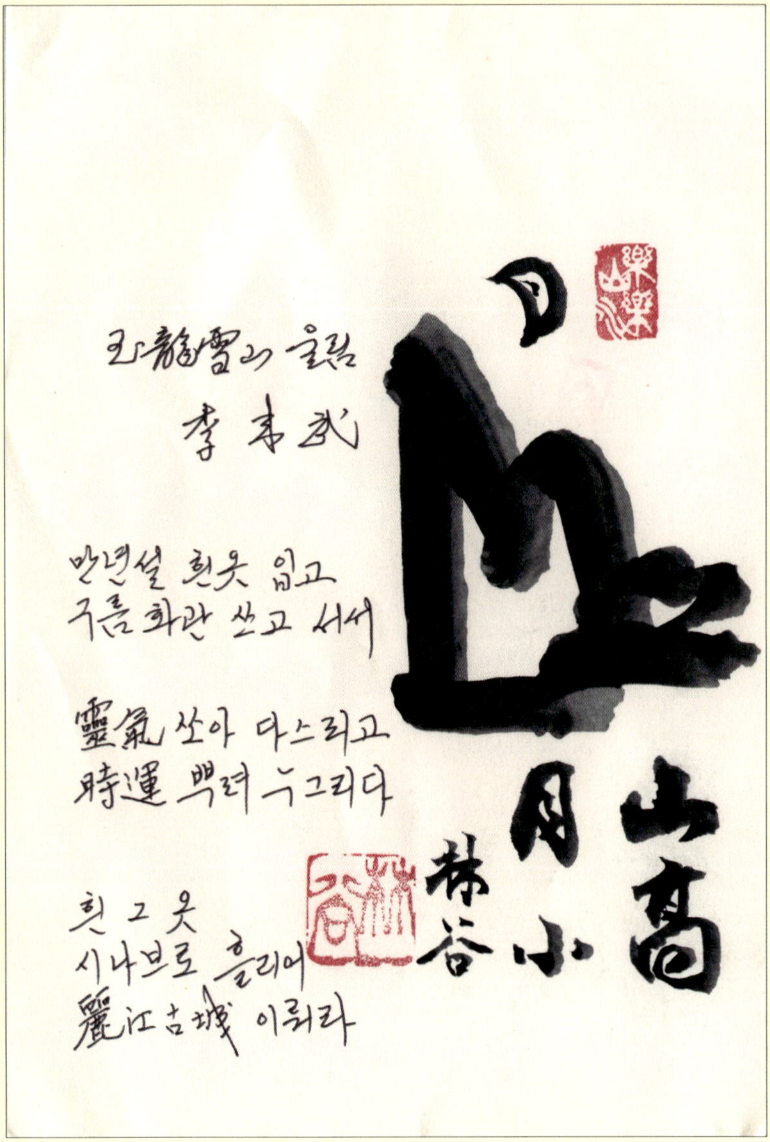

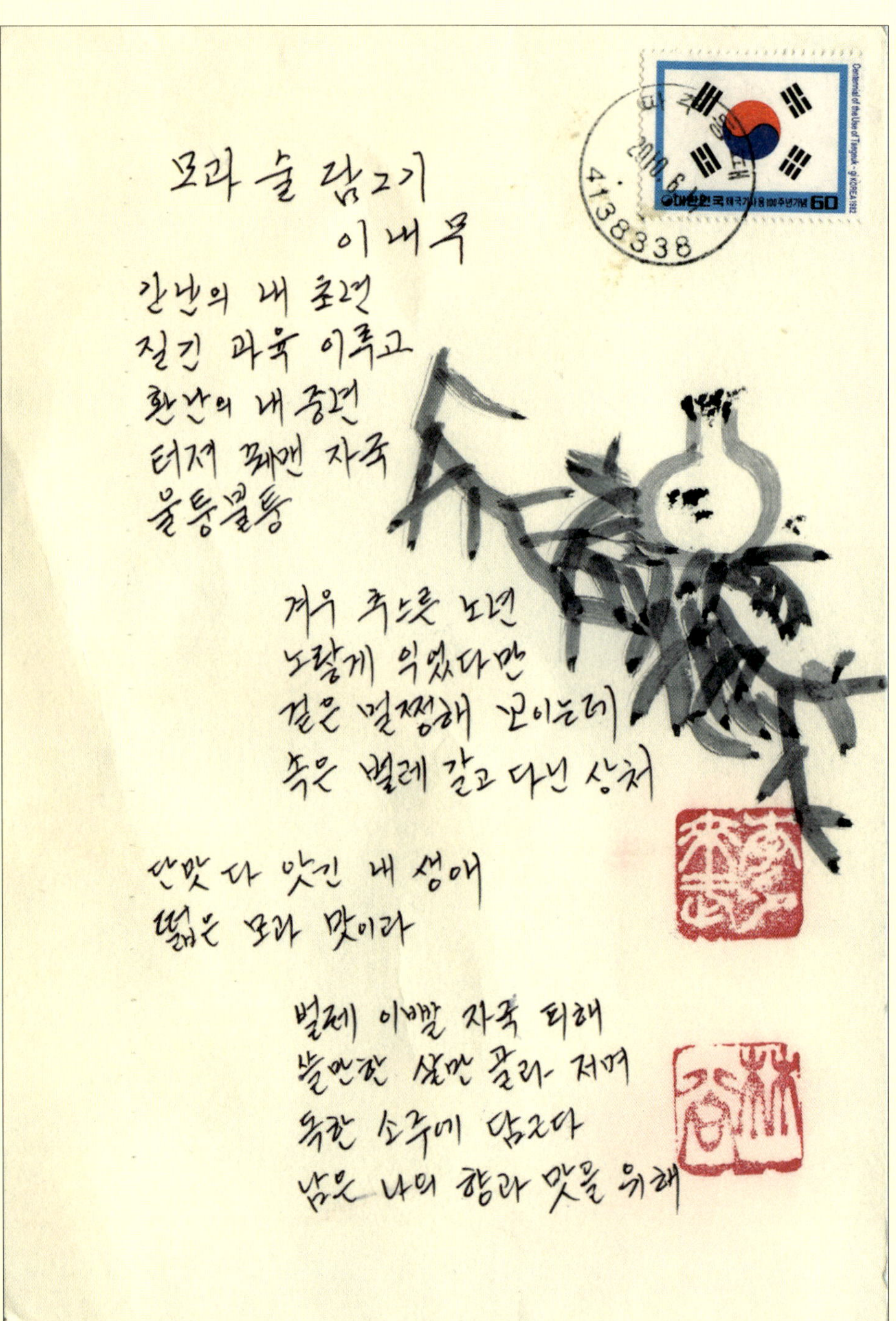
모과 술 담그기
이내목

간난의 내 초년
질긴 과육 이루고
환난의 내 중년
터져 째낸 자국
울퉁불퉁

겨우 익느른 노년
노랗게 익었다면
겉은 멀쩡해 꼬이는데
속은 벌레 갈고 다닌 상처

단맛 다 잊긴 내 생애
떫은 모과 맛이라

벌레 이빨 자국 피해
쓸만한 살만 골라 저며
독한 소주에 담근다
남은 나의 향과 맛을 위해

이동식 _{화 가}

이 동식(李東拭) 화가: 호는 청사(靑史). 서라벌예술대학과 고려대학교 대학원 졸업. 대한민국 미술대전, 신미술대전, 한국현대미술 대상전 등의 심사위원 역임. 한국미술협회 회원, '동경 미술' 전속 작가. 연세대학, 경희대학, 객원 교수 역임. 2009년 뉴욕 세계미술대전 세계평화를 위한 UN기념관 초대작가. 2003년, 오늘의 미술가상 수상. 저서 <이동식 풍속화>1,2(서문당, 2005)

예술은 괴로운 것이다
왜냐하면 창조이기
때문이다.
그리고 예술은 왜
황홀한 것인가 불멸이기 때문이다
꿈과 행복이 나는 DON을 훔치는 반달집초가
청포

이명수 시 인

이 명수(李明洙) 시인: 1975년 월간 시지 '심상'(박목월추천)으로 등단. 시집으로는 <공한지>, <왕촌 일기>, <울기 좋은 곳을 안다> 외 다수, 시선집으로 <백수광인에게 길을 묻다> 등이 있다.
현재: 한국시인협회 이사. 충남시인협회 회장, 계간시지 '시로 여는 세상' 대표.

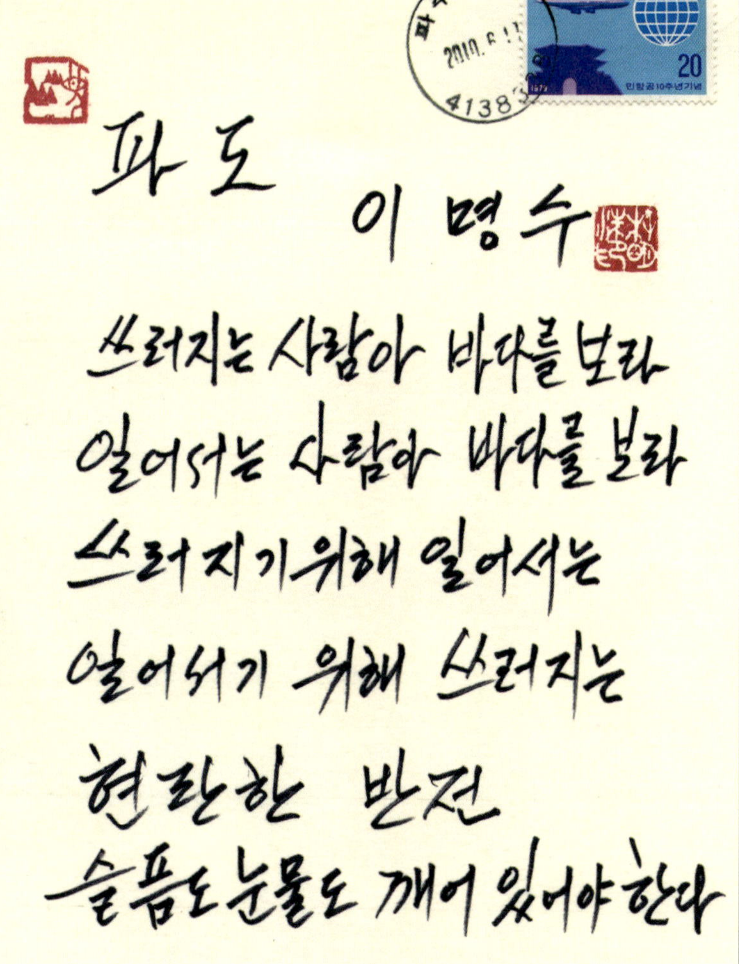

알 전구

이 명수

재래시장에 詩가 있다
집집마다 알전구가 달려 있는
서산 어물전 한 귀퉁이
알전구 옆 경고문
"이곳 전구를 빼간 도둑넘아!
너희 집은 밝으냐
오늘도 배가 봐"

알전구가 눈을 부라리고 있다
살아내는 일이
100촉 알전구만큼 뜨겁다

이봉호 서예가

이봉호(李奉昊) 서예가: 호는 홍강(弘岡), 해인사 초대 주지 환경선사와 제2대 주지 최범술 스님에게서 사사 받고, 지송파 스님과 김일섭 스님에게서 불화를 사사 받았다. 전국서예대전 문화상과 한국미협 서예 초대작가상 등을 받았으며, 한국서예대전과 대한민국 서예공모대전 등의 심사위원을 역임했다. 그동안 많은 불화와 영정 등을 그려왔으며 최근에는 500나한상을 그려 화제를 모은 바 있다.

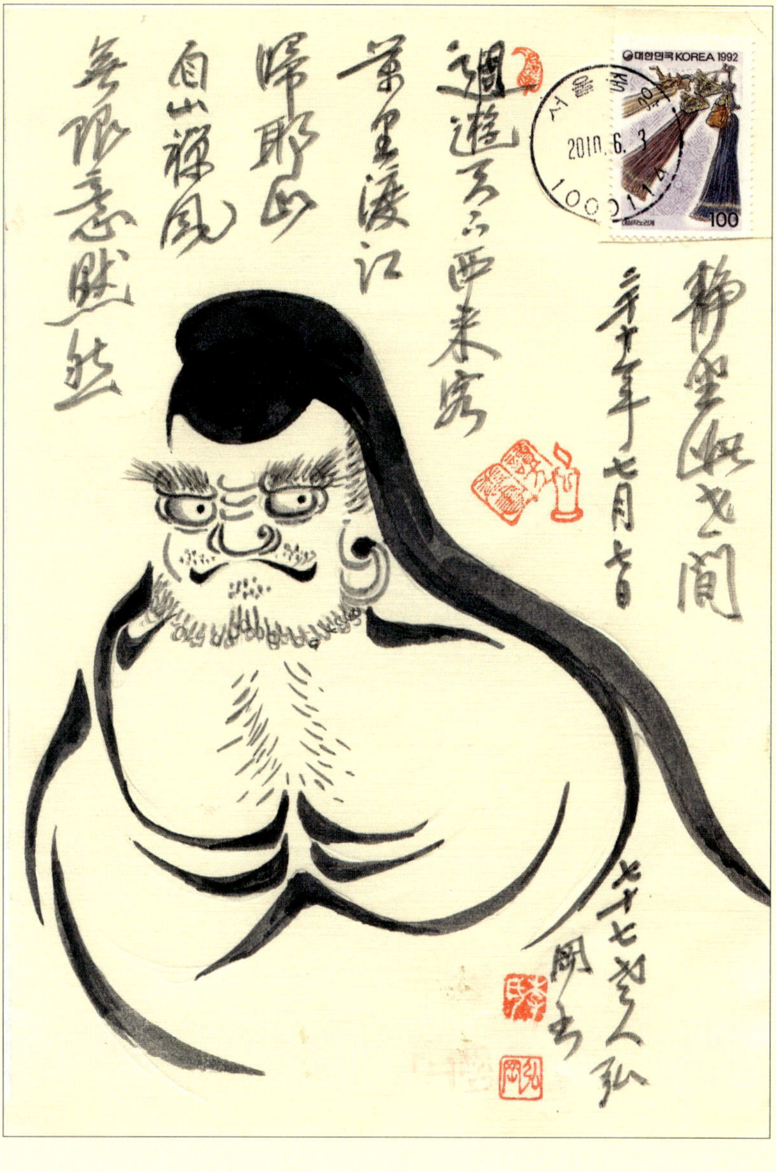

이 상 교 **아동문학가**

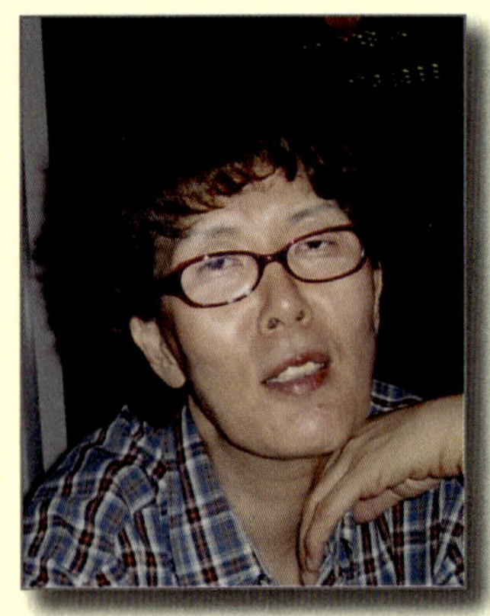

이 상교(李相敎) 아동문학가: 1949년 서울에서 출생, 강화에서 성장.
1974년 조선일보 신춘문예 동시 입선.
1977년 조선, 동아일보 신춘문예 동화부문 당선.
수상으로 해강 아동문학상, 세종 아동문학상, 한국출판문화상을 받음.
지은 책-동시집<고양이가 나 대신>, 동화집<처음 받은 상장>, 그림 책<
도깨비와 범벅장수> 외 다수.

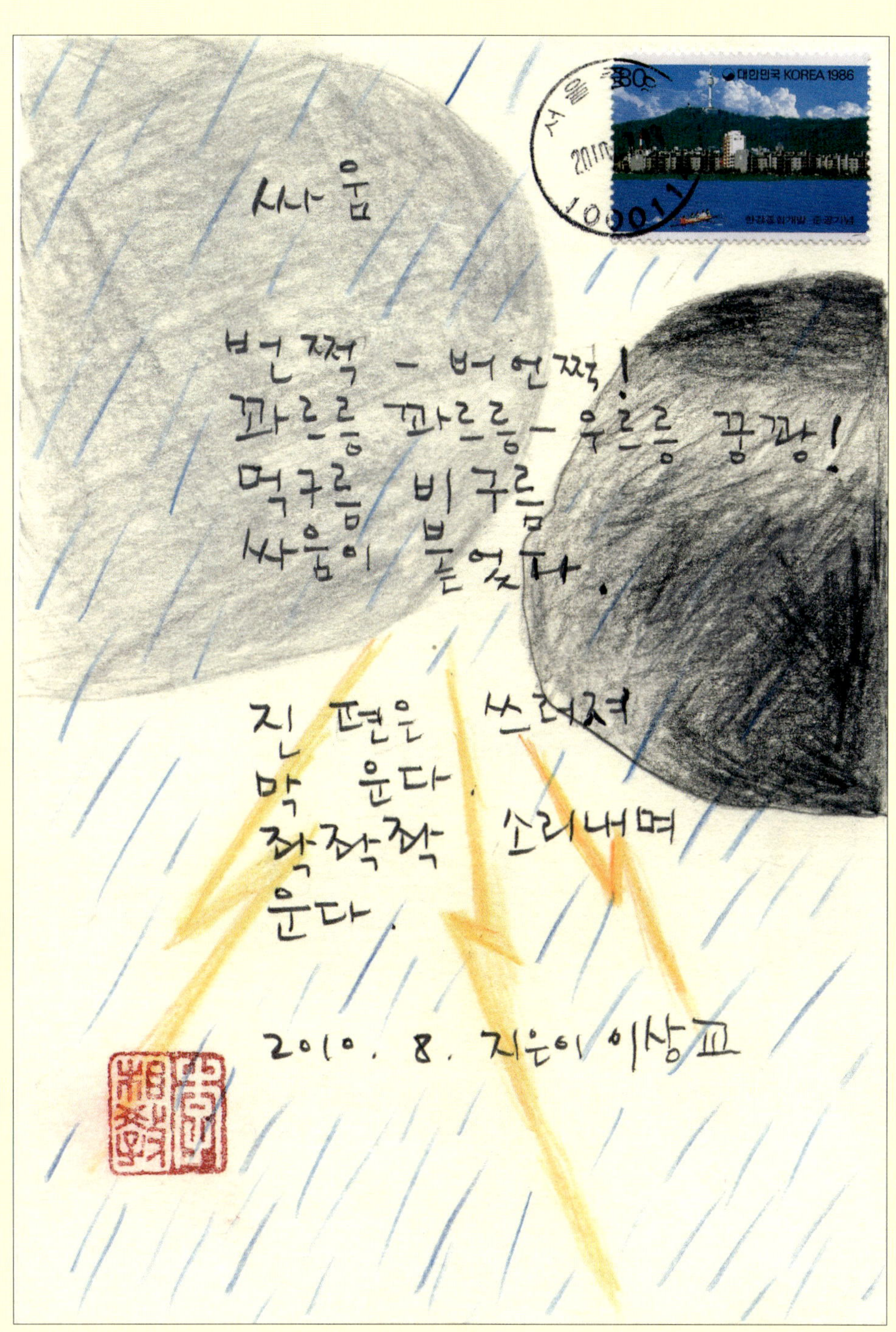

새움

번쩍 - 버언쩍!
꽈르릉 꽈르릉- 우르릉 꽝꽝!
먹구름 비구름
싸움이 붙었다.

진 편은 쓰러져
막 운다.
좍좍좍 소리내며
운다.

2010. 8. 지은이 이상교

이상중 _{화 가}

이 상중(李相中) 화가: 홍익대학교 미술대 서양화과 및 동대학원 졸업.
개인전 16회(서울, 미국 뉴욕, 독일, 말레시아 등) 동아시아 현대미술전(일본),
한국작가 초대전(일본), 한국현대미술 초대전(러시아), 일·한 문화교류전(일본), 현
대미술특별초대전(한국), 자연과 영혼의 만남전(한국), 한·미친선 초청전시회(한
국), 2008 World Artist Festival(한국) 등. 대한민국 미술대전 심사위원 역임.
현재 한국 미술협회 자문위원, 강남대학교 예체능대학 서양화과 명예교수.

이성근 _{화 가}

이성근(李性根) 화가: 서울 출생, 대한민국 미술대전 심사위원 역임, 제6회 이당 미술상 수상.

미국 파인힐 아트 갤러리 개인전(미국, 1989), 독일 카스텔 박물관 소전시실 개인전(독일, 1990), 독일 마인즈 핀덴소야 갤러리 개인전(독일, 1990), 오스트리아 빈 로이쉬 갤러리 개인전(오스트리아, 1991), 파리 베가 마테 갤러리 개인전(프랑스, 1991), 파리 문화센타 초대 개인전(프랑스, 1991), 미국 워싱턴주 다다모힐 갤러리 초대 개인전(미국, 1999), 포스코 미술관 초대 개인전(서울, 2003), 프레스센타(서울갤러리) 이성근 도화 개인전(서울, 2003), 서울 싱 갤러리 개인전(서울, 2006), 미국 뉴욕 컬럼비아 대학 초대 개인전(미국, 2007)

이 숙_{화가}

이숙 화가: 덕성여자대학교 예술대
학 동양화과 및 동대학원 졸업.
개인전10회 부스전7회 단체전- 해외
9회(파리, 일본, 중국) 국내전 82 여
회. 윤당갤러리 기획 초대전(서울, 압
구정동, 2010), 조선화랑 기획 초대전
(서울, 코엑스, 조선화랑, 2007), 크
라운제과 Morning Academy 초대전
(서울, Tower hotel, 2007), 정동 경
향 갤러리 개관 초대전 (서울, 경향갤
거리, 2004), 개인전(서울, 관훈 미술
관, 1995)
부스전 7회(서울, 스위스, 뉴욕, 중
국), Beijing SOGO International
Art Fair(중국, So Go, 2009), 취리
히 아트페어(스위스, 취리히 콩그레하
우스, 2008), ArtEXPO New York
(JAVITS Convention Center-
NYC, 2008), EUROP’ ART (스위
스, Geneva PALEP, 2006), KIAF
2004(서울, 코엑스 인도양홀, 2004)
현재 한국미술협회.고양미협.세계미술
협회. 고양환경미술인회. 신흥대학 강
사역임. 일산, 강남문화원강사

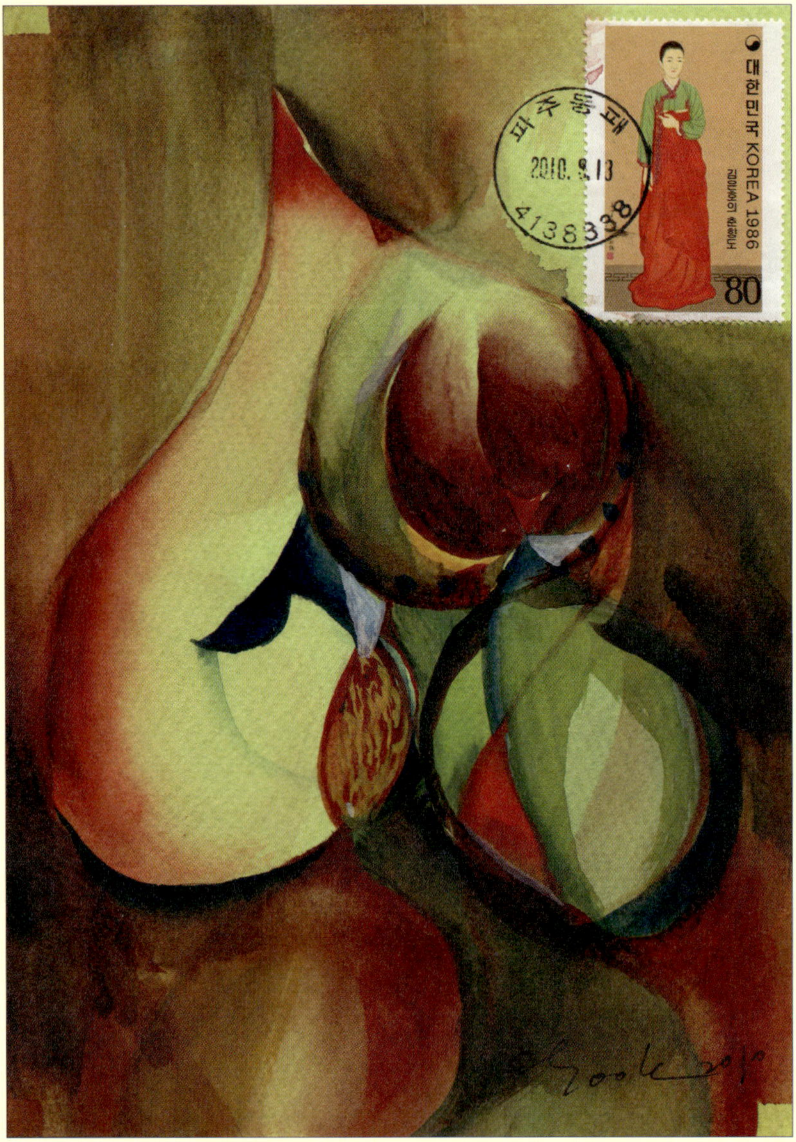

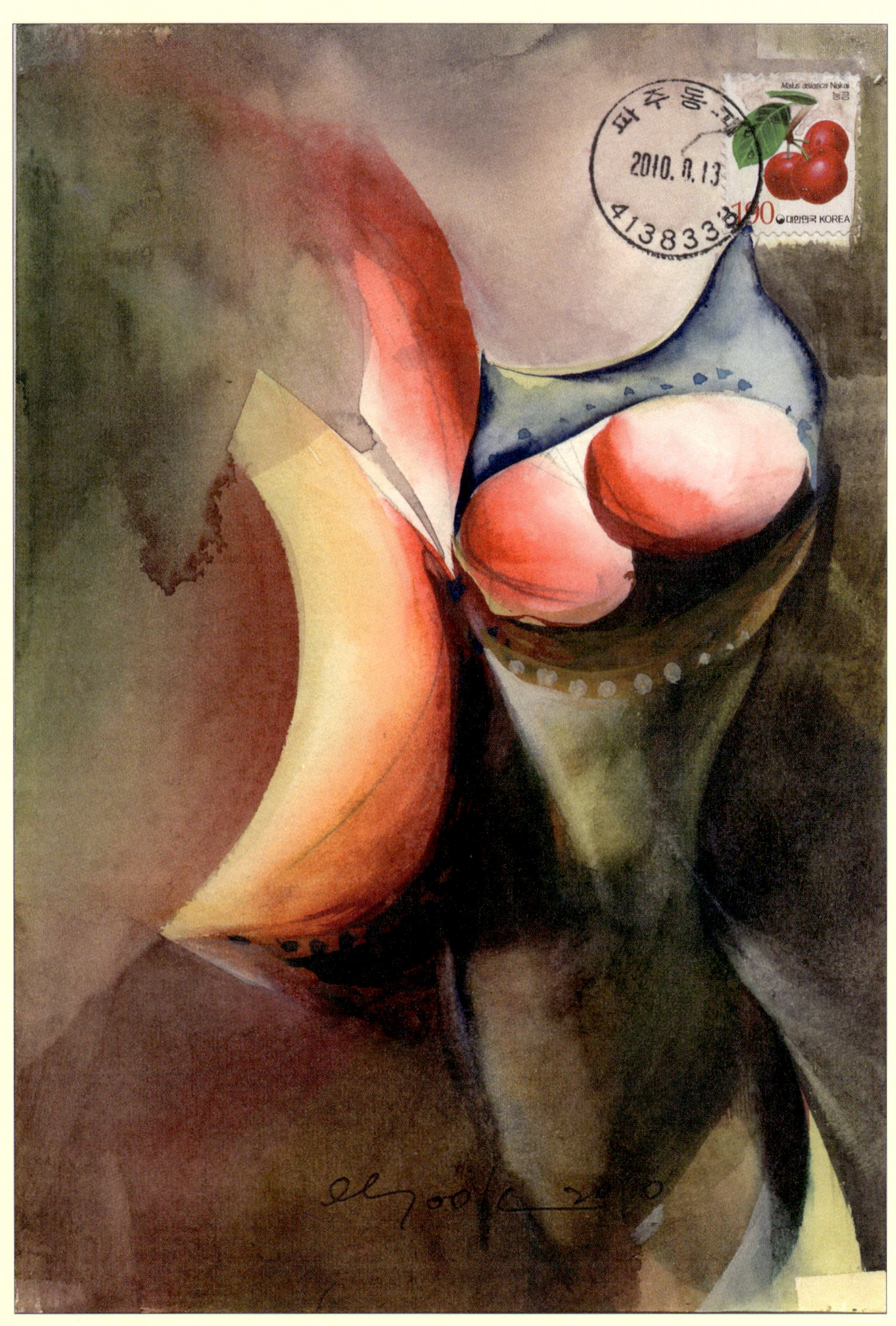

이숙자 화가

이숙자(李淑子) 화가: 1967년 홍익대학교 미술대학 동양화과를 졸업하고 1971년에 동대학교 미술대학원을 졸업.
1973년 제1회 개인전을 시작으로 그동안 20여 회의 개인전을 가졌으며, 국내외 단체전 국제전 등에 400 여회 출품했다.
제21회, 28회 국전에 특선, 제29회 국전에서 대상을, 1980년 중앙미술대전 대상을 수상했다.
저서에 <한국근대동양화 연구>, 아트에세이 <이브와 보리밭> 등이 있다.

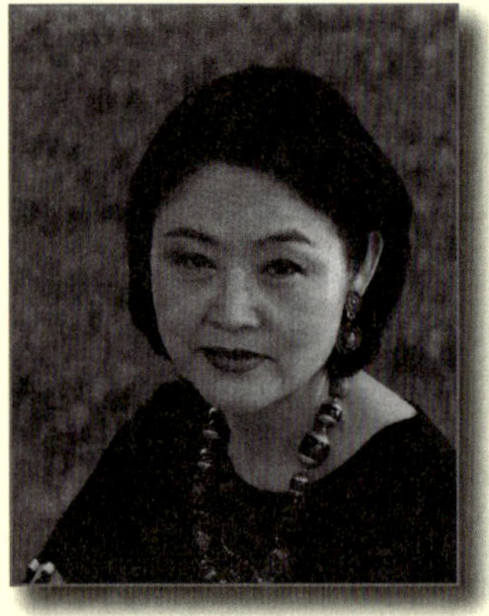

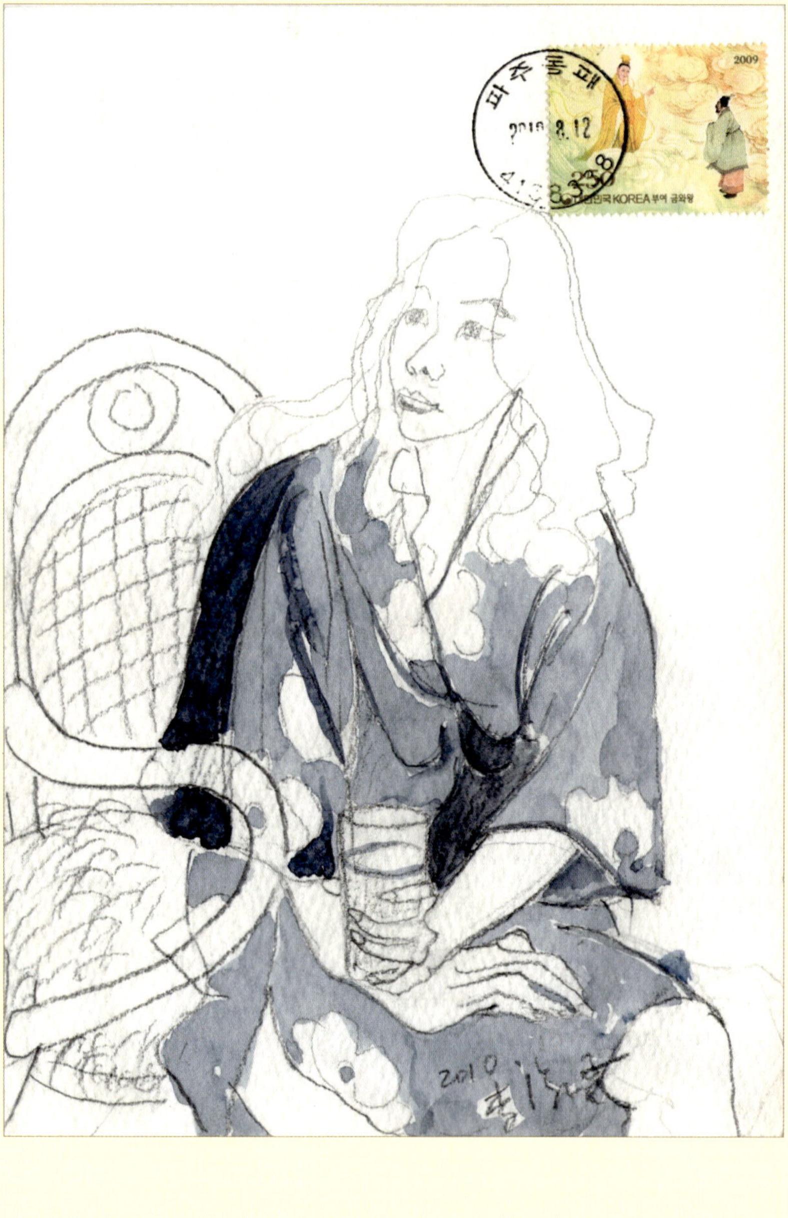

이순찬 서예가

이 순찬(李淳贊) 서예가: 1918년 황해도 사리원 출생. 일본 와세따 대학 졸업. 제2회 대한민국 고불(古佛)서예대전 특별상 수상, 제3회 대한민국 고불서예대전 행초서 입선, 제30회 국제창작미술대회 행초서 특선(한국서예협회). 아산시 이북5도민회 회장, 아산시 설화서도회 회장 역임.

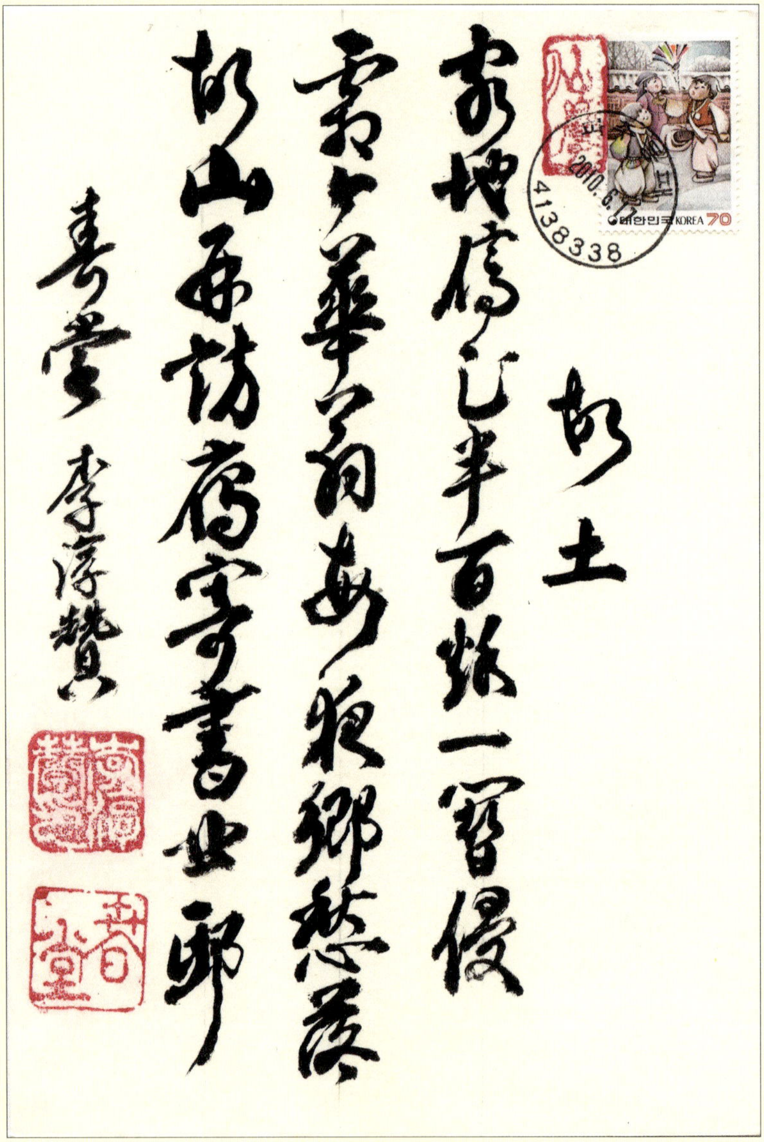

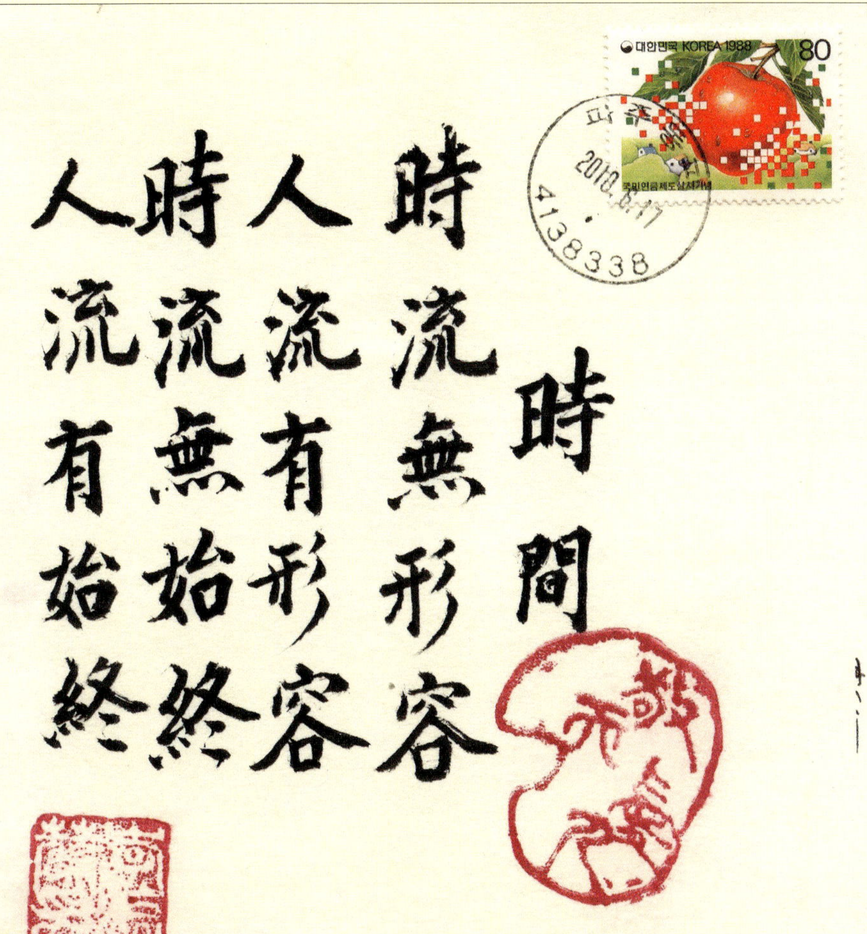

이승훈 시인

이 승훈(李昇薰) 시인: 아호 이강(怡江). 법호 방장(方丈). 강원도 춘천 출생. 1963년 '현대문학'으로 등단.
한양대 국문과 및 연세대 대학원 졸업. '이상' 시연구로 문학박사 학위를 받음. 현대문학상, 한국시협상, 시와 시학상 이상시문학상 백남학술상 김삿갓문학상, 심연수문학상 등 수상. 저서로는 〈사물A〉, 〈당신의 방〉 등의 시집과 〈한국현대 시론사〉, 〈모더니즘 시론〉, 〈아방가르드는 없다〉 등 60여권이 있다. 현재 한양대학교 명예교수.

입술은 바람이 되고

눈망울은 천둥이 되고

심장은 돌이 된다.

<다시 흙으로 기면

이 승 훈

이승희 시 인

이승희(李承熙) 시인: 1965년 경북 상주 출생.
1997년 계간 '시와 사람' 신인상과 1999년 경향신문 신춘문예 당선으로 등단.
시집 <저녁을 굶은 달을 본적이 있다>와 동화 <살구는 왜 노랗게 익는걸까> 등.

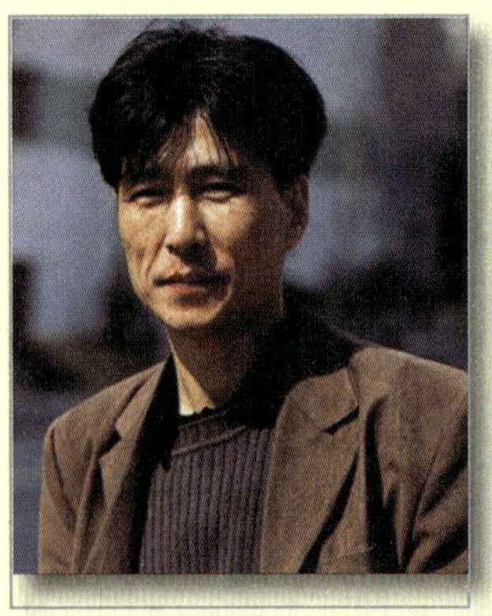

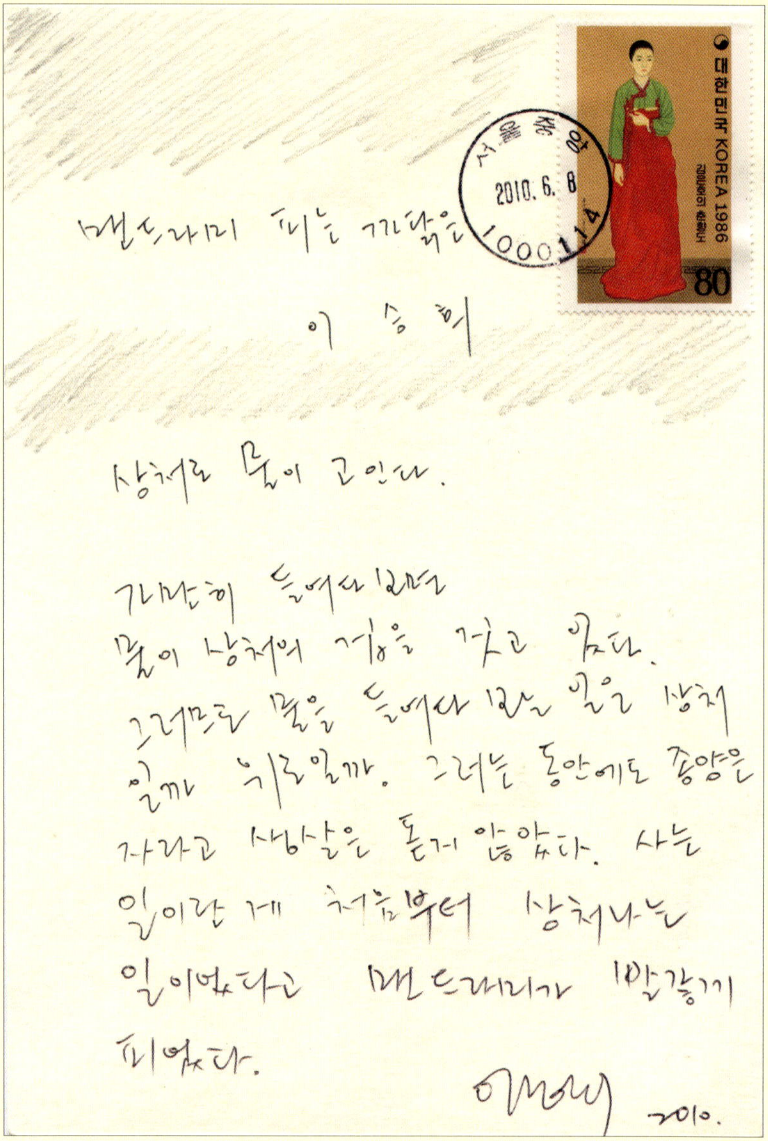

맨드라미 피는 까닭은

이승희

상처로 꽃이 고인다.

가만히 들여다보면
꽃이 상처의 기억을 갖고 있다.
그러므로 꽃을 들여다보는 일은 상처
일까 치유일까. 그러는 동안에도 종양은
자라고 새살은 돋지 않았다. 사는
일이란 게 처음부터 상처나는
일이었다고 맨드라미가 빨갛게
피었다.

이승희 2010.

하루살이

이 승 희

살기도 그악정한 뭔가 날려버린 임을 물 속에서 너무 오래 엄죽이며
남았던 기억이 흐릿. 나는 그것을 기록하려 한다. 죽음은 그저 풀잎
이야기를 뿐, 당번의 임 속으로 들어가 100년의 흥참 속을 날아가 다시
몇몇 무덤으로 돌아가기까지 백암을 몇 번이나 찍고 갔을까. 남자다
저렇도록 해가 떠서 하는 일이란 마는 비둘기를 날리려며 대서
지는 일. 어름이 개꺼거득처럼 열리고 피 냄새를 풍기는
내방면이 있으오 언제나 어름 속에서 반짝거리거. 거거의 잠을
깨워도 죽추에게 물러다. 날개를 바꺼서 안에 의해 늦대
받뜸을 물어들이려 날았다거. 거으로 가는 같은 임으로
산자라 먼고기의 산 속에서도 비밀처럼 거가는 봄오을
똑싶었으로 남기며 숙목으로 이방하거. 남의 모두는
76.5도, 죽추의 모두도 거기서 너가녹언나.

2010.

이영란 _{화 가}

이영란(李英蘭) 화가: 경기대학 졸업, 경희대학 교육대학원 수료.
Ecole Nationale Supérieure Des Beaux-Arts 연수. 인사아트프라자 갤러리, 보나 갤러리, 갤러리 미(일본 주일대사관 한국문화원 내) 등에서 개인 초대전. 한국 누드크로키 300인전, 400인전 독일 베를린 시 초대전 등 국내외 초대, 단체전 등 100여회 참가.
현재 한국미술협회, 인동예인회 회원, 중원미술가협회 운영위원, 한국 국제미술가협회 운영위원, 경미회 회장, 원주 크로키 회장.

이영지 시인

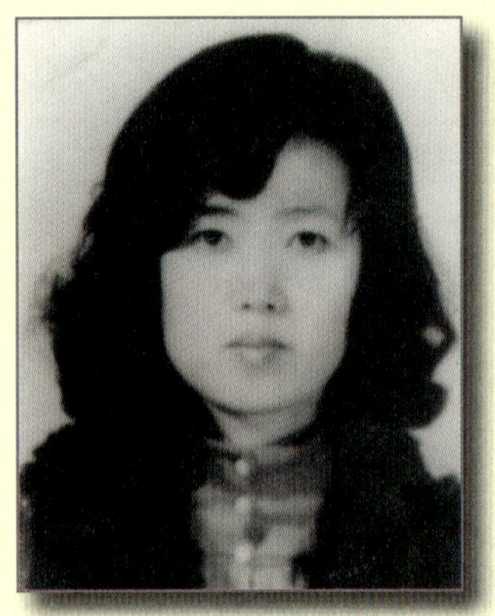

이영지(李英芝) 시인: 경북 영풍군 부석면 출생. 1979년 '시조문학'으로 시조단에 등단한 후 1997년 '창조문학'에서 시 등단. 서울문리사범대학 국어과, 명지대학교 동대학원 석사과정, 박사과정(문학박사),서울기독대학교 대학원 석사과정, 박사과정 (철학박사), 명지대학교 사회교육원 문예창작과 주임교수 역임,
현재 영예문학교회 담임목사, 한국창조문학가협회 사무국장. 한국시조시인협회 회원, 낙강문학회, 영남문학회, 예원동인, 씨얼동인, 영가문학, 서대문문인협회 회원, 한국크리스천문학, 한국창조문학가협회 편집부국장. 수상으로는 한국창조문학대상, 추강시조문학상.
시조집으로 <하오의 벨소리>, <행복의 순위>, <키스하지 않은 결혼의 행복>, <행복의 물을 먹으며, 사랑으로> 등 10여권. 저서로 <이상시 연구>, <한국시조문학론>,<시조창작리듬론>, <시조문예미학>, 등이 있음.

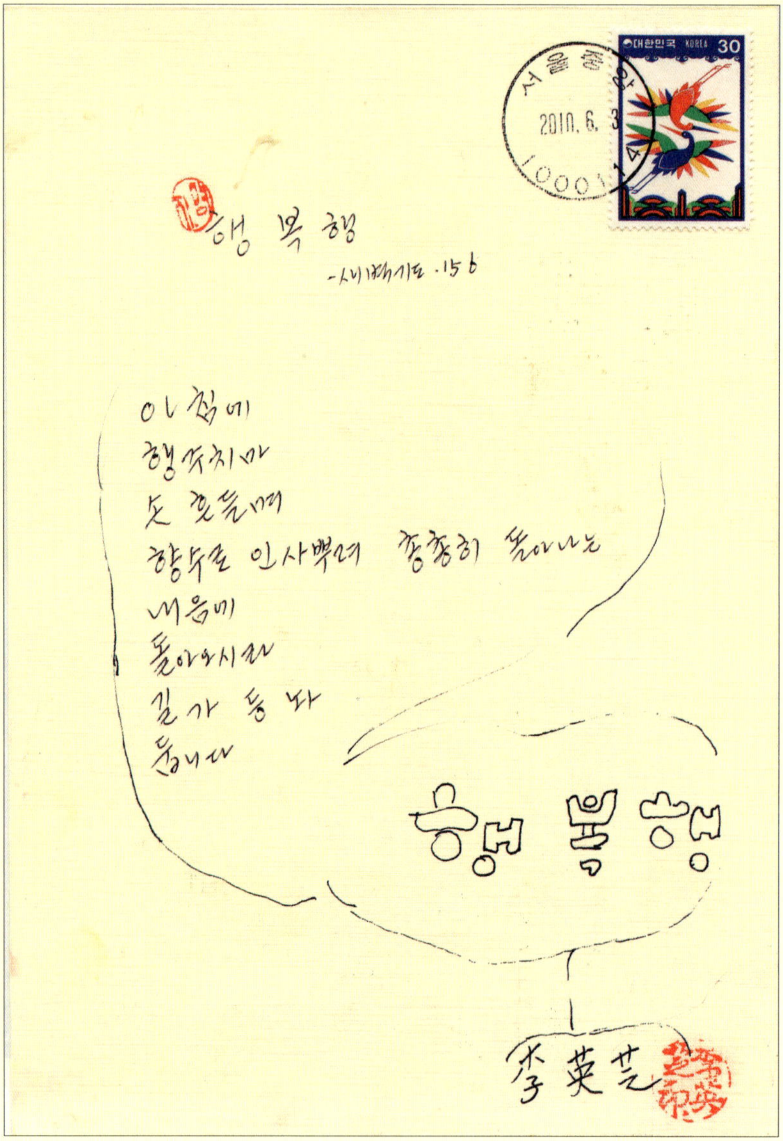

행복행

아침에
행주치마
손 흔들며
향수로 인사뿌려 총총히 돌아나는
내음에
돌아오시라
길가 등 놔
둡니다

행복행

李英芝

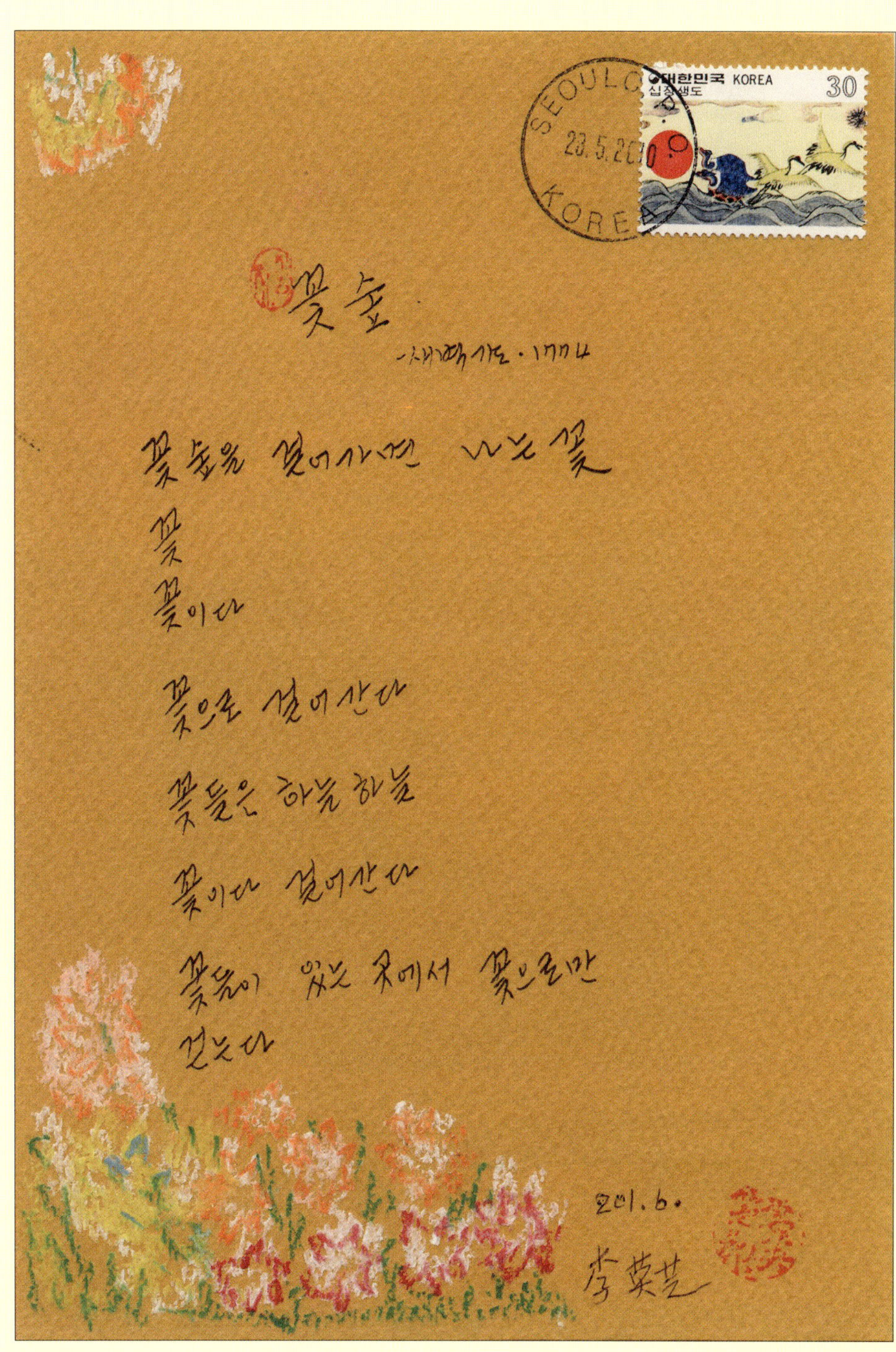
꽃술
—세레나데·1994

꽃술은 꽃이가면 나는 꽃
꽃
꽃이다
꽃으로 날아간다
꽃들은 하늘 하늘
꽃이다 날아간다
꽃술이 없는 곳에서 꽃으로만
남는다

오미.6.
李英子

이영호 아동문학가

이영호(李榮浩) 아동문학가·소설가: 경향신문 신춘문예 동화 당선 (1966)과 '현대문학' 소설 추천(1967)으로 문단에 나와 교사, 교육전문지 기자, 편집국장으로 일하면서 동화와 소년소설을 써왔음. 단편 동화집 〈배냇소 누렁이〉, 〈멀리 보는 새〉 등 30여권을 내고 장편 소년소설집 〈영웅 묘지의 꼬마루딘〉, 〈거인과 추장〉 등 20여권, 전기 소설 〈세계를 누비며〉, 〈성웅 이순신〉 등 30여권을 출간함.

문공부 신인예술상, 중앙아동문학상, 세종아동문학상, 대한민국문학상, 방정환문학상 등을 수상함. 한국아동문학가협회 회장, 어린이문화진흥회 회장, 한국문인협회 아동문학 분과 회장과 상임이사를 지내고, 중앙아동복지위원, 국정도서 집필 및 심의위원 등의 일을 맡아봄.

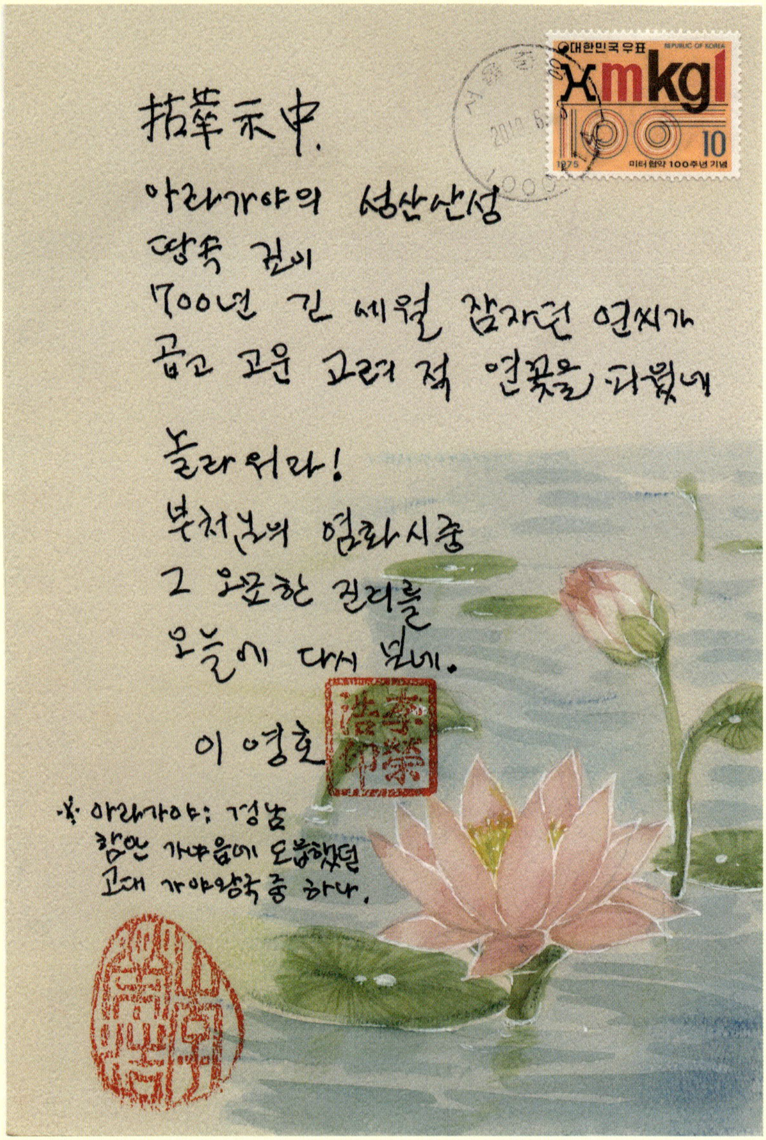

★ 까세 육필 시화집

허수아비

참새도 찾지 않는
텅 빈 들녘
허수아비 혼자 서서
멀 지키나.

춥고 헤낸 밀짚 모자
걸레 같은 누더기 옷
찬 바람 부는 겨울
떨고 선 허수아비

이 영호

이 윤 학 ^{시 인}

이윤학(李允學) 시인: 1965년 충남 홍성군 출생. 1990년 한국일보 신춘문예 당선. 동국대학교 국어국문과 졸업.
2003년 제 22회 김수영문학상 수상.
시집으로 〈먼지의 집〉, 〈붉은 열매를 가진 적이 있다〉, 〈나를 위해 울어주는 버드나무〉, 〈아픈 곳에 자꾸 손이 간다〉 등이 있다.

메타세쿼이아
이윤학

너와 나의 창문 밖으로
끝이 없는 메타세쿼이아
가로수길이 펼쳐져 있으면

메타세쿼이아 가지에선 봄마다
부드러운 연둣빛 잎이 둥지 속
갓 태어난 새떼처럼 돋아나
무수히 날개를 달고 날아갔으면

미래가 없는 곳으로도 날아갔으면
피라미드가 커서 피라미드가 커서
이 세상과는 상관없이 살아갔으면

이윤학

푸른 자전거
이윤학

어둠이 내릴 때 나는
저 커브 길을 돌 수도
구부릴 수도 있었지
저 커브 길 끝에
당신을 담을 수도 있었지
커브 길을 들어 올릴 수도
낭떠러지로 떨어뜨릴 수도 있었지
당신이 내게 오는 길이
저 커브 길밖에 없었을 때
나는 어디로도 가지 못했지
커브 길 밖에서는 언제나
푸른 자전거 바늘이 울렸지

이윤학

이윤훈 시인

이윤훈(李允薰) 시인. 1960년 경기 평택 출생. 아주대학교 영어영문학과 졸업. 2002년 조선일보 신춘문예로 등단. 시집으로 〈나를 사랑한다, 하지 마라〉.

흘림

이윤훈

포도송이야, 안녕! 태양의 입김을 한껏 쐬이렴
난 나비처럼 훌쩍 어둠의 문턱을 넘을 거야.
밀알들아, 안녕! 대지의 젖을 맘껏 빨아 들이렴
난 떠치처럼 팔짝 어둠의 문턱을 넘을 거야
고양이야, 안녕! 튀어올라 양철 지붕에 춤을 새기렴
난 바람처럼 슬쩍 어둠의 문턱을 넘을 거야
초승달 미소를 타고 긴 여정에 오를 거야

이일호 조각가

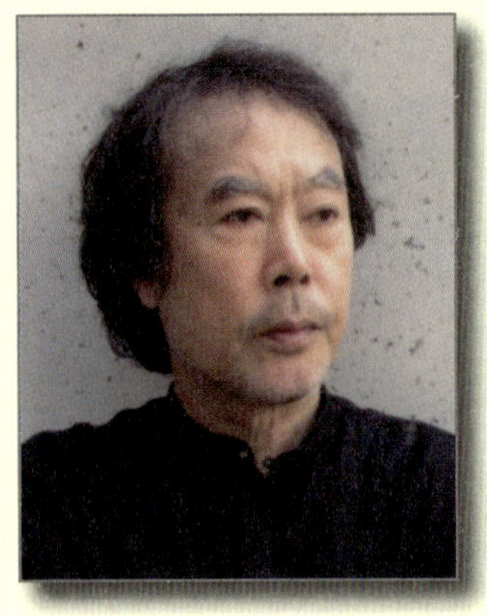

이일호(李一浩) 조각가: 1947년 충남 보령에서 태어나 1973년 홍익대학교 조소과를 졸업하고 1977~82년까지 대한민국미술대전 특선과 입선 4번을, 1983년 중앙일보 미술대전 대상을 받았다. 2010년까지 열 번의 개인전 및 해외전시회를 가졌다. 현재 북한산 기슭에 있는 작업실에서 작품제작에 열중하고 있다.
저서에 에세이 <어디만큼 왔니, 사랑아> 등.

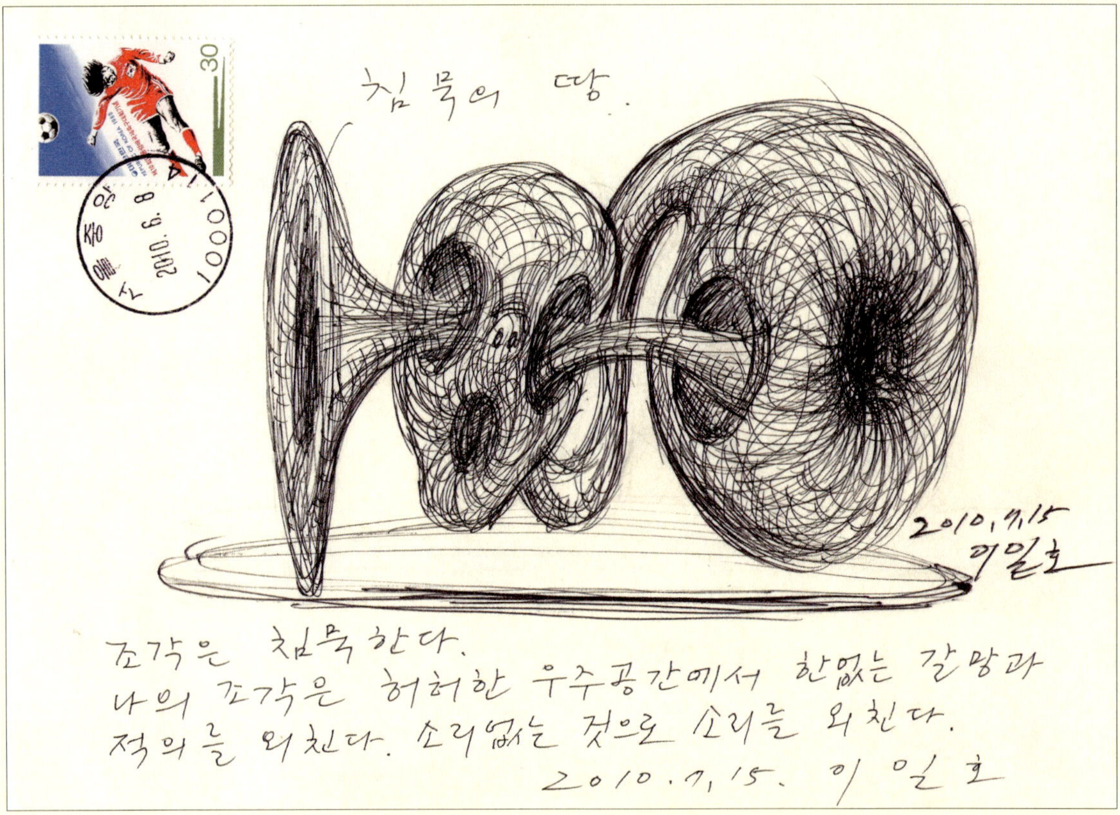

침묵의 땅.
2010.7.15
이일호
조각은 침묵한다.
나의 조각은 허허한 우주공간에서 한없는 갈망과
적의를 외친다. 소리없는 것으로 소리를 외친다.
2010.7.15. 이일호

자궁

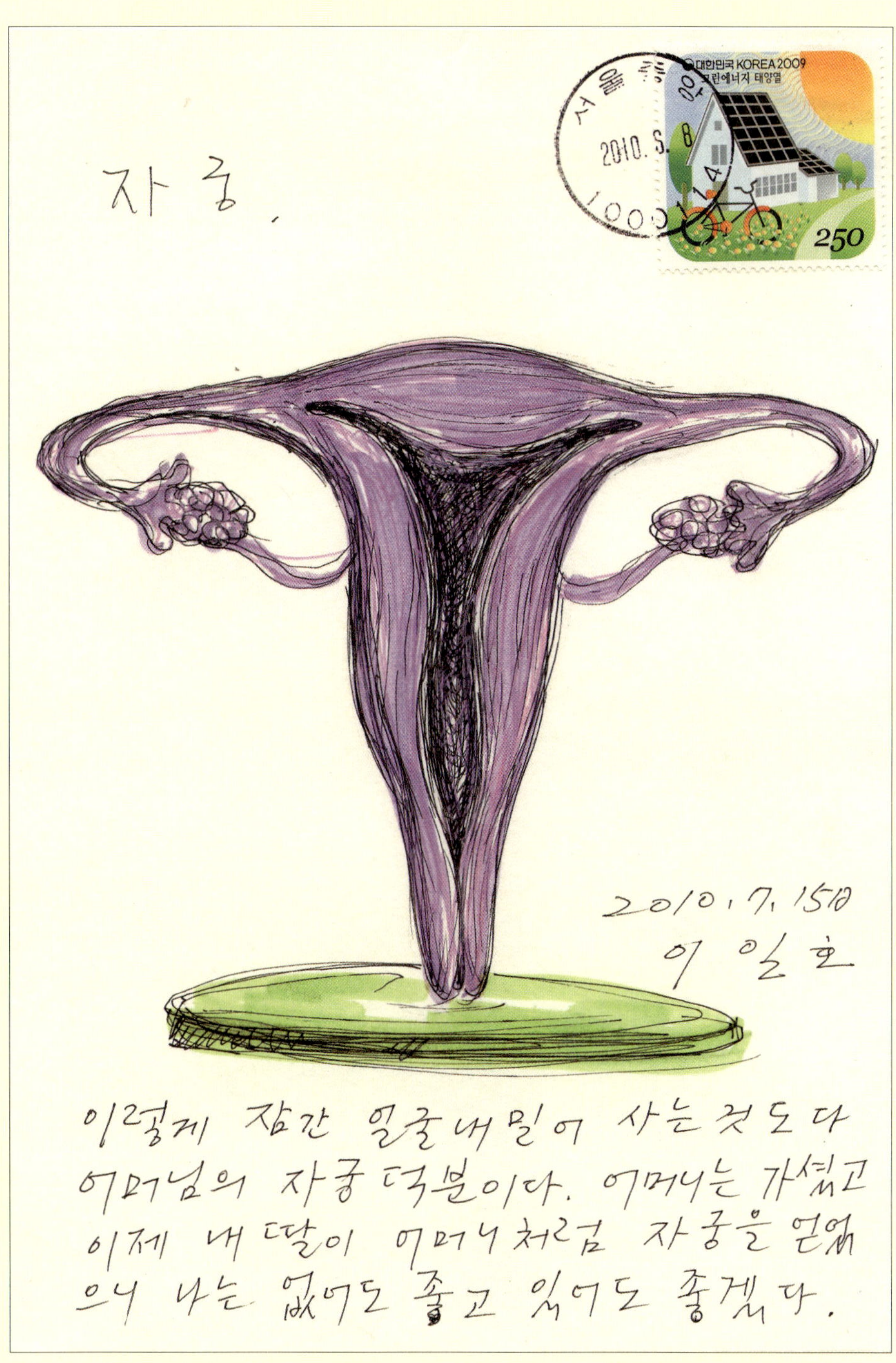

2010. 7. 15일
이 일 호

이렇게 잠깐 얼굴내밀어 사는것도다
어머님의 자궁덕분이다. 어머니는 가셨고
이제 내 딸이 어머니처럼 자궁을 얻었
으니 나는 없어도 좋고 있어도 좋겠다.

이 재 무 시 인

이 재무(李載武) 시인: 1958년 충남 부여군 출생.
한남대학교 국문과 졸업.
2002년 제2회 난고문학상, 2005년 제15회 편운문학상 우수상,
2006년 제1회 윤동주문학상 수상.
산문집 <생의 변방에서>를 비롯하여, 시집으로 <섣달 그믐>, <온다던 사람 오지 않고>, <벌초>, <몸에 피는 꽃>, <시간의 그물>, <위대한 식사>, <푸른 고집>등이 있다.

애증
―꽃과 칼

이재무
2010. 7. 20

꽃과 칼이 만났다
칼이 꽃을 잘랐다
잘린 그 자리
꽃이 피었다
다시 칼이 꽃을 잘랐다
다시 꽃이 피었다
오랜 세월이 흘렀다
꽃의 대궁 더욱 굵어져 갔고
칼은 무디고 녹슬어 갔다

기 러 기

이지녹
2010. 7. 23

내 일찍이
백날의 밤 밝혀
스승의 교체 읽었더니
오랜 칩거의 방문 열고
마루로 나서는 날
사립 너머
겨울 하늘 한지 삼아
한 획, 한 획을
흐르는 물처럼
자유로이 풀어놓으시며
나는 기러기!
문득 가깝다
아득히 먼 스승의
말씀이어, 지혜어,

이 재 진 _{화 가}

이재진(李在珍) 화가: 서울대학교 동양화과를 졸업하고, 중국 천진 미술대학원 인물화과를 졸업. 개인전 13회 (서울, 대구, 대전, 원주, 중국, 뉴욕). 초대전과 그룹전은 UN 본부기념전(UN본부), 실크로드 예술의 다양성전(터키, 이슬람예술박물관), 한국미술대학 교수작품초대전, 서울대학교 총동문전 등 다수의 단체전에 참가했다.

이 재 창 화 가

이재창(李在昌) 화가: 호는 청석(靑石), 1938년 충남 출생.
1981년 세종문화회관, 1982년 대전시민회관, 2007년 천안시
민문화회관에서 고희전 등 총6회의 개인전을 가졌다.
향토작가 2인초대전, 한국미협전, 한국화전 서화작가전 및 다수의
초대전과 단체전을 하였다.
현재 한국미술협회 회원이며 충남 천안에 위치한 금강사에서 선종
회화의 맑고 깨끗한 정신을 표현하는 창작에 전념하고 있다.

향기와 꿀이 있다고   꽃이 나를부른다
青石

이재훈 시인

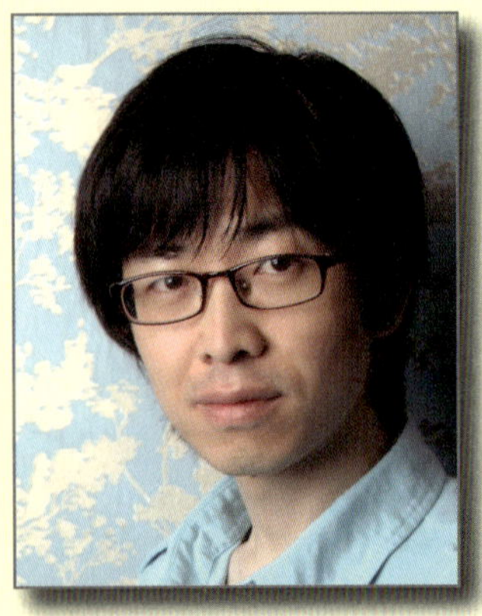

이재훈(李在勳) 시인: 1972년 강원 영월 출생. 1998년 '현대시'로 등단.
중앙대학교 대학원 문예창작학과에서 박사학위를 받았으며, 중앙대, 경기대, 서울산업대, 숭의여대, 건양대 등에서 강의했다.
시집으로 〈내 최초의 말이 사는 부족에 관한 보고서〉.
저서로 〈현대시와 허무의식〉, 〈딜레마의 시학〉 등이 있다.

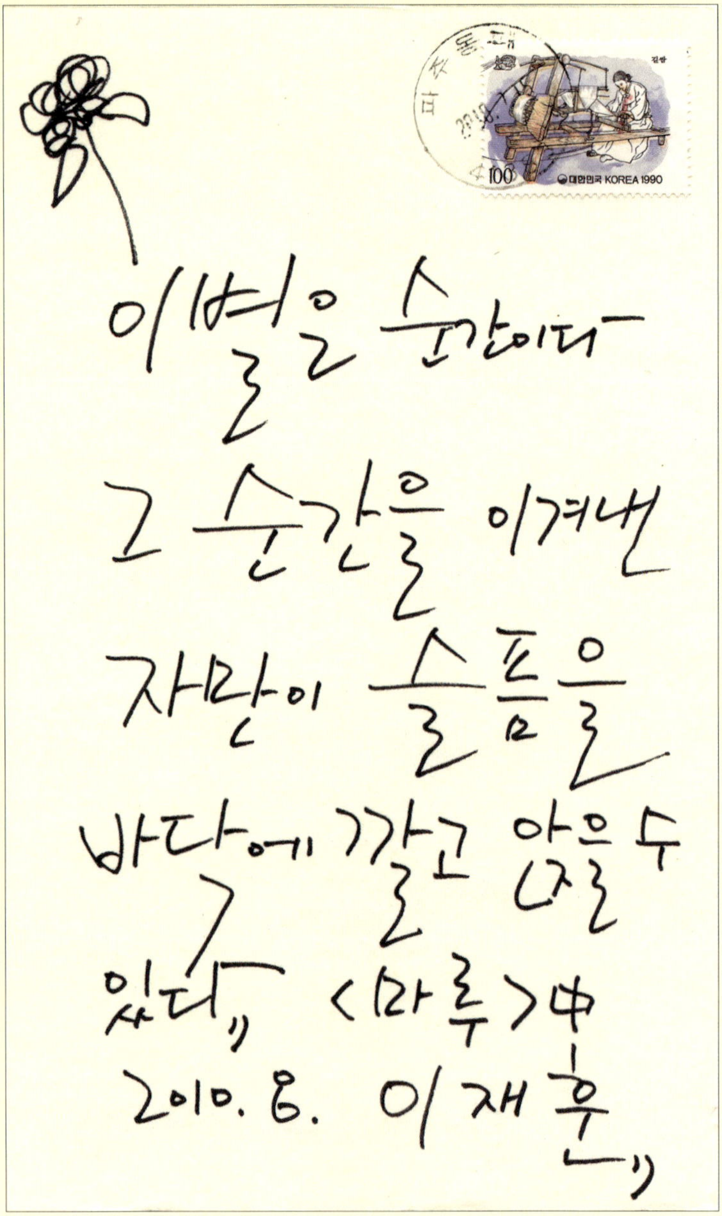
이별은 순간이다
그 순간을 이겨낸
자만이 슬픔을
바닥에 깔고 앉을 수
있다" 〈마루〉中
2010. 8. 이재훈"

수련화

한방울이 되면
내 몸에 수련화가 핀다
내 몸에 꽃씨 앉는 소리가
들린다

2010. 8.
이재훈

이종승 화 가

이종승(李鍾勝) 화가: 개인전 11회 단체전 초대전 등 250여회 참가.
한국미술협회 상임자문위원, 한일 미술교류전 회장, 방법작가회, 자
유표현전, 은평미술협회 자문위원, 홍익대학교 64동기회 회장 등 역임.
대한민국 미술대전 심사위원, 운영위원, 단원미술대전 심사위원 역임.
남부 현대미술제 운영위원.

chaos-혼돈
이 죽음
우뚝선 나무가 웃을 잃는다
유.무.채.색으로
삶을 풀어보면 사람이 됩니다
바람 불면 산사의 풍경소리
희.노.애.락
한세상 달리다 보면
개울가 작은 조약돌 될줄이야
틈과 맘이 더러 부풍앙이
캠퍼스에 흔적으로 남지만
가자
사랑이 속삭이는
사람이 사는 세상으로
2010.9.1

이주희 화가

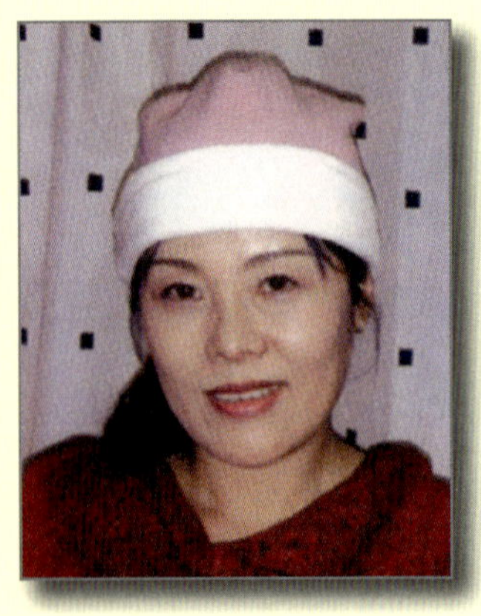

이 주희(李周姬) 화가: 대한민국 여류작가 총람전(08 인사아트프라자), 아름다운 지구촌을 위한 긴 여정(브라질 살바도르 시립미술관), 한여름밤의 꿈전, 아름다운 동행전(월산미술관), 그림향기전(09 수갤러리) 등.

sugar gallery Ju Hee
Ju Hee
2010

이진한 _{화 가}

이진한(李眞韓) 화가: 홍익대학교 미술대학원 수료. 개인전은 1971년 코스모스 화랑을 시작으로 2008년 대치동 자이 갤러리의 기획 초대전까지 10여 회. 단체전과 국제전에 다수 참가. MBC미술대전, 대한민국 미술대전, 국제문화미술대전 동상, 창작미술협회대전, 미술세계대상전, 나혜석미술대전 등에서 수상. 현재 한국미협, 강남미협, 국제화우회 회원.

이 창 규 동시인

이 창규(李昌圭) 동시인: 1940년 경북 산청 단성 출생. 아동문학가. 수필가. 창원대학교 초빙교수. 경남도교육청 학부모 교육 강사. 지혜나눔 전문가. 한국문협, 국제펜회원, 한국아동문학인협회, 한국동시문학회, 재미수필가협회원. 수향수필. 아동문예 동인. 창원문협회장. 경남아동문학회장 역임. 수상으로는 경남도문화상. 창원시문화상. 한국아동문학상. 아동문학의 날 본상. 한정동 아동문학상. 한국교육자 대상. 경남교육상. 황조근정훈장 등.
저서로는 동시집 <무지개다리>와 동화집 <꽃씨의 여행>, 수필집<바람이 남긴 자리> 등 모두 35권.

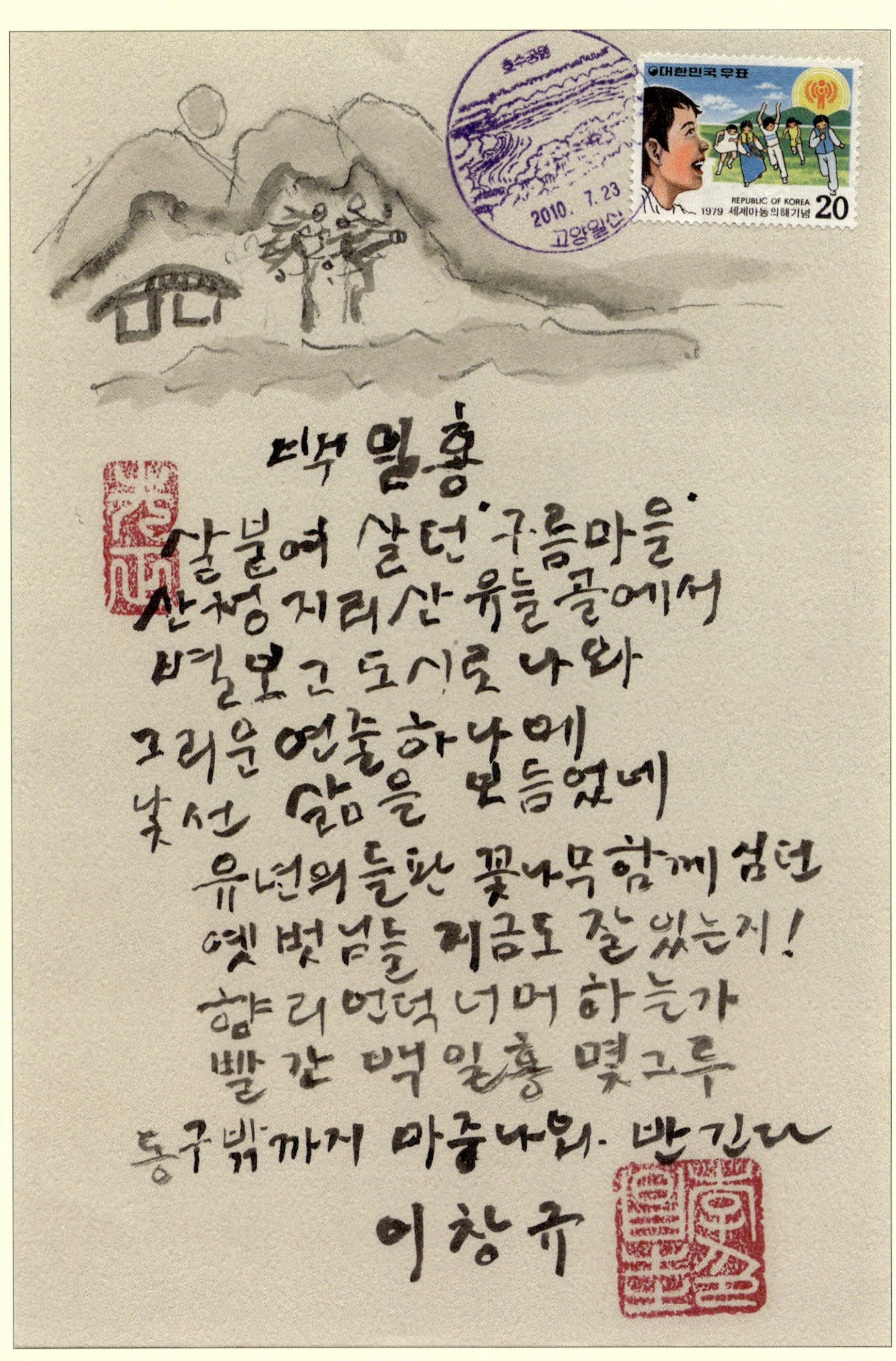
백일홍
살붙여 살던 '구름마을'
산청 지리산 유들골에서
벌보고 도시로 나와
그리운 얼굴 하나에
낯선 삶을 보듬었네
유년의 들판 꽃나무 함께 섰던
옛 벗님들 지금도 잘 있는지!
향리 언덕 너머 하늘가
빨간 백일홍 몇 그루
동구 밖까지 마중나와 반긴다
이창규

이태곤 시인

이태곤(李泰坤) 시인: 1950년 경기도 오산 출생, 호는 대숲. 선문대학교 목회대학원 박사과정을 수료한 종교인으로 오산 통일교회 담임목사 및 아프리카 말라위 선교사로 시무하며, 중앙대학교 예술대학원 문화정책과정을 수료했다. '문학과 의식'으로 수필, 창조문학에서 시로 등단했으며, 한국문인협회 회원, 한국수필가협회 이사로 활동하고 있다.

오봉산 장미

내가 오봉산에 오름은
꽃향기 때문이 아니요
꿀 따기 위함도 아니다
장미줄기에 난 가시보다
더 뾰족한 날을 세운
벌이고 쉬기 때문이다.

내가 오봉산을 찾음은
정치를 즐기러 함이 아니요
장미의 아름다움도 아니다
장미씨앗을 먹고
온 산을 누비는
산새이고 쉬기 때문이다.

내가 오봉산을 그림은
운명이 아니요
행운도 아니다
오직 숙명이기에
장미로 살고 쉬기 때문이다.

　　　　　　대숲 李泰坤

대 숲
그는 늘 숲을 이룬다.

수많은 그루가
각기 군자의 기상을 드높여도
뿌리는 하나이다.

하늘향한 장대만큼 뿌리도 자라고
울울한 뭇줄기는 모진 바람이
몰아쳐도 끄떡없다.

그 녀는 성장한 수만큼
해마다 죽순을 뽑아 올린다.
그 숲만큼
땅속에 잉태시켜
항시 숲으로 남는다

대숲 李

이현영 화가

이현영(李賢怜) 화가: 숙명여자대학교, 동대학원 졸업.
개인전 3회(인사아트센터, PICI갤러리, 삼정아트스페이스).
부스개인전 10여회(독일 칼스루헤 3회, KCAF 3회)
단체전 다수.
현재 숙명여자대학교 회화과 출강.

이혜경 _{시 인}

이혜경(李惠京) 시인: 1963년 충남 예산에서 출생. 호는 소라(素羅). 충남대학교 사학과를 나와 가톨릭대학교 교육대학원에서 독서교육을 전공하고 경원대학교에서 국문학 박사과정 중이다. '시조생활'지에서 시조시인으로 등단한 이래 '시조생활'지 편집기자로 재직 중이며, 서울교육대학교 평생교육원 독서교육 전문가과정 강사, 생각키우기학원 원장으로 독서교육에 힘쓰는 한편, 한국아동시조시인협회 총무이사로 있다.
저서로는 <엄마가 꼭 봐야할 독서지도의 정석>(공저), 동인지<회기선의 돛대> 외 다수가 있다.

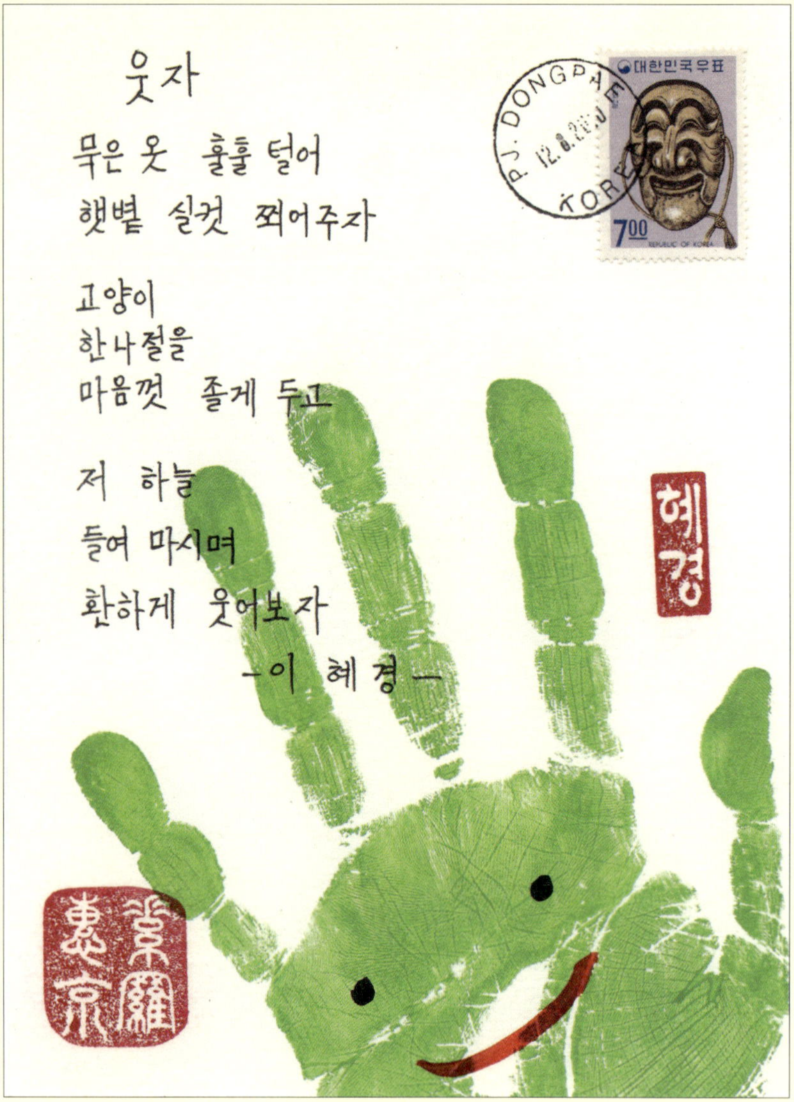

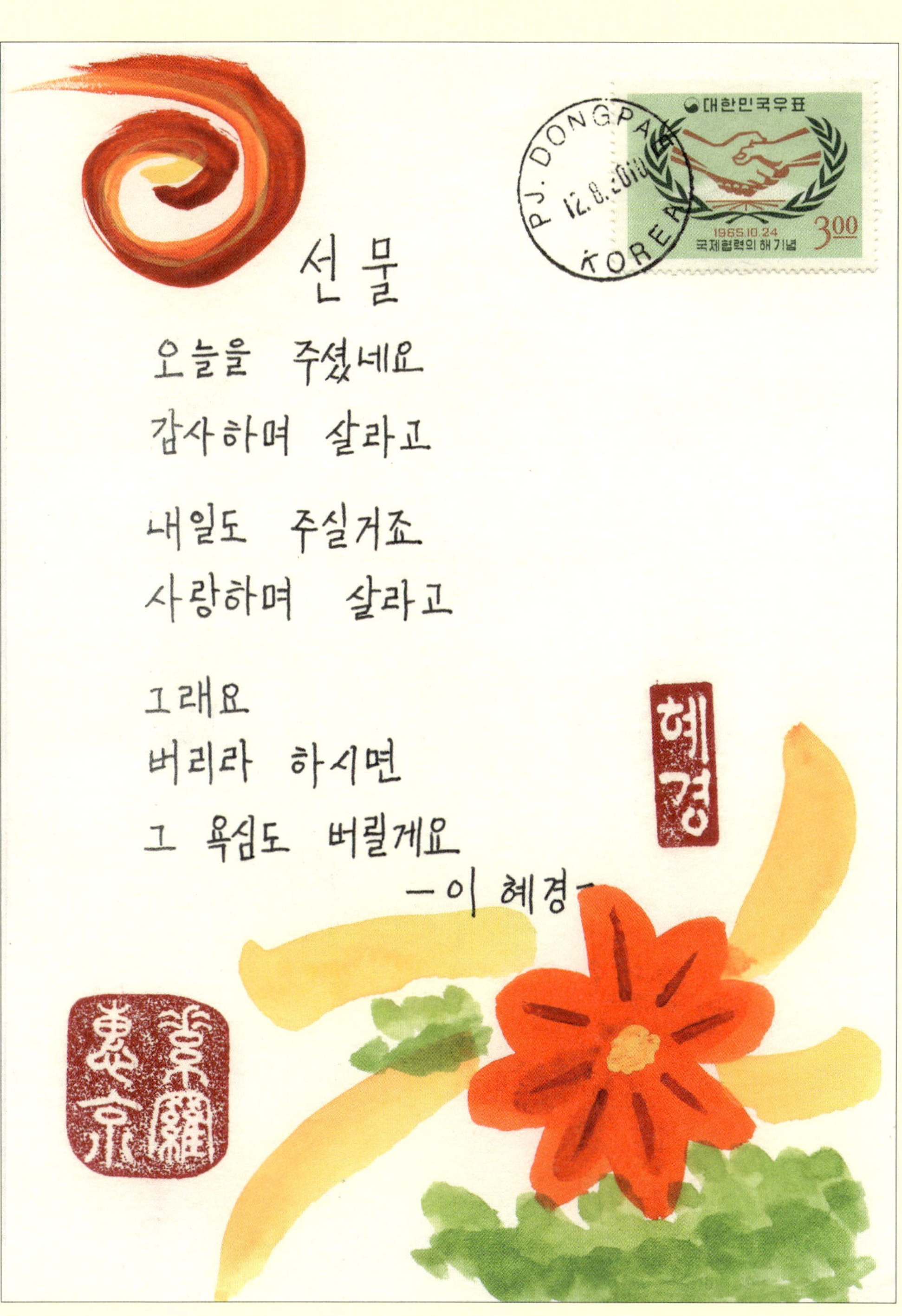
선물

오늘을 주셨네요
감사하며 살라고

내일도 주실거죠
사랑하며 살라고

그래요
버리라 하시면
그 욕심도 버릴게요
-이혜경-

이 혜 선 시 인

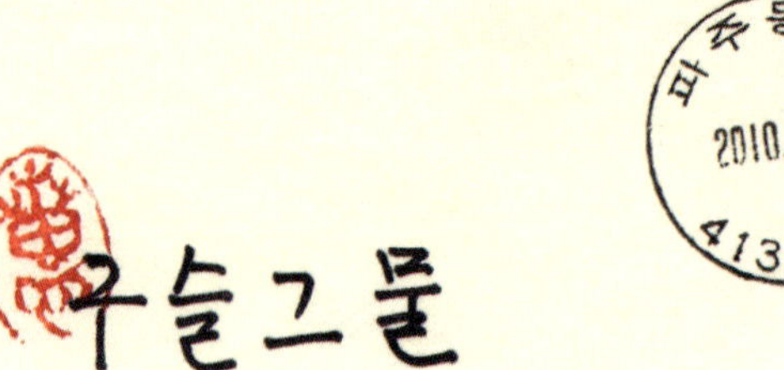

이혜선(李惠仙) 시인: 동국대학교 국문과, 세종대학교 대학원 졸업 (문학박사).
1981년 월간 '시문학' 지 천료로 등단.
한국현대시인협회 부이사장, 국제펜클럽 한국본부 이사, 한국시문학문인회 회장. 한국자유문학상, 한국현대시인상, 선사문학상 수상. 시집으로 <神한 마리>, <나보다 더 나를 잘 아시는 이>, <바람 한 분 만나시거든> 등.

구슬그물

우리 서로
구슬그물이리
내 빛이 네게로 가고
네 빛이 내게로 와서
저
무지개세상 하나
낳으리.

薫先 李惠仙

돌 문

　　　이 혜선

산등성이로 언뜻언뜻
아이들 옷자락이 보인다
神 한 마리가 눈을 뜬다
새는 밤 꽃으로 피어 있다
밤 숲에선 늘 한두잎씩
노래의 잎이 지고,

내일은　 장승 한 마리가
돌문을　 열것다
2010. 8. 23.

이 화 은 시 인

이 화은(李華銀) 시인: 경북 진량 출생. 1991년 '월간문학' 신인
상으로 등단. 시집으로 <이 시대의 이별법>, <나 없는 내 방에
전화를 건다>, <절정을 복사하다> 등.
시와 시학 상 수상. 현재 포엠토피아 편집주간.

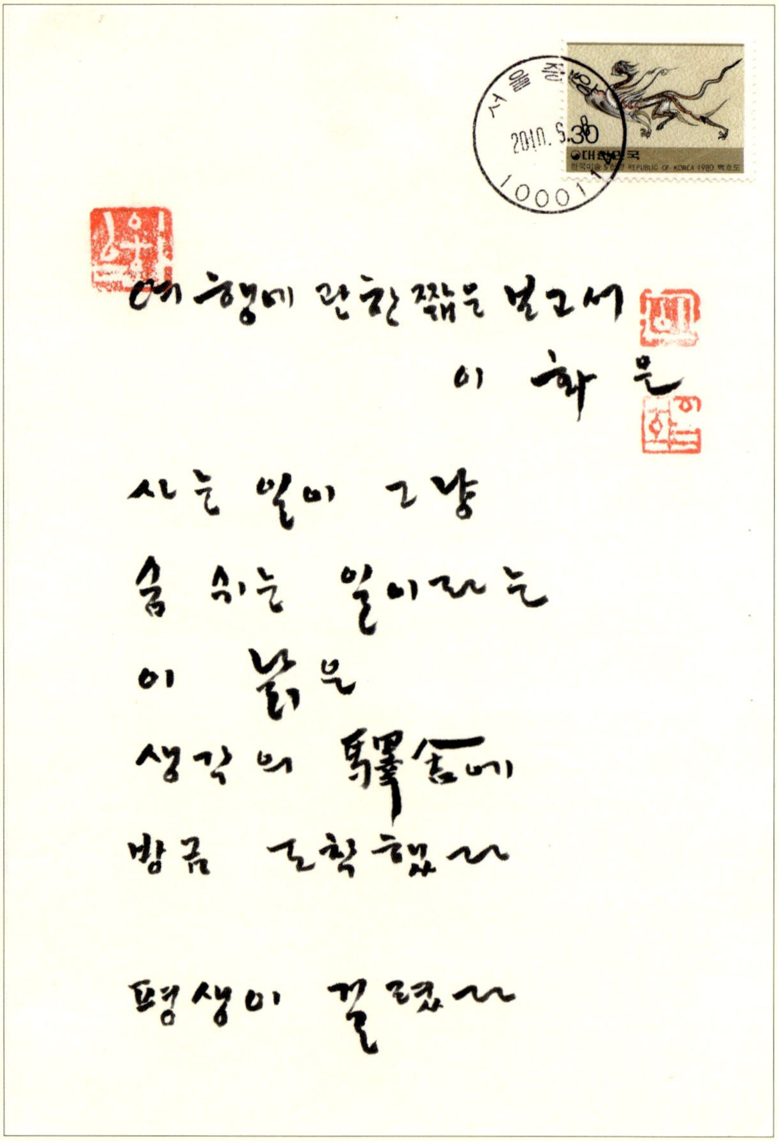

여행에 관한 짧은 보그에서

이 화 은

시는 일이 그냥

숨 쉬는 일이라는

이 밝은

생각의 톱숨에

방금 그척했다

평생이 걸렸다

금강 하구언 갈대밭에 깃든 백
이 학 늪의

늙은 바람이 갈대의 몸속에서 꺽꺽
울음을 꺽는다
저 울음의 백제를 격실
곱찰한 눈물이 내게껜 없는데
다만 헌 사람을
수 많 번 겪었을 뿔인데
올서대는 말의 몸띠에서
아직도 바쳐내가 빠여나오는
그곳에 흘 찌서 갔는 뿔인데

임기만 _{화가}

임기만(林基萬) 화가: 1941년 경남 산청에서 출생. 1958년 무단가출로 서울에 와서 지금까지 그림을 그리면서 살고 있다.

홍익대학교에서 동양화수묵화를 전공했으며, 대한민국 미술대전(제16회)에 입상, 한국전통서예대전 초대작가(1991), 일본, 중국, 인도네시아, 러시아 등의 교류전에 참가, 2007년 우림화랑에서 제3회 개인전을 가졌다. 2005년에는 소나무를 그려놓은 화실로 새들이 날아들어 SBS,(2005년 10월28일 참새 그림에 취해서 "꽝"을 검색하면 지금도 볼 수 있음) KBS 등에서 '세상에 이런 일이'로 보도되어 로이터통신 등 해외 통신에 까지 보도되기도 했다. 현재 대한조계종 법사로 있으며, 당산한국화 연구실을 운영하고 있음.

임기만

임동환 ^{시 인}

임동환 (林東確) 시인: 1959년 광주 출생. 전남대 국문학과 및 동대학원 졸업(석사). 서강대 국문학과 대학원 박사. 시집 <매장시편>을 펴내면서 작품 활동 시작. 이후 시집 <살아있는 날들의 비망록>, <운주사 가는 길>, <벽을 문으로>, <처음 사랑을 느꼈다>, <나는 오래전에도 여기 있었다>, 시화집 <내 애인은 왼손잡이> 5·18 20주년 기념 시선집<꿈, 어떤 맑은 날>, 산문집 <들키고 싶은 비밀>, 시론집 <사람이 꽃보다 아름다운 이유>등을 펴냈으며 영랑시문학상 우수상 수상. 현재 한신대학교 문예창작과 교수.

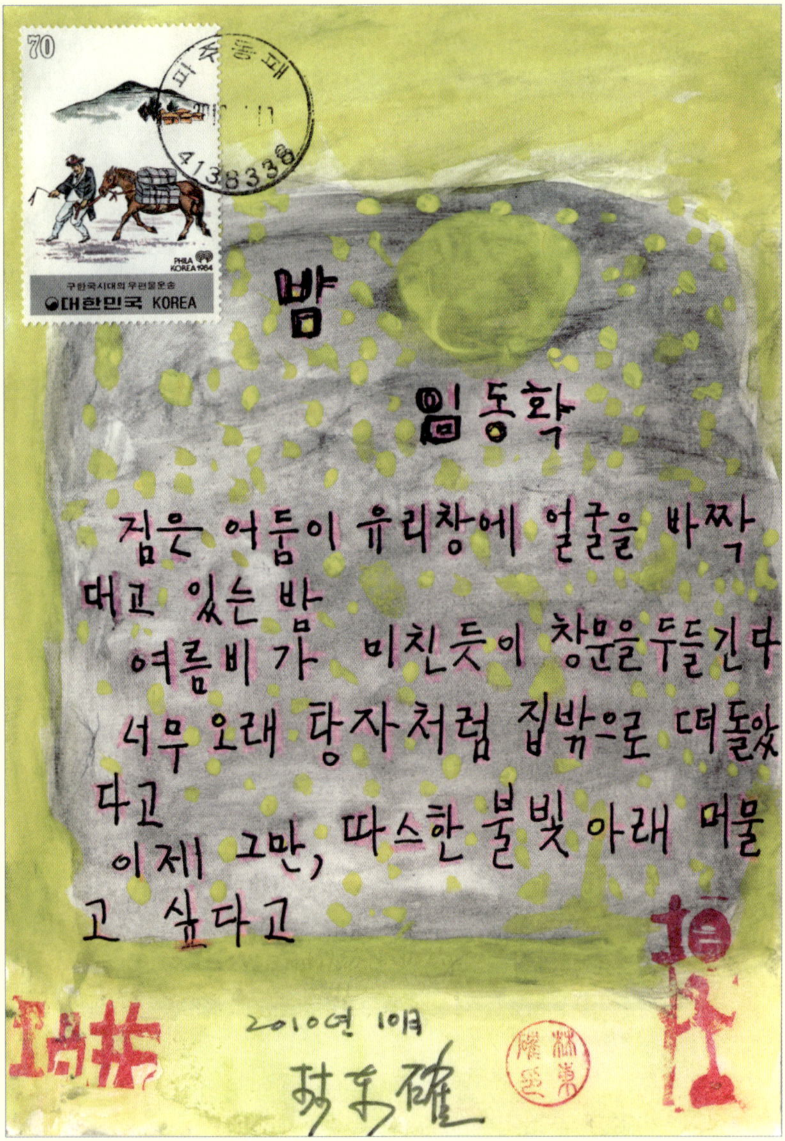

포플라 나무

임 동 확

어느 해 상륙한 태풍에 꺾여 갔런가
아니면 벼락이라도 맞아 쓰러졌던가
어릴적 텃간겉 포플라 나무 한 그루
여직 내 마음 한 구석 푸르게
자라고 있습니다

2010. 8

임동확

임두빈 미술평론가·화가

임두빈(任斗彬) 미술평론가·화가: 홍익대학교에서 회화를 전공했으며 졸업 후, 같은 대학원 미학미술사학과에서 美學을 전공 졸업했다. 국전과 중앙미술대전, 한국미술대상전에서 입선을 했고, 개인전을 3회 연바 있다. 1990년에 서울에서 펜화 개인전을 열었고, 2010년에는 금호미술관에서 개인초대전을 가졌다.

동아일보 신춘문예 미술평론 분야에 1983년 최연소 나이로 당선되어 평론가로 등단했다.

1990년에 새로운 미술운동 '범생명적 초월주의'를 주창하고 작가를 규합하여 창립전을 열고 생명가치 회복을 목적으로 이후 5회의 동인전을 가진 바 있다.

중앙미술대전 심사위원, 21세기미술 새로운 도전전 심사위원, 선미술상 심사위원 등 다수의 전국 규모 미술전 심사위원을 역임한 바 있다.

<한국미술사>와 <서양미술사>를 함께 저술한 평론가이고, 그 외 저서에는 <고흐보다 소중한 우리 미술가 33>, <원시미술의 세계>, <세계관으로서의 미술론>, <민화란 무엇인가>(서문당), <한국미술사101장면>, <서양미술사 이야기>, <한국현대미술가2-임두빈 화집>, <한국의 민화1-까치호랑이 사냥그림>(서문당) 등 많은 저서가 있다.

현재 단국대학교 대중문화예술대학원 정교수 이자 문화관리학과 주임교수이다.

임 영_{화가}

임 영(林英) 화가: 송혜수 화백 문하에서 13년 연수.
서울대학교 미술경영전문가 아카데미2기 수료, 홍익대학교 미술전문과정 미술치료전공, 한국화랑협회 문화체육관 미술품감정 아카데미 수료.
대한교직원 전국미술대전 심사위원, 한국미술창작협 이사, 한국전업미술가협회 이사 운영위원, 한국미술창작협회 부산지회장, 군록 코아트 세인회 회장 역임.
현재 임영미술연구소 운영, 한국전업미술가협회 회원.

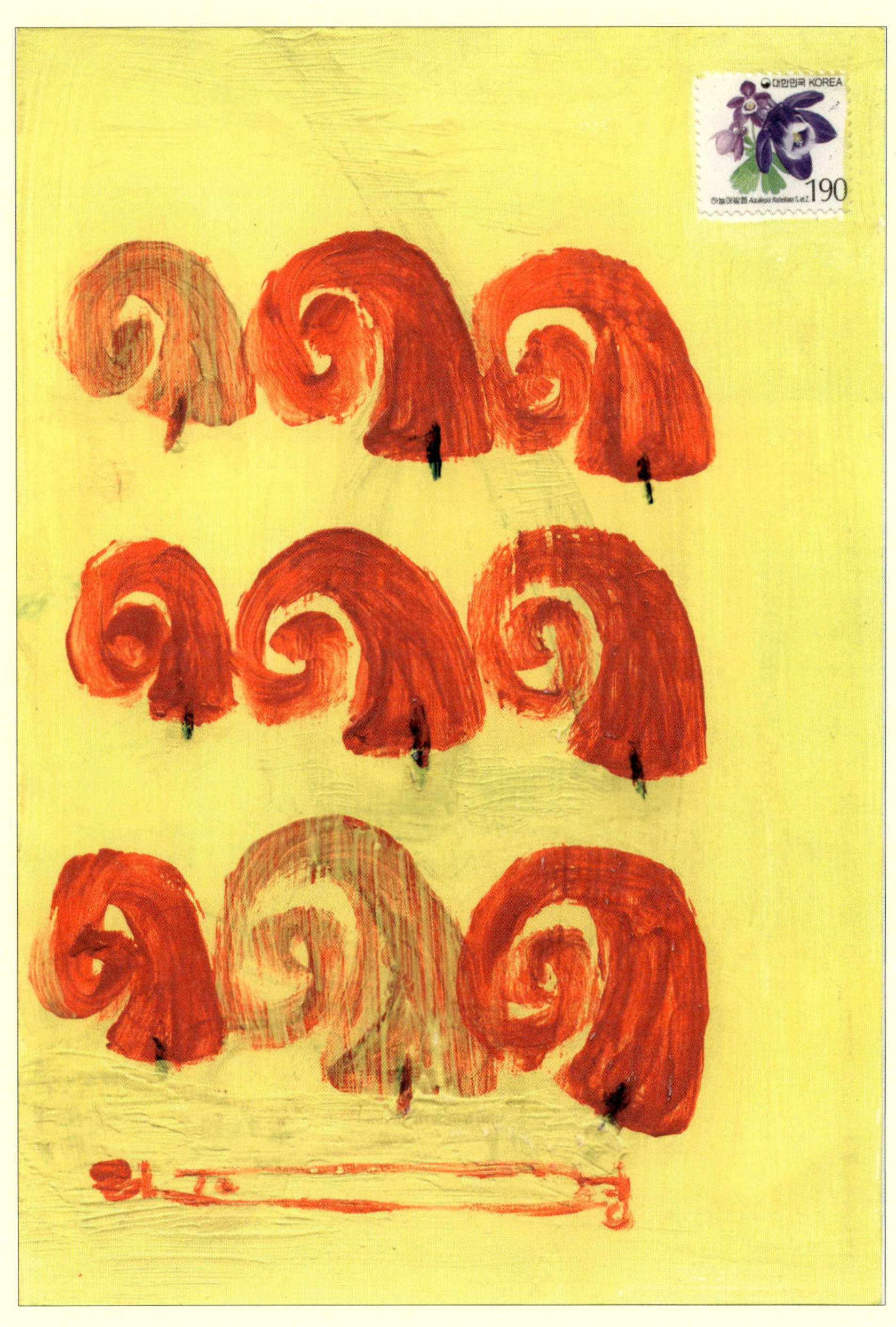

대한민국 KOREA
190
하늘매발톱 Aquilegia flabellata S. et Z.

임종순 화가

임종순(林鍾順) 화가: 1948년 온양(아산시)에서 출생.
1994년부터 온양일요화가회에서 작품활동 중이며 꽃과 야생화를 좋아하여 자연친화적인 그림을 서정적 화풍으로 매년 1회씩 16회째의 전시회를 가져왔고 이밖에 여러 초대전에도 출품하고 있다.

임 창 열 _{화 가}

임창열(任彰烈) 화가: 개인전 10여 회, 단체전, 국제전은 1968. 목우회 전 / 1975~1978 오리엔탈회원전 / 1978~1982 한국미술협회전, 경기도미술협회전 / 1990 오늘의 지방작가전, 금호미술관 / 1979 서울예총미술관 / 1987 경인미술관 / 1987 대전창조과학관 / 2002 대전롯데호텔갤러리 / 2002 대전 KBS 방송국 초대전 / 2007 임창열 '사과를 그리다' 전, 토포하우스 / 2008 임창열 "사과를 그리다"두번째 전, 통인옥션갤러리 초대전 / 2008 베이진 아트살롱 전 등.

장만호 시인

장만호(張萬淏) 시인: 1970년 전북 무주 출생.
고려대학교 국어국문학과 졸업, 동 대학원 졸업.
2001년 세계일보 신춘문예 당선.
2008년 김달진문학상 젊은시인상 수상.
시집 <무서운 속도> 등.

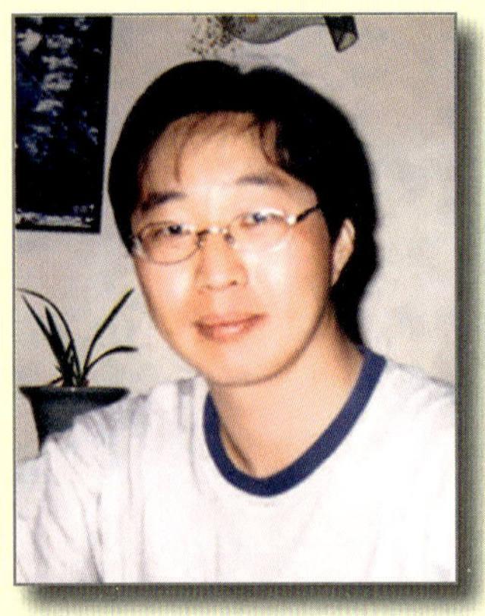

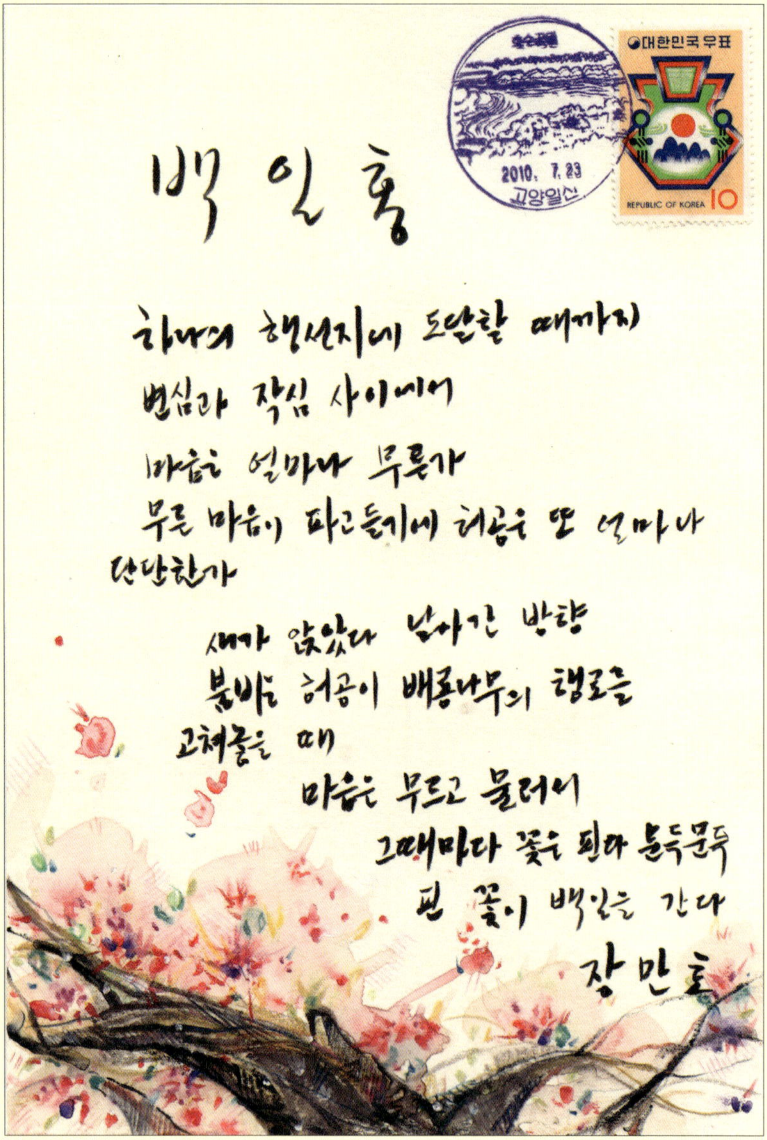

백일홍

하나의 행선지에 도달할 때까지
변심과 작심 사이에서
마음은 얼마나 무른가
무른 마음이 파고들기에 허공은 또 얼마나
단단한가
새가 앉았다 날아간 방향
붉바는 허공이 배롱나무의 행로를
고쳐줄을 때
마음은 무르고 물러서
그때마다 꽃은 피어 문득문득
핀 꽃이 백일을 간다

장만호

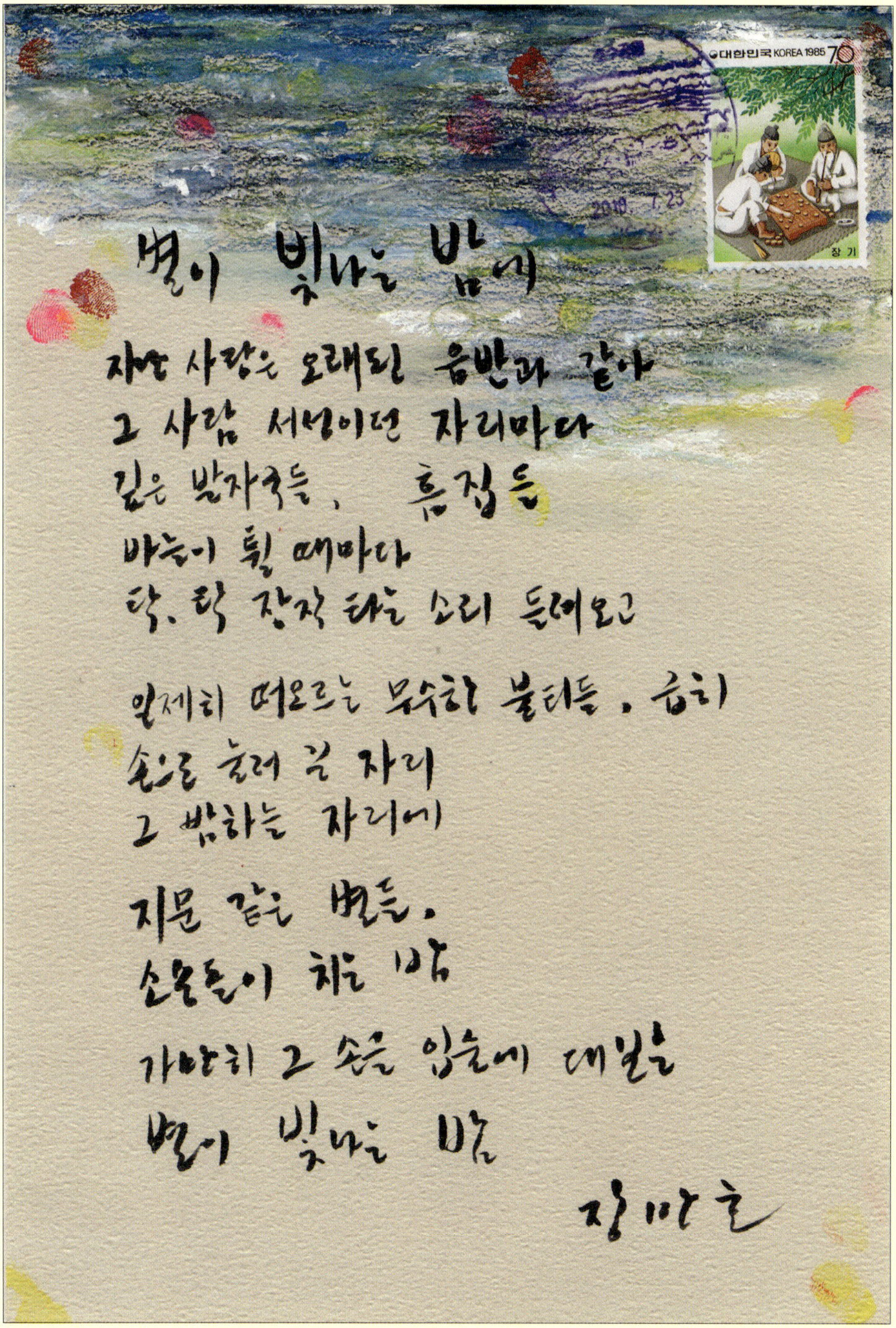

대한민국 KOREA 1985 70
장 기
2010. 7. 23
별이 빛나는 밤에
작은 사랑은 오래된 음반과 같아
그 사람 서성이던 자리마다
깊은 발자국들, 흠집들
바늘이 튈 때마다
탁, 탁 장작 타는 소리 들려오고
일제히 떠오르는 무수한 불티들, 급히
손으로 눌러 끈 자리
그 밤하늘 자리에
지문 같은 별들,
손톱들이 치는 밤
가만히 그 손을 입술에 대보는
별이 빛나는 밤
장만호

ㅈ

장 영 숙 시 인

장 영숙(張英淑) 시인: 1994년 월간 '문예사조' 신인
상 수상. 1997년 '월간문학' 신인 작품상 수상. 현
재 순천문인협회 이사.
시집으로 <봄편지> 출간.

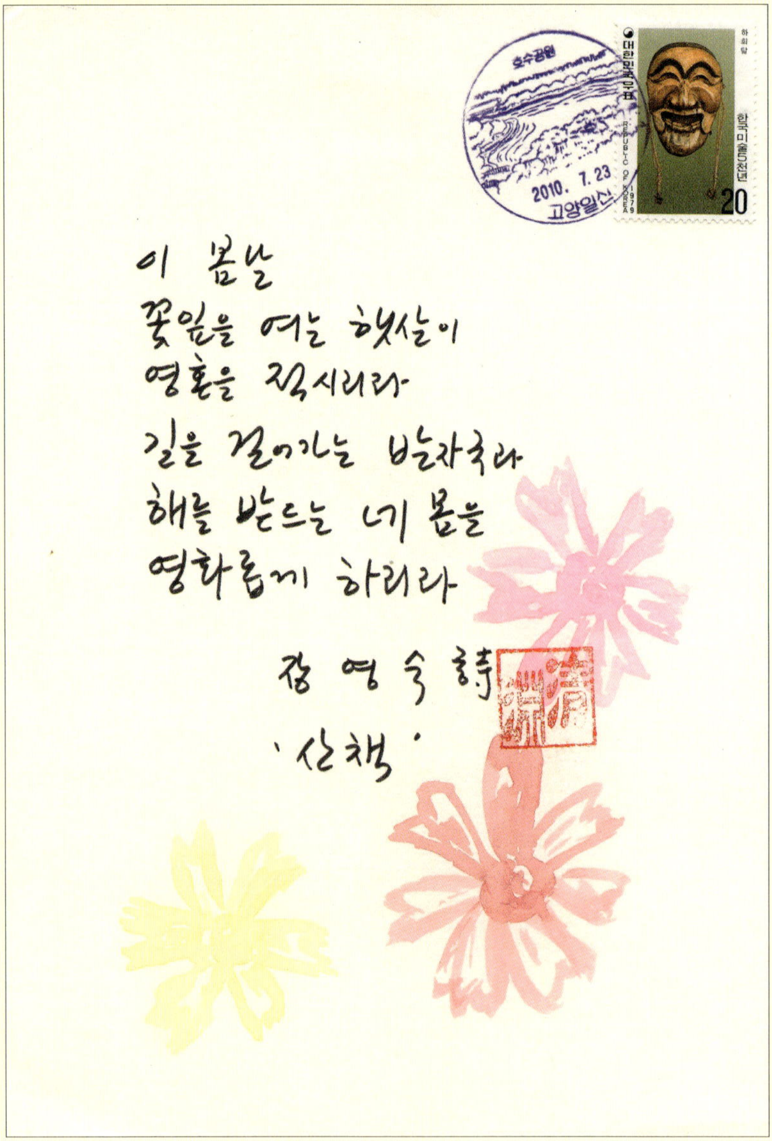

영원 속 어느 하루
또 이름, 꽃이
수를 놓다 저무는
저녁 속으로
생을 완성해 가던 나무여 :
깊고 붉은 상처를 봉합하는
정결한 밀고의 시간들이
히말라야의 새처럼
빛의 숲으로
날아 오르게 하리라

장영숙 詩
'오래된 정원의 나무'

장윤우 _{화 가}

장윤우(張潤宇) 시인·화가:
1937년 서울 출생 아호는 목
훈(木薰). 1965 서울대학교 미술
대학, 동 대학원 졸업, 1986 미국
Califonia 주립대학 연수.
성신여대 명예교수, 중앙대학교 예술
대학원 객원교수 역임.
1963 서울신문 신춘문예에 시 당선,
1966~현 한국미술협회 고문, 부이
사장 감사, 자문위원역임. 한국문인
협회원, 시분과 회장 역임 부이사장.
수상은 1983 한국미술문화대상전
초대작가상, 1983 한국현대시인상
(한국현대시인협회), 1986 동포문학
상(한국문인협회), 1991 시와 시론
본상, 1991 한국예술문화 특별공로
상 1996, 1997 국무총리표창 1998
서울시 문화상(미술), 2000 국제예
술문화상(예술의 전당), 2002 영랑
문학대상 수상 2003 예총 예술문화
대상 2003. 국민훈장 황조근정 훈
장.
작품 소장은 호암미술관, 국립현대
미술관, 서울시립미술관, 전쟁기념관
독립기념관 등.

결혼
대한민국 KOREA
70
서울
2010. 6.
1000114
혼옥
Yoon
장윤우 글·그림

장 인 숙 시 인

장인숙(張仁淑) 시인·서예가: 1940년 서울 출생. 호 하전 월간 「순수문학」을 통해 등단. 시집으로 <해마다 가을이 되면>(서문당, 2005)이 있고, 현재 순수문학인회 회원, 한국문인협회 회원.

2009년 대한민국 서화아카데미 미술대전(기로전), 문인화 부문 금상, 2010년 대한민국 서화아카데미 미술대전(기로전), 삼체상, 서예부문 금상 수상.

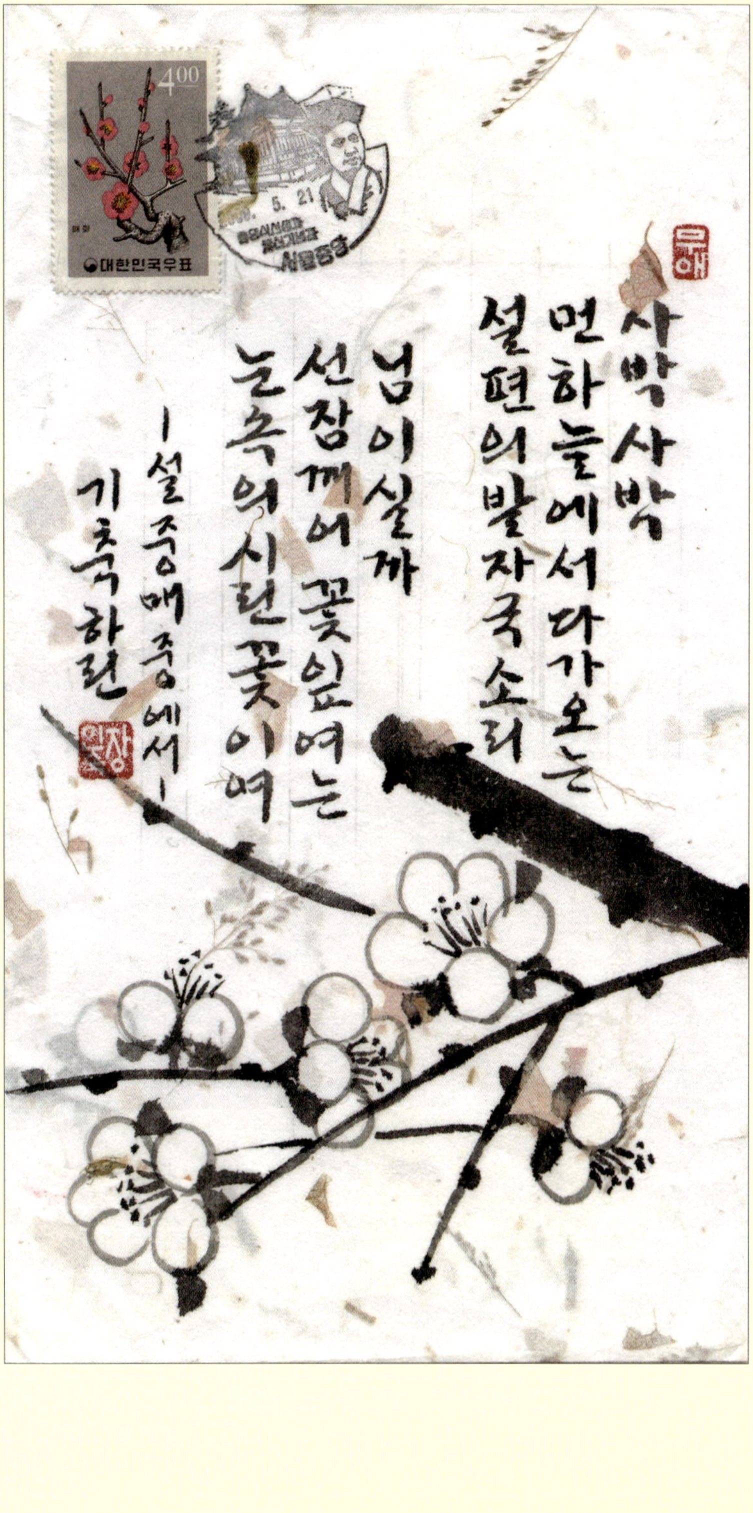

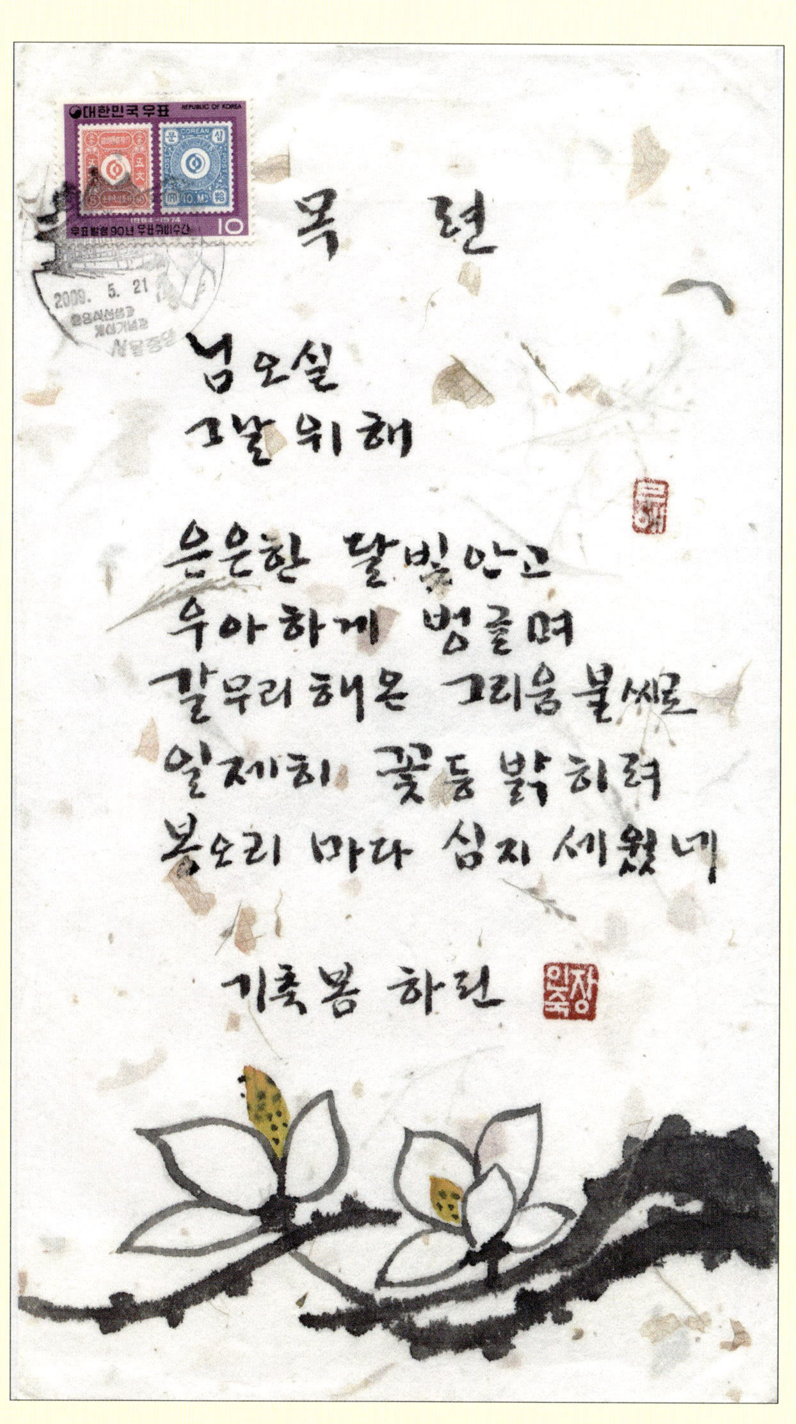

목 련

님 오실
그날 위해

은은한 달빛 안고
우아하게 벙글며
갈무리 해온 그리움 불 세로
일제히 꽃등 밝히려
봉오리 마다 심지 세웠네

기축 봄 하련

장 인 숙 화 가

장인숙(張仁淑) 화가: 1952년 충남 당진에서 출생하였고, 수원과학대학 사회복지과를 졸업했으며, 초등학교 예정강사, 어린이집 글짓기, 시 조짓기, 미술 지도를 맡는 한편 민화실 회원으로 활동 중이다.
대한민국 회화대전 입선, 한국여성미술공모전 특선, 한국미술공모전 특선, 한강미술대전 특선, 세계 평화미술대전 입선 등 수상 경력이 있으며, 쌍용 도서관의 전시를 비롯하여 시립미술관 등에서 다수 전시회를 가졌다.

장 종 국 시 인

장종국(張鐘國) 시인: 1940년 마산에서 출생. 건국대학을 졸업, 1978년 시집 <들꽃>으로 등단. 고양시문인협회장을 역임 했으며 현재는 한국문인협회 회원 ,경의 선문학회, 국제문화예술창작협의회 회장, DMZ생태해설가 월간 '신문예' 편집위원으로 활동하고 있다.

시집으로 <들꽃>, <낮잠을 즐기는 가을 햇살>, <사랑을 사랑이 사랑은> 외 중국어 시집 <시인과 孤島>, <날마다 허물고 짓는 집> 등이 있다.

My Poem that
I wrote today
is today's dying
wish.
-Jang Jongikula

장주봉 화가

장주봉(張柱鳳) 화가: 호는 이정(以汀) 충남 아산에서 태어나 이당 김은호 화백에게서 사사. 국립현대미술관 초대(구상회화 어제와 오늘전), 움지기는 미술관 전국순회전, 후소회기념전, 해외전 등 300여회 초대출품전시. 문화관광부 장관상, 제5회 이당미술상 수상. 인천광역시 미술협회 회장, 미술의 해 조직위원장 미술장식품심의 위원장, 이당기념관 관장 등을 역임. 대한민국미술전람회, 경인미술대전, 목우회미술대전 등에서 심사위원과 운영위원을 역임했으며, 인하대학교, MBC문화센터 등에 출강했다.
현재 한국미술협회, 현대한국화협회, 오늘회, 후소회 일소회에 소속하고 있다.

봄비 피어
이 위 날일 며
잔 잔 한
섬
돌

전 규 태 시 인

전규태(全圭泰) 시인·평론가; 나는 우리 조상들이 오랫동안 그러했던 것처럼 불교적 가슴을 지니고 있다. 우뇌는 도교적인데 좌내는 기독교적이다. 나의 예술 또한 일원적 이중구조로 되어 있다. 시간적으로는 고대, 현대를 넘나들고 공간적으로는 동서양을 오가며 장르를 뛰어넘기도 한다. '詩情畵意'로 시화를 늘 즐겨 창작하곤 한다. 현대시인상, 문학평론가 협회상 등 수상, 국가 유공자, 국민훈장 모란장 서훈. 미술평론집 '에로스의 미학', 시화집 '너를 사랑해도 되겠니'(서문당) 등 저서 백여 권.

눈부신
번제가 될 수 있다면
십자가 뒤에 숨고 싶다.
서러운
꽃으로 필수 있다면
님의 발에 입맞추고 싶다
별살 속
사로어지는
무지개가 될수 있다면
하늘 향해
새 하얀 손을
바치고 싶다.
"십자가 뒤에 숨고 싶다" 전규태

전소빈 화가

전 소빈 화가: 명지대학교 산업대학원 전통공예학과 졸업, 한국중요무형문화재기능보존협회, 한국민화협회, 한국민화학회, 버질국제미술협회, 한국미술협회 회원.

개인전으로는 하미강갤러리 초대전, 매혹의 민화, 옻을입다展, 전소빈작품전(서울 하나갤러리), 전소빈민화전 버질초대(부산 see&sea gallery), 특별기획초대개인전－민화노마드展.

수상으로는 제2회 전국민화공모전대상(조선민화박물관), 제28회 대한민국전승공예대전 입선(무형문화재기능보존협회), 제29회 대한민국전승공예대전 장려상(무형문화재기능보존협회), 제6회 대한민국여성미술대전특선(국가보훈문화예술협회), 제58회 중부미술문화전 신인상(일본 아이치켄미술관), 제59회 중부미술문화전 중부미술문화상(일본).

단체전으로는 민화전시초대전(일본 현립미술관), 파인 민화회원전(홍대 현대미술관), 창립10주년기념 한국민화작가회전(공평아트센터), 대한민국 국제환경미술엑스포특별전(코엑스 컨벤션홀), 2005동광 현대작가초대전(영월문예회관), 국제아티스트그룹프로젝트 가을예술제(제천 문예회관), 선암미술관개관기념 15인 특별초대전－지리산시나위(선암갤러리), 경향하우징 아트페스티벌(일산 킨텍스), 한국인의 얼과 멋(LA한국문화원), 제1회 종로피아노거리 설치미술제(서울), 베트남 한국문화원초대전(베트남), 제12회 한국민화작가협회전(국제디자인프라자), 여성생활사박물관전 기획전시(여주), 2008 전통공예명품전(서울,강릉), 소통의미 우리민화展(인사아트센터), 역사를 간직한 바다전(부산 see&sea gallery), 제2회이천아트페어전 등 다수 참가.

전 형 철 시 인

전 형철(全亨哲) 시인: 1977년 충북 옥천 출생. 2007년 '현대
시학' 신인상으로 등단.
계간 '다층' 편집위원. 고려대 국문학과 졸업 및 동 대학원 박사
과정 수료. 서울여대, 동덕여대, 안양대 국문과 강사.

그 믐

검버섯 핀 감나무 속 옹이
폐경하듯 무너져 내리는 흙담
음각으로 새겨진 문패의 마당
겉보리 두 알에 도지는 살던
구들장 밑 이궁(離宮)에 똬리튼 지킴
응달진 뒤안 깊어지는 어둑신이
우물의 마른 혈관을 따라 젖동냥 가는
그르렁거리는 파적(波寂)들

전 형 철 詩
「그믐」 전문

갈꽃들 몸살 놀이불되어
금강을 보듬는다
눈이 맑은 새 한마리, 어딘가
둥지 트는 소리 수면 위를 난다
가을 강이역 인저리로 안겨는 도해변 강물은
목이 좁은 어둠에서 긴 여행의 피로로 물덕댄다
강 건너 산에 엎친 촌가 몇 채는 벌써
포대기에 싸여 잠들고 있다
물빛 두어 깨가 떨리고
섬들 위로 가지런한 신발들이
저희끼리 얼굴을 부빈다
새벽의 끄트머리, 강물은 가을별처럼
살얼음이 박히고
작은 둥벙가 잠시 쉬었다가
다시 떠나갈 것이다

                    전형철 詩
                「애둥역에서」 전문

정 강 자 _{화 가}

정 강자(鄭江子) 화가: 홍익대학교 미술대학 회화과 졸업(1967), 홍익대학교 미술교육과 대학원 졸업(1985), 개인전 29회(1970~2008), 해프닝 3회(1967~1969), 한국일보 '그림이 있는 기행문' 연재 30개국(1988~1992), 스포츠 조선-삽화 연재(1992~1995), 독일 함부르크 초대전(2008).

저서로는 불꽃 같은 환상세계 (소담출판사-1988), 꿈이여 환상이여 도전이여 (소담출판사-1990), 일에 미치면 세상이 아름답다 (형상출판사-1998), 화집(소담출판사-2007), 정강자 춤을 그리다(서문당-2010).

kangja

정기복 시 인

정 기복(鄭基福) 시인: 1965년 충북 단양 출생. 1994
년 '실천문학'에 '7번국도' 등으로 등단. 시집으로
〈어떤 청혼〉과 동시집 〈생각하는 로댕〉을 냈다.

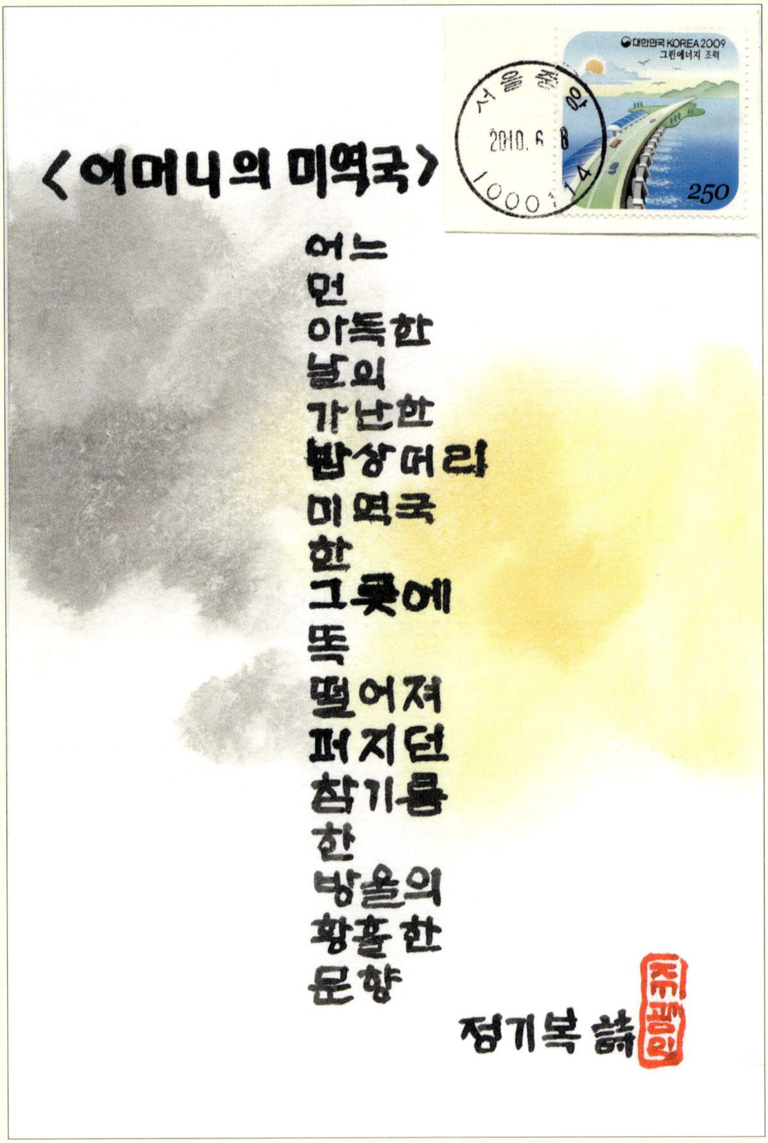

뿌리가 뽑힐지라도 대궁이
꺾일지라도 줄기가
잘릴지라도 검게 빛나는
주아가 눈물처럼
달려있는 한 새벽이슬
네 마당가에서도 그리하듯
나 아니어도 꽃은 네 발길
지나는 곳 어디라도
피어 있었을 테니

정기복 詩
'나리꽃이 내게 이르기를'中

정 두 리 시 인

정두리(鄭斗理) 시인: 경남 마산 태생(1947년). 단국대학교 국문과, 중앙대학교 신문방송대학원 수료. '한국문학'(1982년) 신인상 시부 당선과 동아일보(1984년) 신춘문예 동시 당선으로 시와 동시를 쓰고 있음.
시집 〈유리안나의 성장(1979년)〉, 〈슈베르트의 집(2003년)〉 등 7권의 시집과 〈꽃다발(1985년)〉, 〈애기똥풀 꽃이 자꾸자꾸 피네 (2002년)〉 등 13권의 동시집 출간. 단국문학상, 새싹문학상, 가톨릭문학상 등 수상. 현재 새싹회 이사, 국제펜클럽 한국본부 이사, 여성문학인회 이사.

씨 앗

씨앗은 크지 않아도 된단다
까만 점 하나가 만든 나무숲
그 숲에 둥지를 베비새 한 마리
까만 씨앗 한개가 하는 일은
작은 점 하나에 부터 시작하는 일이다

정 명 숙 동시인

정 명숙(鄭明淑) 동시인·시인: (시를 쓸 때는 정훈영) 1963년 충북 증평 출생. 서울교육대학교를 졸업하고 명지대 문예창작학과를 수료했다. 아동문예 동화 당선으로 작품 활동을 시작하였으며 작품으로 사랑시 〈그래도 난 나쁜 놈이 좋다〉 자녀교육서 〈초등 1학년 만점 학부모 되기〉 창작동화 〈누가 우리 쌤 좀 말려줘요〉 외에 여러 권이 있다. 포스트모던 한국문학예술상, 올해의 자랑스러운 동요인상, 한인현 글짓기 지도자상을 수상하였으며, 현재 한국어문능력개발원 교육이사, 강서문인협회 부회장 유석초등학교 교사로 재직 중이다.

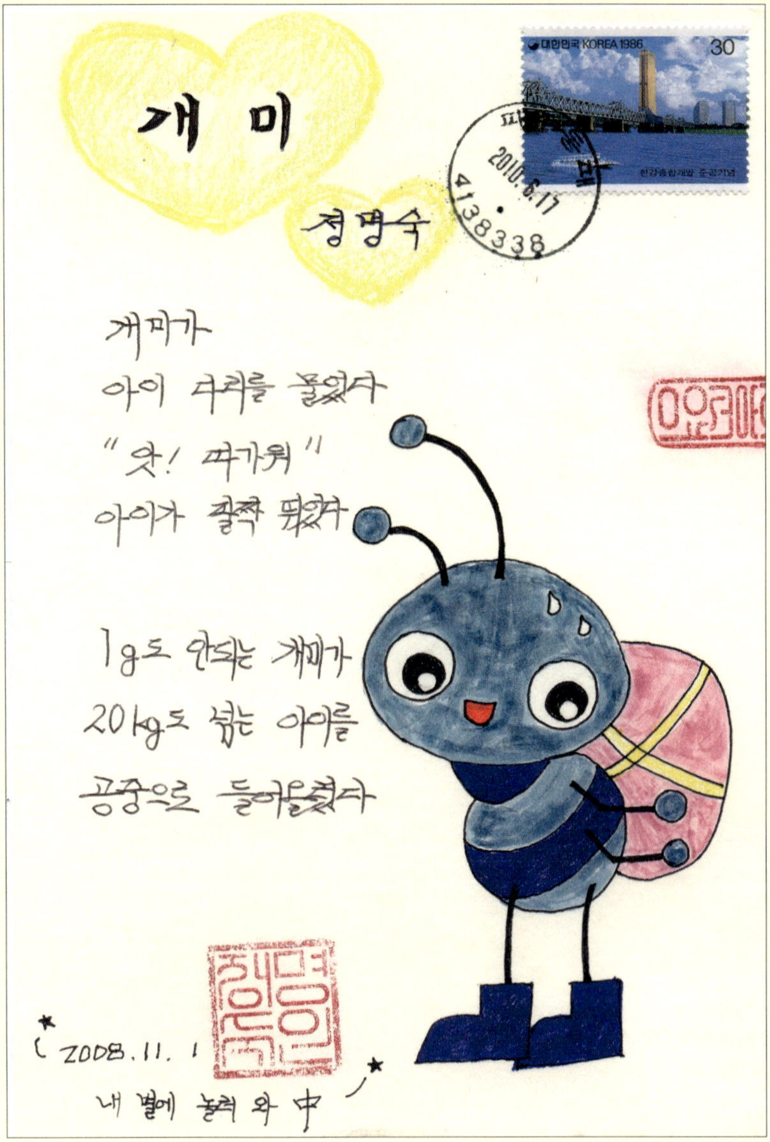

지독히 사랑해서 지독히 외롭다
정훈영

지독히 기쁠 때
지독히 화가날 때
지독히 슬플 때
지독히 즐거울 때

그의 따뜻한 손
그의 넉넉한 웃음
그의 다정한 속삭임
그의 포근한 충만

어디에도 없다
내가 꼭 필요할 때만
없는 그녀 존재

지독히 그를 사랑하게
그래서, 외롭다

지독히 지독히 외롭다

2009. 8. 5

그래도 난 나쁜 놈이 좋다 中

정 문 규 _{화 가}

정 문규(鄭文圭) 화가: 1934년 경남 사천에서 출생. 1958년 홍익대학교 회화과를 졸업했고, 일본 문부성 장학생으로 동경예술대 대학원에 유학하기도 했다. 1966년 인천교육대 교수로 취임했고, 1994년에는 최영림미술상을 수상했다. 1955년 첫 개인전 이후 여섯 차례 개인전을 가졌고, 국립현대미술관 기획전, 조선일보 현대작가초대전, 2010년에는 예술의 전당에서 회고전 등 많은 전시회를 열었다.
저서로는 〈정문규〉 화집 외 〈반고호〉, 〈고갱〉, 〈샤갈〉, 〈브라크〉, 〈레제〉 등의 작품 해설집을 서문당에서 발행했다.

1993
KOREA 110
대한민국
2010.
4138338

정 병 례 **새김아티스트**

정병례(鄭炳例) 새김아티스트(전각가): 호는 고암(古岩). 개인전30회 및 단체전 100여회 (1989~2010). 상하이 엑스포 (2010.10 예정). 국립현대미술관 작품 소장 (2009). 대한민국 국새 인면부 우수상 (2006). MBC 2008 베이징 올림팀 타이틀(2008). 새김아트 창시(2006).

정 소 현 _{시 인}

정 소현(鄭小泫) 시인: 경주 출생. '문학공간'으로 등단.
한국시인협회, 한국문인협회, 국제펜클럽 한국본부, 광
진문협 회원.
시집으로 〈또 가을이 오나 봅니다〉, 〈낡은 자전거의 일기〉,
〈그대를 위한 협주곡〉, 〈바람이 그린 수채화〉와 영역시집
〈The path of Flowers:꽃길〉 외 공저 다수.

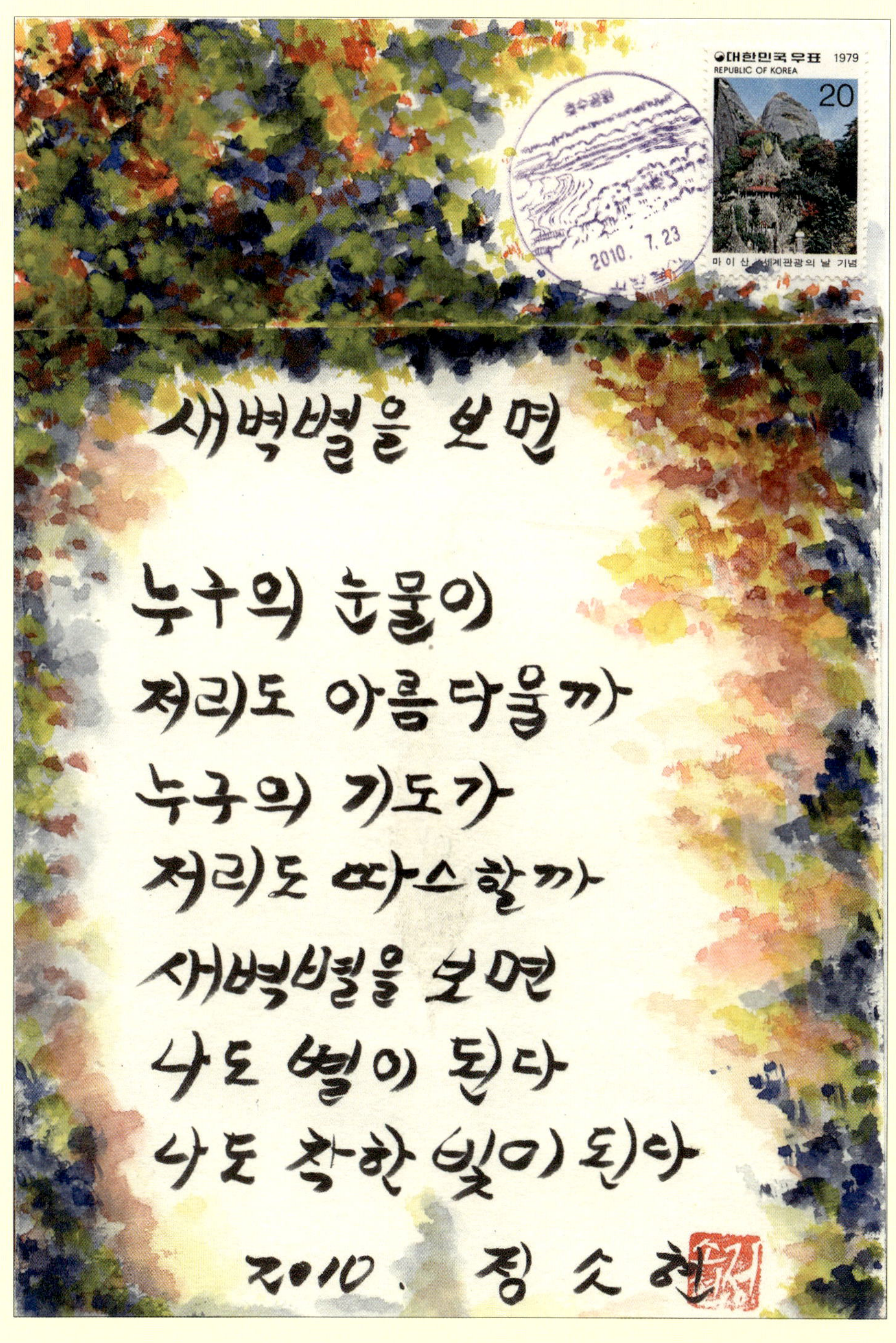
새벽별을 보면

누구의 눈물이
저리도 아름다울까
누구의 기도가
저리도 따스할까
새벽별을 보면
나도 별이 된다
나도 착한 빛이 된다

2010.   정 소 현

정인자 _{화가}

정 인자(丁仁子) 화가: 1969년 수도여자사범대학(현 세종대학) 졸업. 미술교사로 10년 근무한후 퇴직 전업화가로 활동 중.
개인전 8회, 티베트를 가다전(2인전)과 국제전, 초대전, 단체전 300여회에 참가.
현재 한국미협, 부천지부, 성묵회, 군자회, 부천여성미술회 회원, 미술대전 심사위원 역임. 부천미협, 부천여성미술인회, 경기도 미술협회, 자문위원. 부천예술상, 부천시문화상(예술부문) 수상.

정 정 례 시 인

정 정례(鄭貞禮) 시인: 전남 영암 삼호읍 출생. 중앙대학교 예술대학원 수료.
계간종합문예지 '문학마을' 신인문학상 시부문 당선으로 등단. 격월간 문학지 '유심'에서 신인상 수상. 시집 <시간이 머무른 곳> 상제.
재경 삼호읍향우회장 역임. 현재 영암군향우회 부회장, 한국문인협회 회원.

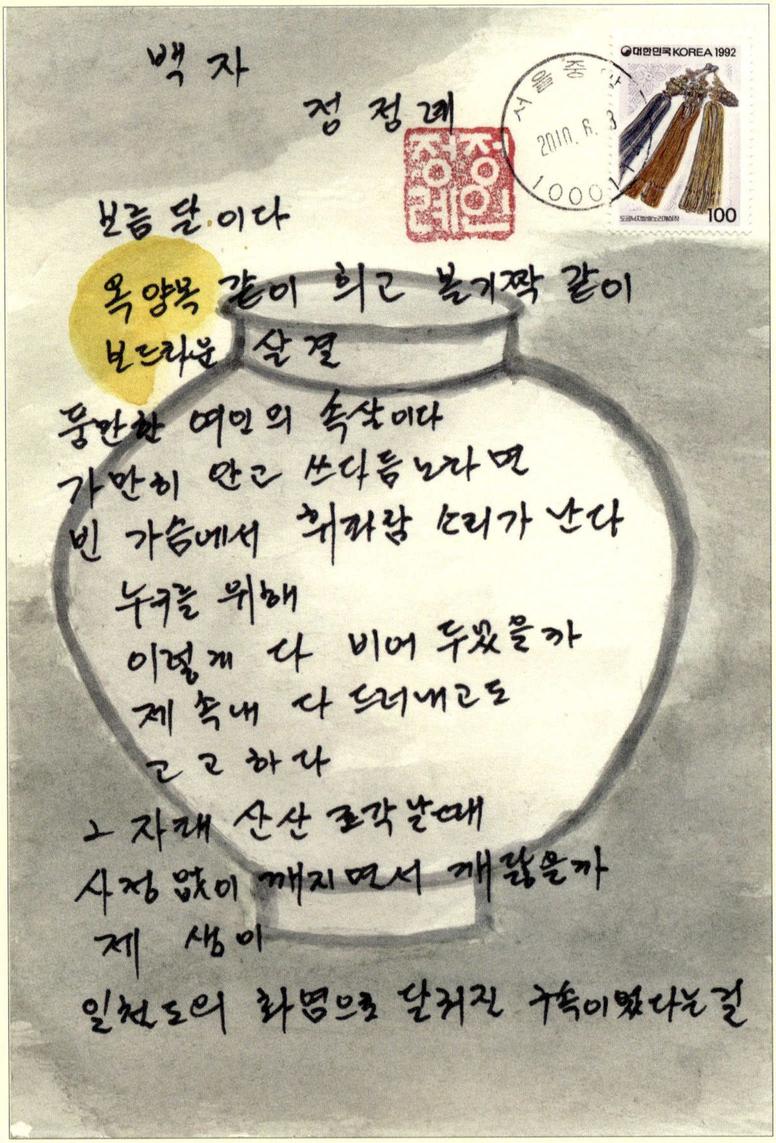

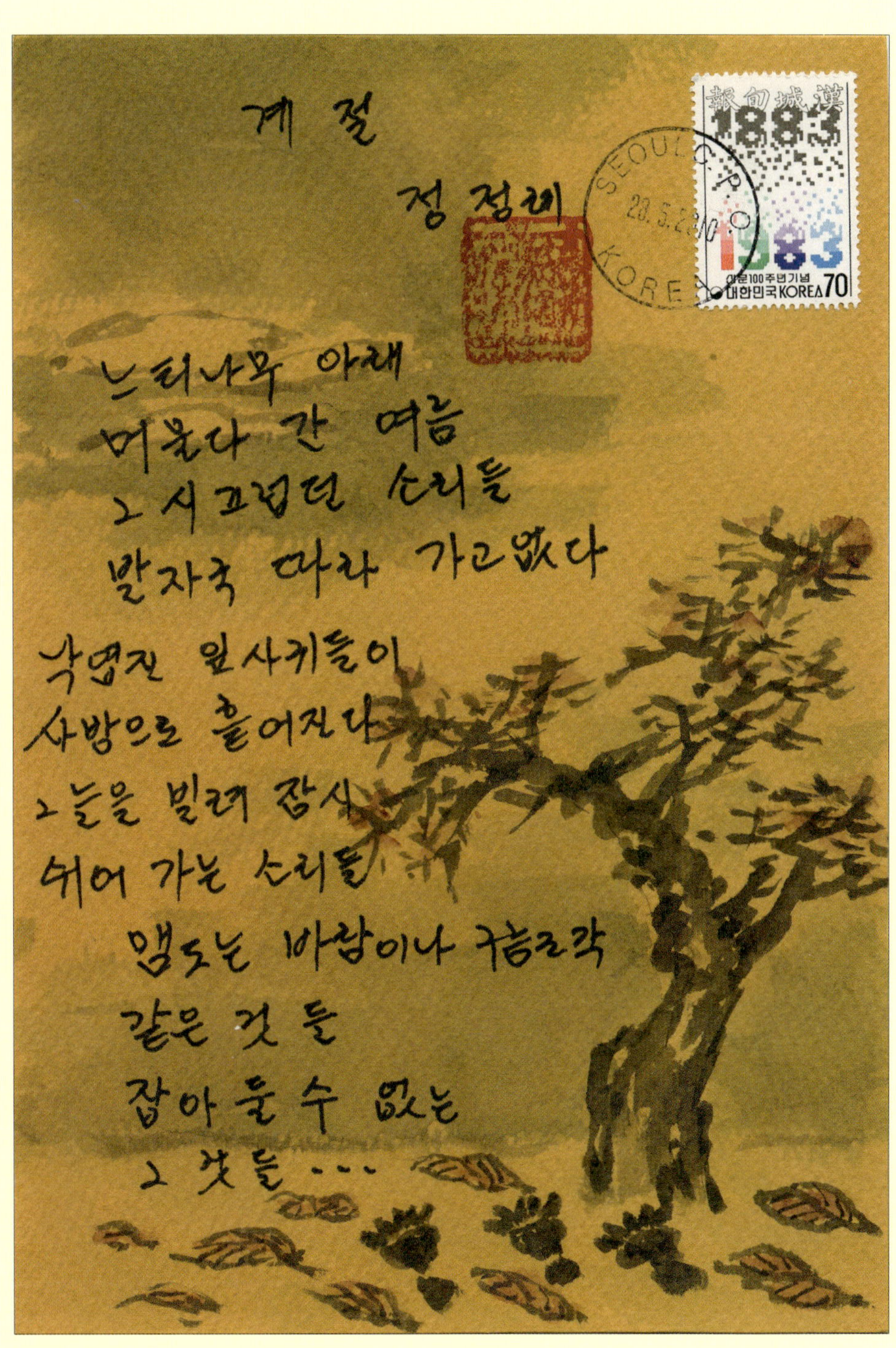
계 절

정 정례

느티나무 아래
머물다 간 여름
그 시끄럽던 소리들
발자국 따라 가고없다

낙엽진 잎사귀들이
사방으로 흩어진다
그늘을 빌려 잠시
쉬어 가는 소리들

맴도는 바람이나 구름조각
같은 것들
잡아둘 수 없는
그 것들 ...

정 정 식 화 가

정 정식(鄭正植) 화가: 추계예술대학교 미술대학 서양화
과 졸업, 홍익대학교 미술대학 대학원 졸업.
1984년 제1회 개인전(대구 수화랑)을 시작으로 인사아트센
터, 중국 상하이 등 국내외에서 9회의 개인전을 가졌으며,
그룹전과 국내외 단체전, 초대전 등 250여회를 참가했다.

작품명 1.묘한 관계 2. 해변의 딸기

대한민국 KOREA
190
매발톱꽃 Aquilegia flabellata S.et.Z.
Chung S.K. 2010

정호승 _{시인}

정 호승(鄭浩承) 시인: 1950년 대구 출생. 경희대학교 국어국문학과 졸업. 경희대학교 대학원 국문학 석사.
1973년 대한일보 신춘문예 시 당선. 1982년 조선일보 신춘문예 소설 당선.
시집으로 〈서울의 예수〉, 〈새벽편지〉, 〈별들은 따뜻하다〉 등이 있으며, 시선집으로 〈흔들리지 않는 갈대〉가 있다. 제3회 소월시문학상 수상.

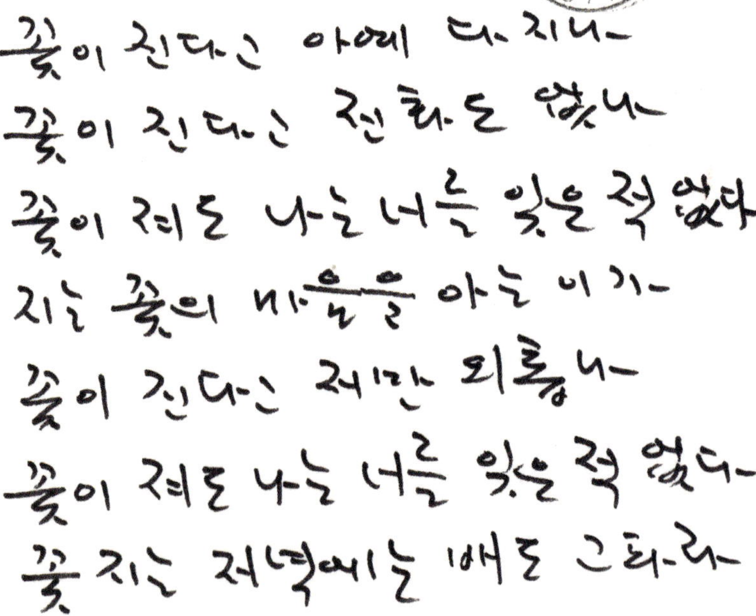

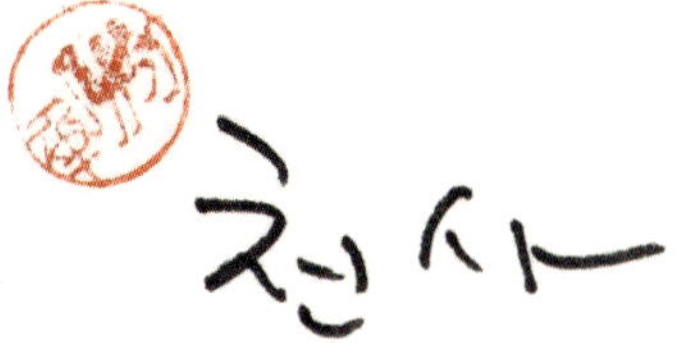

천사

천사는 손바닥에도 눈이 있다
발바닥에도 눈이 있다
이마에도 눈이 있다
온몸이 다 눈동자다

2010. 8. 23
정호승

조 성 묵 조각가

조 성묵(趙晟黙) 조각가: 1939년 출생. 홍익대학교 미술학부 출신. 개인전 수회.
국제전 베니스 비엔날레, 쌍파울로 비엔나레, 사르쟈 비엔나레.
국내전 현대미술관, 서울시립미술관, 소마미술관, 금호미술관 등.

꽃비가 내린다

조 오 현 시인·스님

조 오현(趙五鉉) 시인·스님: 1932년 경남 밀양에서 출생하여 1939년 절간 소머슴으로 입산, 산에 살고 있다. 산에 살면서도 산을 보지 못하고, 세상의 소리도 듣지 못하면서 그간 시와 시조 백여 편을 썼다. 지금은 내설악 백담사 무금선원에 칩거하고 있다.

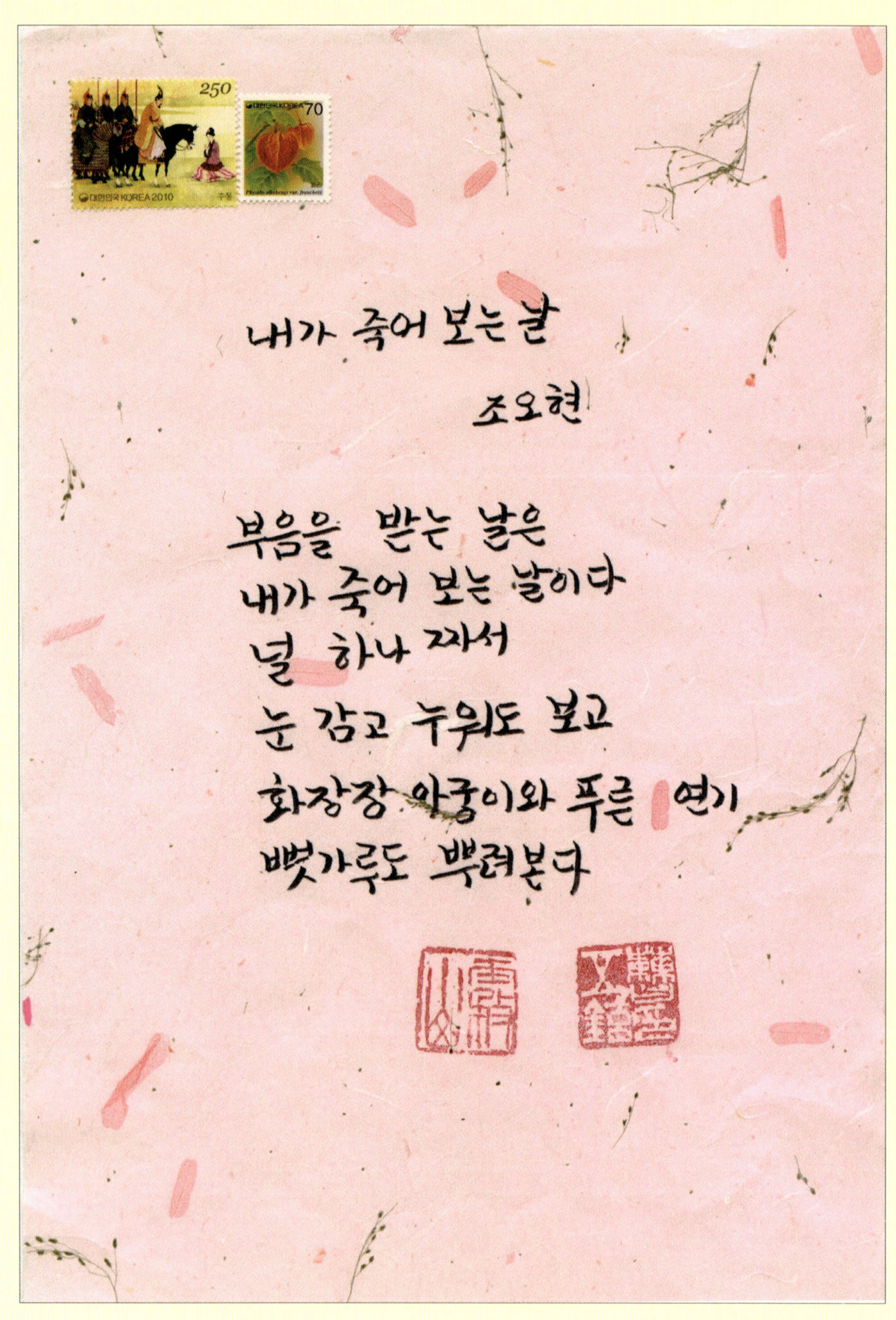

아득한 성자
하루라는 오늘 오늘이라는 이 하루에 뜨는
해도 다 보고 지는 해도 다 보았다고 더 이상 더 볼
것 없다고 알 까고 죽는 하루살이 떼

여든 해를 보내고도 나는 살아 있지만 그
어느 날 그 하루도 산 것 같지 않고 보면 천년
을 산다고 해도 성자는 아득한

하루살이 떼

二〇一〇 초여름에
조오현 그리고 씀

조용미 시인

조용미(曺容美) 시인: 1962년 경북 고령군 출생. 서울예술대학 문예창작과 졸업.
1990년 '한길문학'으로 등단.
2005년 김달진문학상 수상.
시집 〈불안은 영혼을 잠식한다〉, 〈일만마리 물고기가 山을 날아오르다〉, 〈삼베옷을 입은 자화상〉, 〈나의 별서에 핀 앵두나무는〉 등.

자 리

무엇이 있다가
사라진 자리는 적막이 가득하다

절이 있던 터
연못이 있던 자리
사람이 앉아 있던 자리
꽃이 머물다 간 자리

고요함의 현현,
무엇이 있다 사라진 자리는
바라볼 수 없는 고요로
바글거린다

— 조 용 미

너의 刑는 비애를 길들이려 한 것이니
死이 끝나고 滅이 시작되는 지점에서
삶은 다시 시작되는 것을   검은 담즙이
모여 떨어지는 즉하는 아름답다 그
아름다움을 지상에서 가장 헛된 것이라
부르겠다

지상에서 가장 헛된, 그 아름다움의
이름은 絶滅이다

「검은 담즙」에서
— 조 용 미

조인영 _{화 가}

조인영(趙仁英) 화가: 홍익대학교 미술대학 서양화과 졸업.
한국여류화가회전, 홍익여성화가협회전, 현대미술전, 한국,
인도중진작가(인도초대전)전, 서초미술인초대전, 협전, 등.
유럽스케치여행 및 국내외작품전 100여회 참가.
현재 홍익여성화가협회, 한국여류화가회, 한국미술협회, 서울미
술협회, 협전 회원.

조주환 시 인

조 주환(曺柱煥) 시조시인: '월간문학' 신인상(1976, 1984), '시조문학' 추천(1977). 제5회 중앙시조대상 (신인부문), 제7회 한국시조시인협회상, 제4회 시조시학상, 제47회 경상북도 문화상(문학부문) 수상.
한국시조시인협회 부회장, 경상북도 문인협회장 역임.
시집으로 <길목>, <사할린의 민들레>, <독도>, <소금> 등.
현재 한국문인협회 이사.

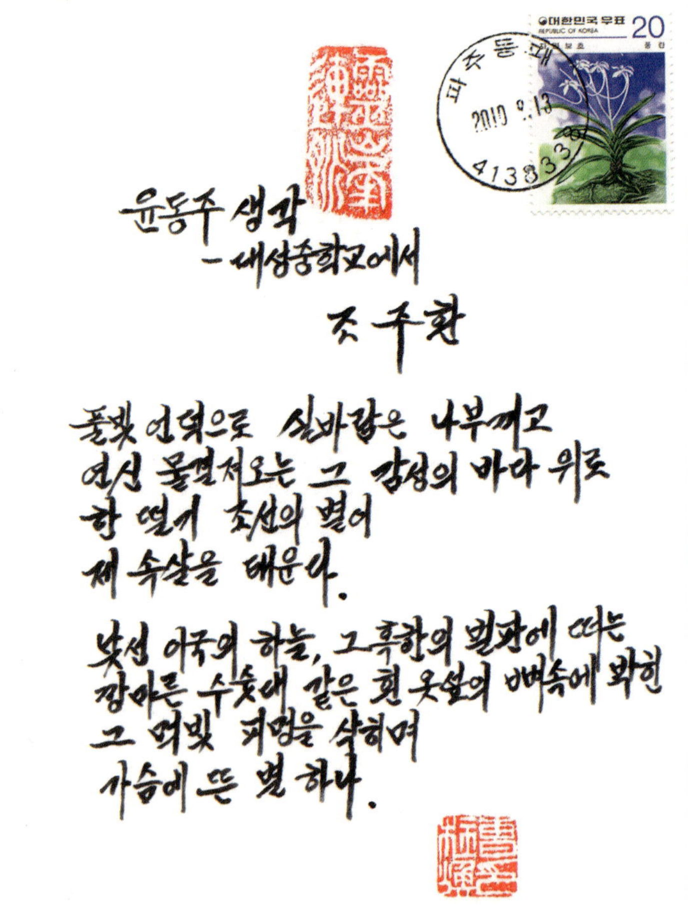

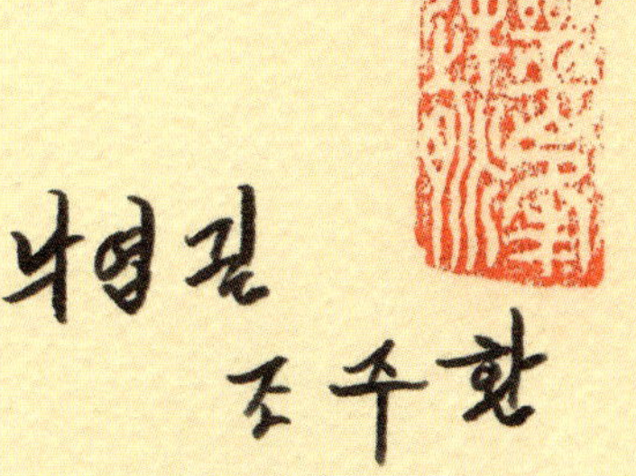

낙엽길

조주환

낙엽 진 가지 사이로 선의 사랑이 보일 듯하고
댓줄처럼 드러나는 저 원죽의 고향길로
다 삶은 영혼의 섬 한 채
저 황어에 풀려간다.

물소리도 흔들더면 개망초 꽃밭 너머
가을 소풍이 끝난 산그늘은 구부려서고
몇 마리 길잃은 새들만
빈 들판을 건넌다

조 춘 제 _{화 가}

조춘제(趙春濟) 화가: 1962년 경남 김해 출생. 창원대학교 졸업. 2007년 이형아트센터에서 개인전. 2010년 한국미술 100년전, 한국의 바람전, 창석회전, 한국여성미술작가회전, 한일교류전 등에 참가.
현재 한국미협 부천지부, 종로미술협회, 창석회 한국여성미술작가회 회원.

대한민국우표
P.J. DONGPAE
15. 9. 2010
KOREA
1966. 5. 1
청소년선도의달
7.00

조 해 성 시 인

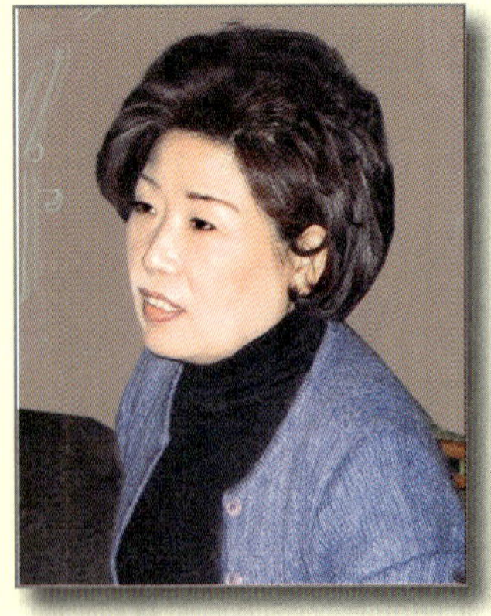

조해성(趙海晟) 시인: 김제 출생. 가야미술관 큐레이터로 일했고,
남선갤러리 대표로 몸담아 일 해 왔다.
현재는 민족서화작가회원이며, 민미협회원이기도하다. 또한 공공노조
미술조합회원 간사로 일하며, 비정부기구 미술자정NGO간사로 일한
다. 한국대표미술인100인전(코엑스)외 다수의 그룹전을 통해 발표한
바 있다. 문학저널을 통해 '내일이면 늦으리'로 시단에 데뷔했다.

씨앗
조해상
작은 봉지 속에서 따리를
틀며 언제 세상 밖으로
나올까 말을 기다렸던 너
봄비를 만나 넓은 대지에 생명을 터뜨렸다
지극함이 모자라지 않아서일까
향기와 웃음으로 늘 맞춤 컸다
세상에 그저 되어지는 것은
없어라
2010. 9

지 상 윤 _{화 가}

지 상윤(池尙潤) 화가: 1952년 충북 단양 출생. 한국방송통신대 중어중문학과 졸업.
국내외 그룹전 및 단체전 100여회. 퇴계 이황 선생 추모 휘호대회 심사, 세계평화대
전 심사, 신미술대전 국제미술대전 심사위원.
홍익 허묵회, 한국미술협회, 한문학회 회원.
선문대학교 교양학부 한문강사, 사경·불화 연구소(반야원), 상윤서화 연구실 운영.

지혜자 _{화 가}

지혜자(池惠子) 화가: 1953년 서울 출생. 홍익대학교에서 회화를 전공 하였고, 다섯 번의 개인전을 가졌다. 현재 한국여류화가회와 한국미협, 홍익여성화가회, 경기 여류화가회, 한국수채화작가회 회원으로 활동 중이다.

"내 작품세계는 우주공간에 존재하는 물체들의 기본적 형상, 즉 원이나 선으로부터 출발한다. 크고 작은 원들로 어울림과 율동 감을 표현하며, 화려한 것 같지만 단순한 원의 형태로써 빗방울이나 눈물, 또는 아름다운 꽃의 세계를 표현한다."

작품명
1-The Festival
2-The abyss(심연)

REPUBLIC
OF
KOREA
대한민국우표
옷
10
PJ. DONGRAE
KOREA

차 옥 혜 시 인

차 옥혜(車玉惠) 시인: 1945년 전북 전주 출생. 전주여고, 경희대, 동국대 대학원 졸업. 1984년 '한국문학' 신인상으로 등단. 시집으로 <깊고 먼 그 이름>, <비로 오는 그 사람>, <발아래 있는 하늘>, <흙바람 속으로>, <아름다운 독>이 있고, 시선집으로 <연기 오르는 마을에서>와 서사시집 <바람 바람꽃>이 있다. 경희문학상 수상.

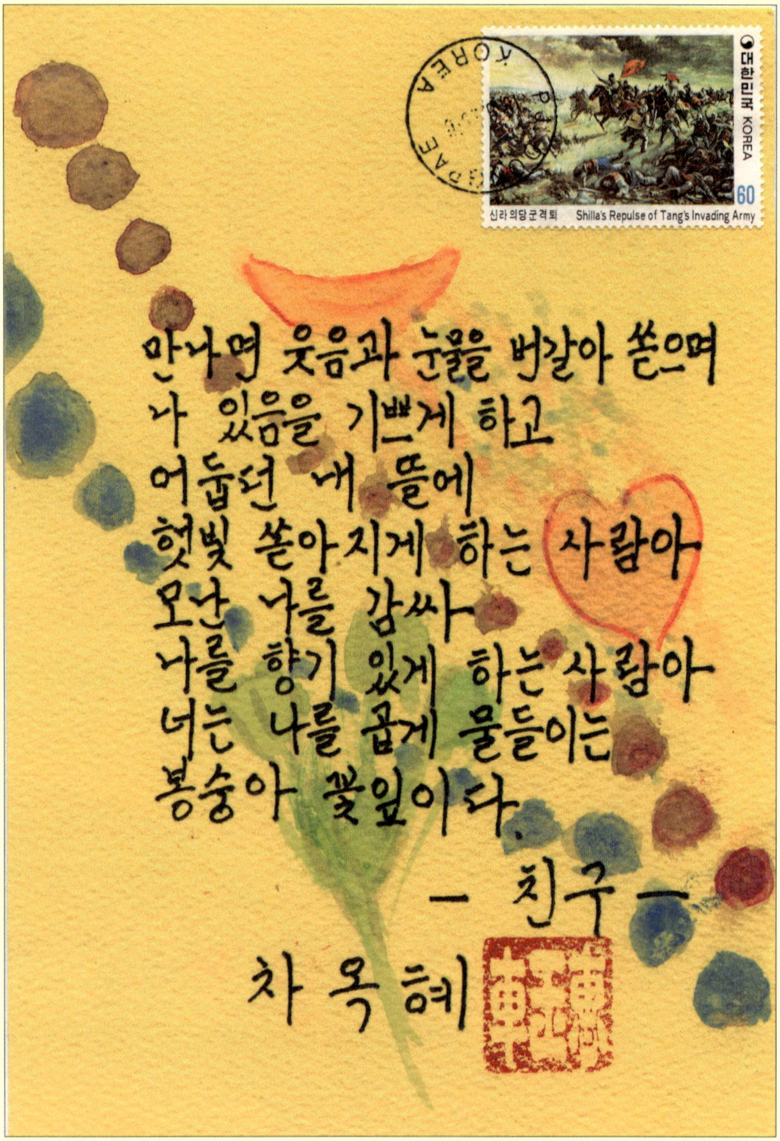

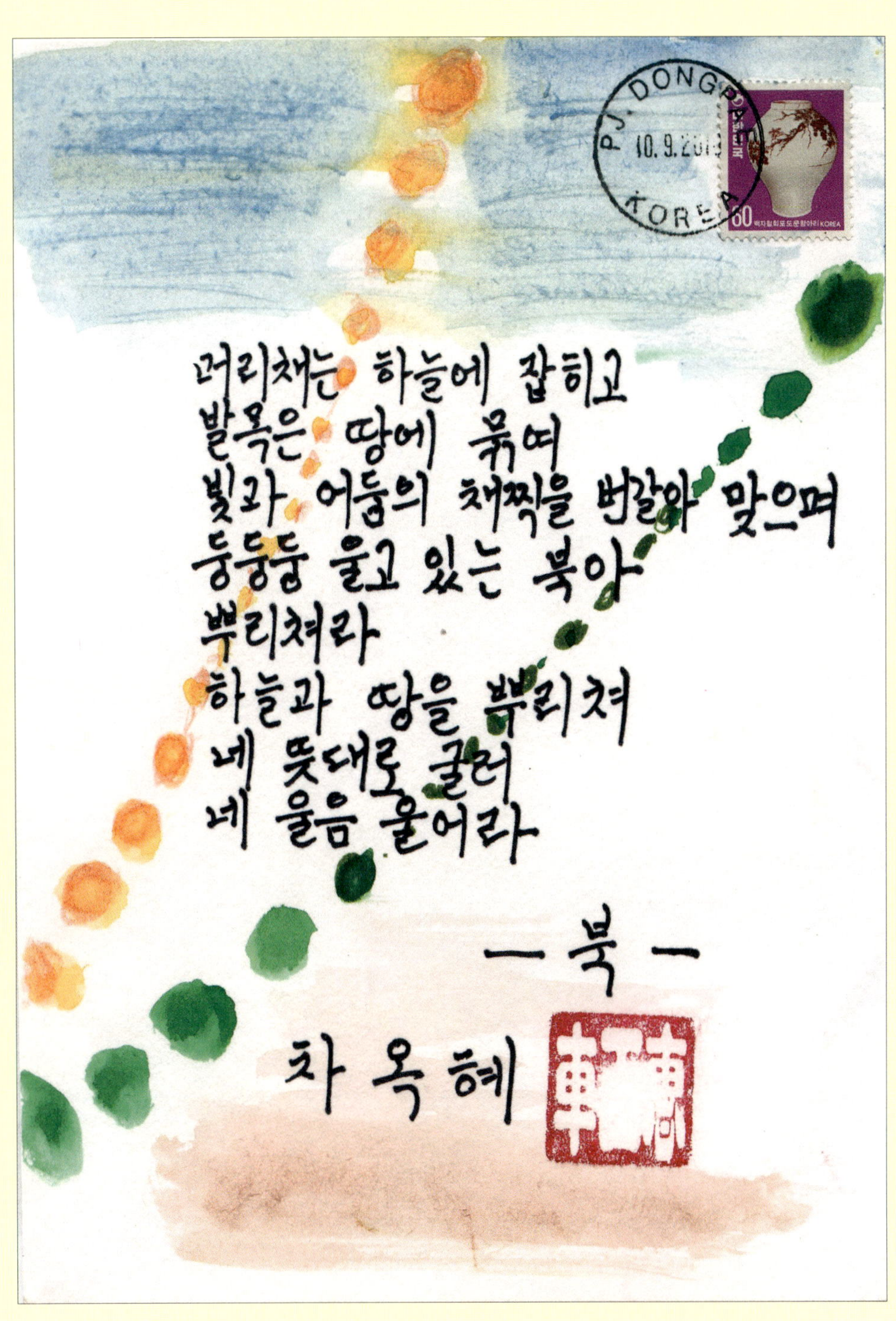

머리채는 하늘에 잡히고
발목은 땅에 묶여
빛과 어둠의 채찍을 번갈아 맞으며
둥둥둥 울고 있는 북아
뿌리쳐라
하늘과 땅을 뿌리쳐
네 뜻대로 굴러
네 울음 울어라

― 북 ―

차 옥 혜

채 규 판 _{시 인}

채규판(蔡奎判) 시인: 1940년 전북 군산에서 출생. 1964년 원광대학 국문과 졸업, 원광문학상 수상. 1966년 한국일보 신춘문예에 시가 당선되었고, 신춘시동인활동을 했으며, 원광대학교 교수를 거쳐 현재 명예교수로 있음. 한국시문학회 사무국장을 역임했으며, 저서로 <채규판시전집>, <채규판시조전집>, <한국 비교시인론> 등 48권의 저서가 있음. 문학상으로는 시문학상, 한국평론가 문학상, 이상화 문학상, 전라문학상, 표현문학상 등이 있다.

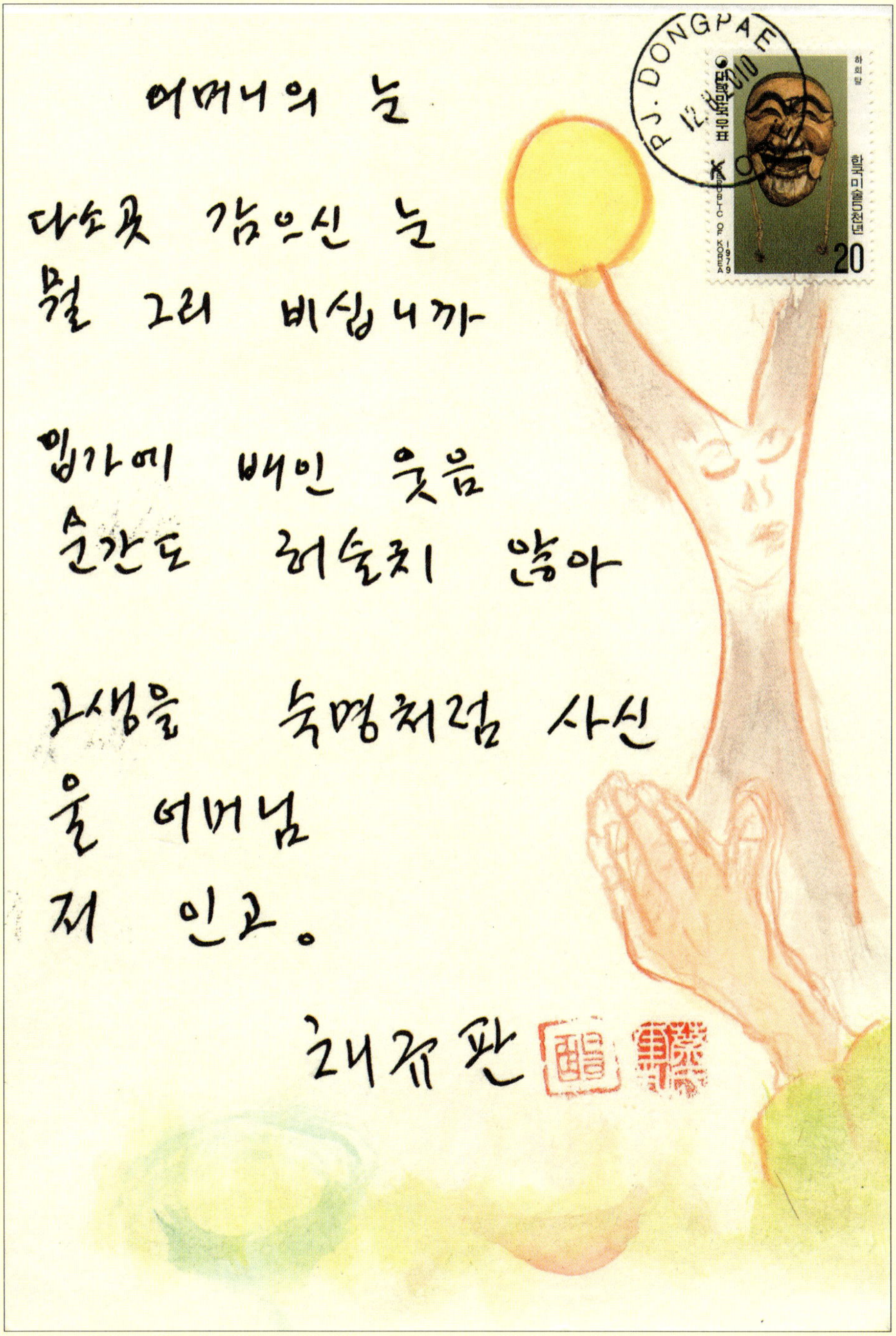

어머니의 눈
다소곳 감으신 눈
뭘 그리 비십니까
입가에 배인 웃음
순간도 허술치 않아
고생을 숙명처럼 사신
울 어머님
저 인고。
채규판
DONGPAE
하회탈
한국미술5천년
REPUBLIC OF KOREA 1979
20

大

천 성 숙 시조시인

천 성숙(千聖淑) 시조시인: 1955년 서울 출생 호는 야백(也白). 1995년 '시조생활'에 시조 <내가 할 일>이 당선되어 문단에 등단. '시조생활'사 주체 제3회 전국시조백일장 장원(1995).
현재 '도서출판 동경' 대표, '시조생활' 교열부장, '시조생활'지 제정 시상운영위원회 위원. 삼연회, 여여회 동인으로 동인지 '반딧불과 키보드 사이' 등에 매년 작품 발표를 하고 있음.
그림 김영진 화가.

이런 날

날이 갰다 햇살 팍
신록에 꽂힌다

광화문 광장에다
한 시름 덜컥 부려야지

혹시나
혹시나 하고
또 하루를 맞는다.

천상숙 짓고 김명진 그리다

최 만 조 _{동시인}

최 만조(崔萬祚) 동시인: 1934년 경남 산청에서 태어나 경남 진주에서 유년시절을 보내고 1953년 진주사범학교를 졸업하여 아동 교육을 위한 교단생활을 하였으며 1999년 8월에 부산 신촌초등학교 교장으로 정년퇴임을 하였음.
1977년 〈아동문예〉 동시3회 천료하여 문단에 나와 한국아동문예작가회 초대 회장, 한국아동문학인협회 부회장, 부산아동문학인협회 회장, 부산문인협회 부회장 등을 역임하였으며 현재는 한국아동문예작가회 고문, 부산불교문학인협회 자문위원, 부산시조시인협회 회원 등 문학활동을 하고 있다.
문학상 수상은 한국 동시문학상, 실상문학상, 영남아동문학상, 부산아동문학상. 한국불교아동문학상 등 수상.
작품집으로는 동시집 〈농악소리〉외 4권의 동시집을 펴 내었으며 농악소리 동시작품이 초등 국정교과서(6-2)국어책에 수록되었음(6차교육과정).

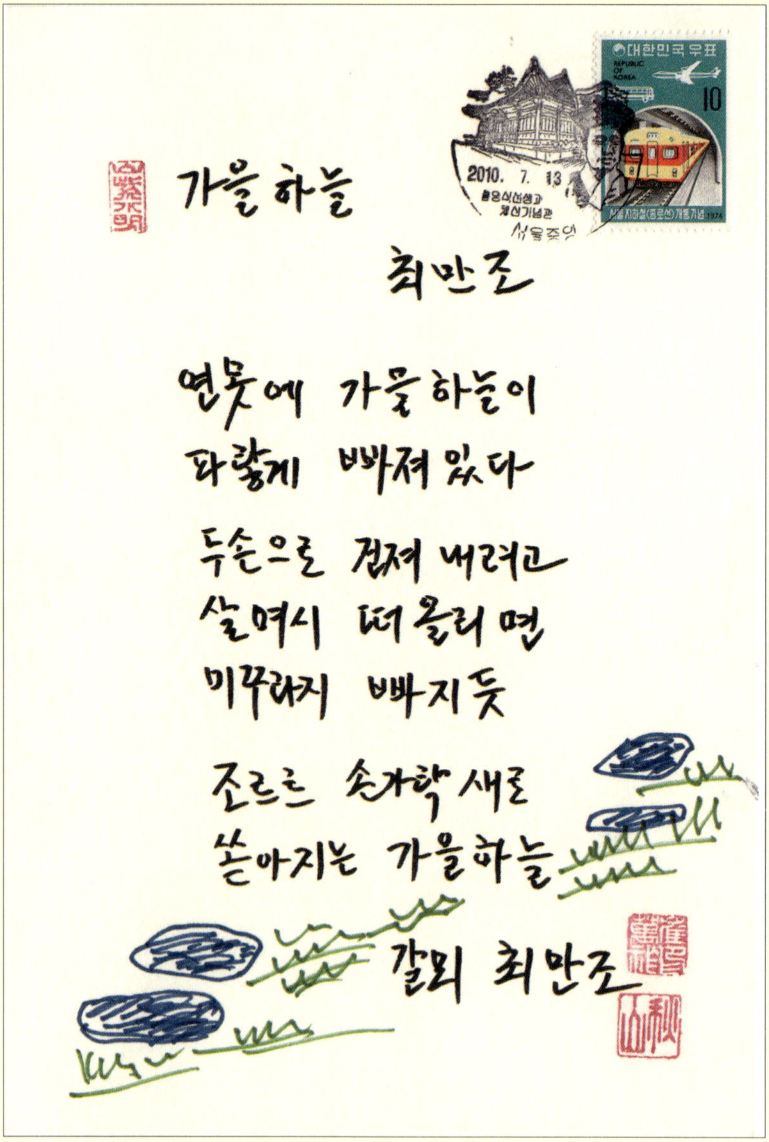

가을 하늘

최만조

연못에 가을 하늘이
파랗게 빠져 있다

두손으로 건져 내려고
살며시 떠올리면
미꾸라지 빠지듯

조르르 손가락 새로
쏟아지는 가을하늘

갈뫼 최만조

봄볕

최만조

해맑은 봄날 아침
봄하늘 쳐다보며

꽃밭은 따 듯 따듯
피어난 어린새싹

아직은 추운 날씨야
조심조심 피거라

12회 최만조

최명란 시인

최명란(崔明蘭) 시인: 1963년 진주 출생, 세종대학교 대학원 국문과 졸업, 2005 조선일보 신춘문예 동시, 2006 문화일보 신춘문예 시 당선.
시집 〈쓰러지는 법을 배운다〉, 동시집 〈하늘천 따지〉, 〈수박씨〉, 〈알지 알지 다 알知〉, 〈바다가 海海 웃네〉
제18회 편운문학상 수상.
초등교과서 1–1 쓰기책 '수박씨' 수록.

아우슈비츠 이후

아우슈비츠는 다녀온
이후에도 나는 밥을 먹었다
깡마른 육체의 무게를 더울미 떠서고
뒷짐은 서성이며 생선의 살을 갸먹었고
서로를 갉아먹는 히다리 사이의
늑 같은 연애를 했다
역사의 정치의 사랑의 한계없이
이 지상엔 사랑이 없다
하늘엔 해도 없다 달도 없다
모든 신앙도 장난이다

            二〇一〇년 ○월
              최 명 란

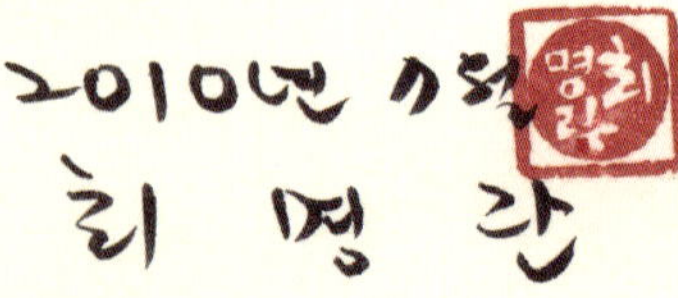

다시·묵비

이승의 일
저승까지 끄집질 마라
당장 잡혀간 놈 수두룩하다
저승 가면
어떤 일도 말하지 말라는
아무것도 일러주지 말라는
그들은
손으로 내 입을 틀어막는
말 샐까봐 소리 새어나올까봐
구멍이란 구멍은 모두 막았다
나는 죽고다
끔찍인명을 위하여
내 죽검 속에 들어있는
그 말은……
말 못한 사리들

2010년 7월
최명란

최 석 화 시 인

최 석화 시인: 경주 출생, 서경대학교 대학원 석사,
계간 '서울문학인' 발행인.

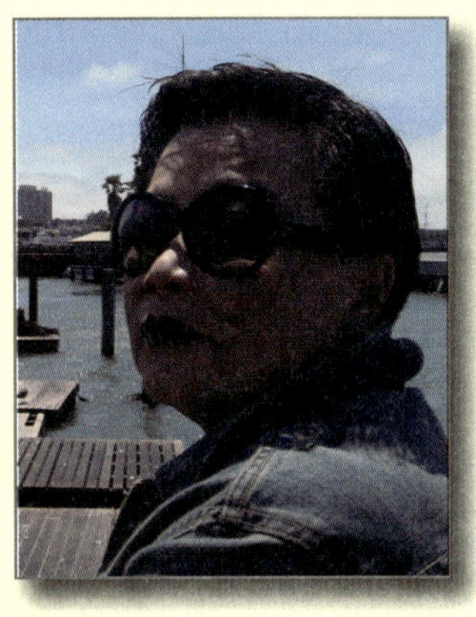

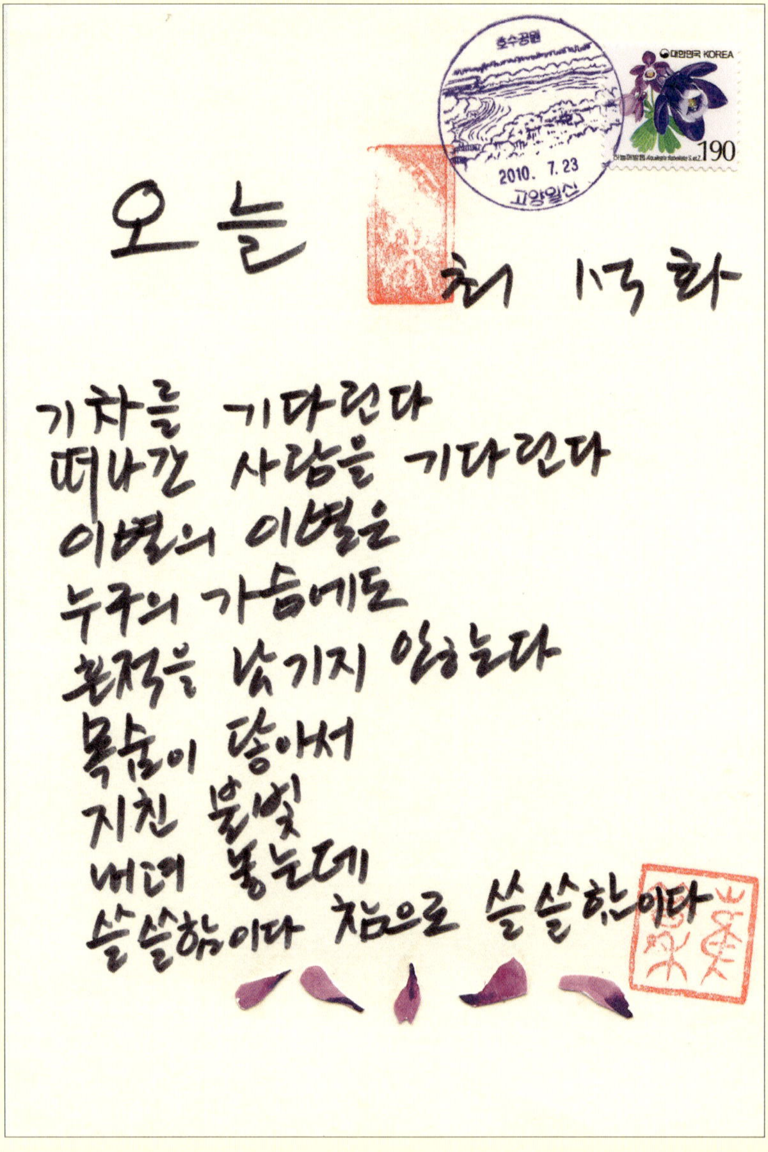

상처

　　　　　최석화

기억의 이정표 위에
수많은 걸음들이 걸어가고 있다

못 위에 풍경을 담고
풍경은 길 위에서
저 혼자 머문다 떠나라

오래된 그리움처럼 떠나는 오늘가
돌아 갈 곳이 있는
돌아 올 곳이 있는
길을 길을 가는 사람에게
늘 열려 있다.

최 선 옥 시 인

최 선옥(崔仙玉) 시인: 강원도 양구 출생. 이화여자대학교 졸업.
1999년 '조선문학'으로 등단. 시집으로 <달팽이의 노래>, <누에,
섶을 뜨겁게 껴안다> 외 다수.
현재 문인협회, 국제펜클럽 한국본부 회원이며, 시론, 시평, 등 문학평
론을 겸하고 있으며, 메일작가 및 일간신문 전문집필위원으로 활동하
고 있다.

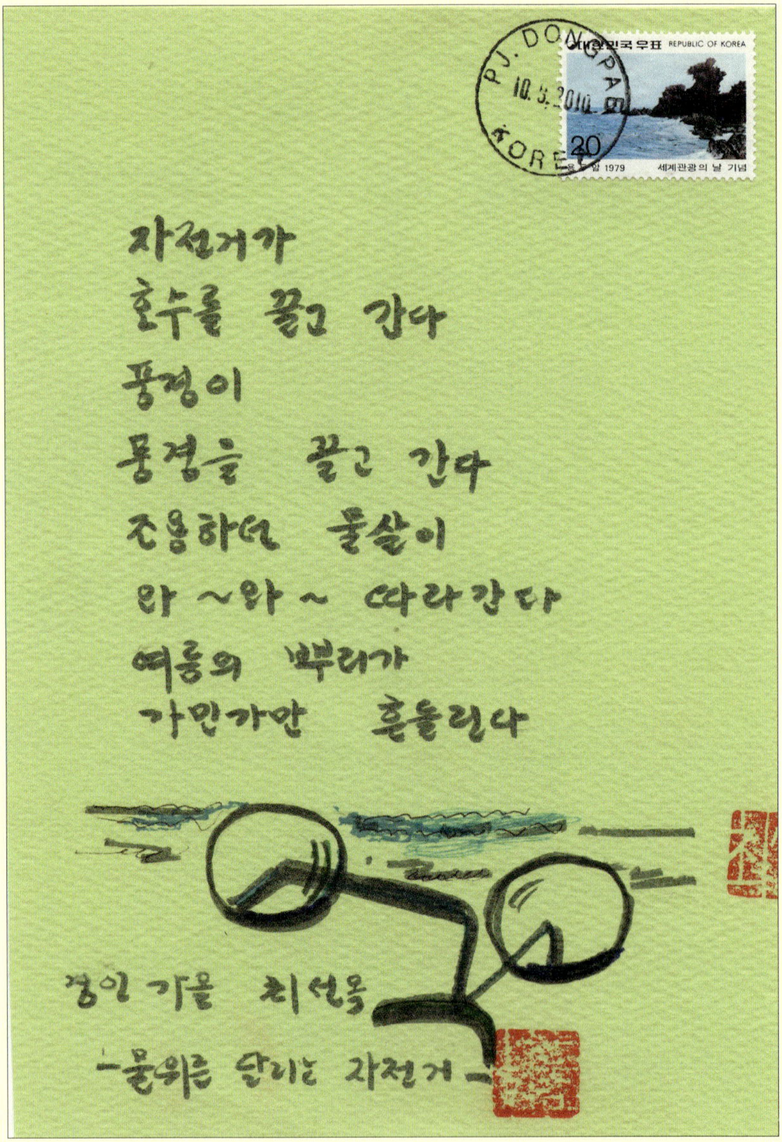

촘촘히 붉은
옥수수 알처럼
상머리 빙 둘러앉으면
방안 온통 채우던
말 소리,
그릇 달그락 거리던 소리

그득 웃음을 싣는
환한 산칸 방

경인 가을
리선웅 - 석류 -

최선옥 화가

최선옥(崔善玉) 화가: 호는 지윤
(智楡) 1959년 광주 출생. 전
남여고를 거쳐 서울여대 사회사업학
과 졸업, 경희대 관광경영학과 석사
과정 수료. 1970년 최용만 선생님
으로부터 시와 그림과 노래를 배우
기 시작하여 40여년을 시와 그림과
더불어 살고 있다. 1986년 문협 1기
문예대학 수료, '국제문예' 신인상
으로 문단에 등단. 천도교 미술인회
전, 대한민국 전통미술대전, 대한민
국 교직원 및 연구원 미술대전(특상
수상) 등의 여러 전시회에 참가.
현재 미술기획가로, 관광문화기획가
로 활동 중.

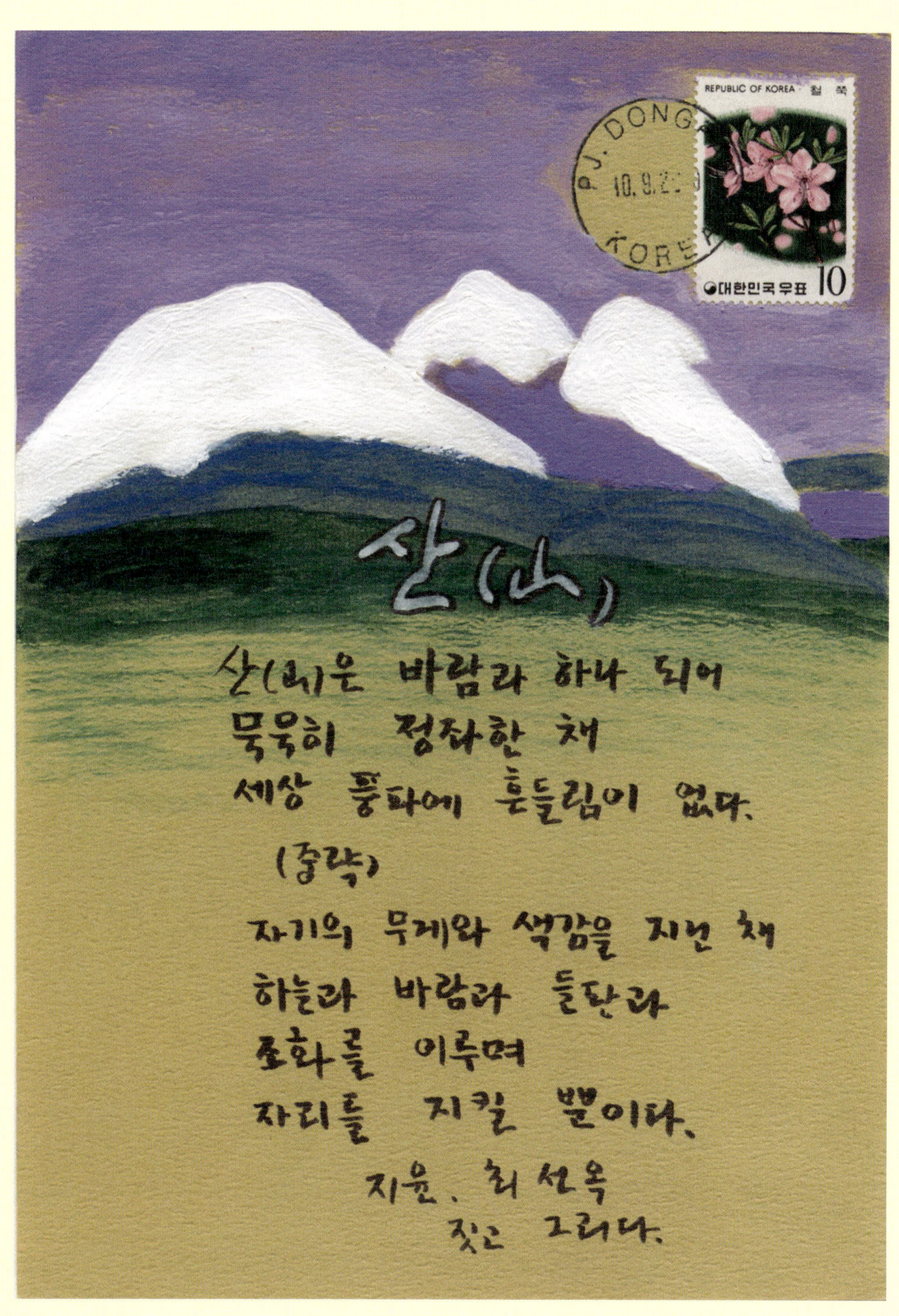
산(山)
산(山)은 바람과 하나 되어
묵묵히 정좌한 채
세상 풍파에 흔들림이 없다.
(중략)
자기의 무게와 색깔을 지닌 채
하늘과 바람과 들판과
조화를 이루며
자리를 지킬 뿐이다.
지은. 최선옥
짓고 그리다.

최 신 자 _{화 가}

최 신자(崔信子) 화가: 호는 채원 (採園), 이화여자대학교 미술대 학 졸업. 개인전 2회, 대한민국 미술 대전 입선 현대미술대전 특선, 목우 회 공모미술대전 우수상(J.St상) 및 입선, 초대전 및 단체전 다수. 현재 한국미술협회, 현대 한국화협회 회 원, 창석회 회장.

60
KOREA

최 연 송 조각가

최 연송(崔娟誦) 조각가: 서울 출생. 경기대학교 미술대학 조각과 졸업. 광교산 조각전시, 한사이전 등 참가. 현재 신상미술협회 회원.

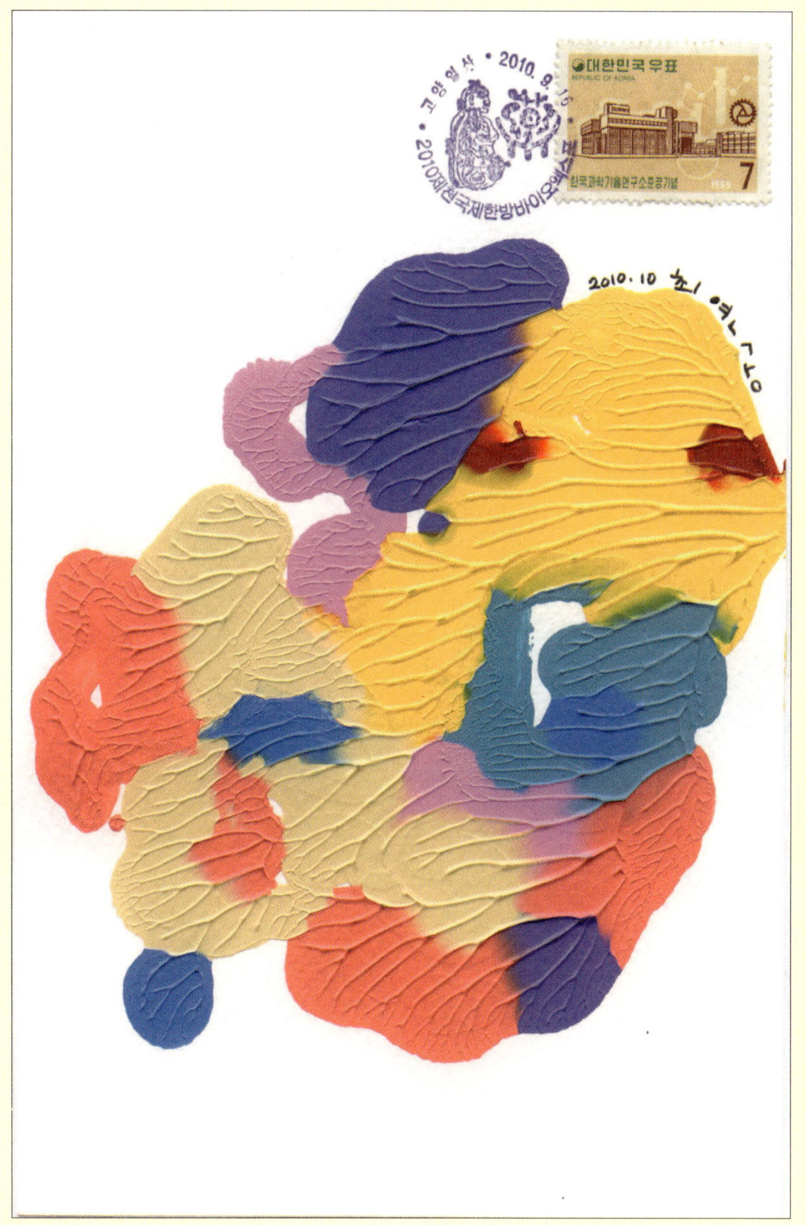
대한민국 우표
REPUBLIC OF KOREA
7
한국과학기술연구소준공기념
2010. 8. 10
2010제1회국제한방바이오산업
2010.10

최 영 이 _{화 가}

최 영이(崔英伊) 화가: 대구대학교 대학원 서양화전공 졸업.
개인전 12회 (대구, 부산, 동경, 서울, 용인 청주), 개인부스전 2회(북경, 대구).
국제베이징 아트페어, 한국미술LA국제전, 대한민국 크리스찬아트페스티벌전. 타쉬캔트국제비엔날레특별전 등 참가.
현재 한국미술협회, 한국미술인선교회, 부산미협, 부산기독미협, 미술비젼코리아 회원.
작품명: 1. 나를 보내소서 2. 풍성한 열매

최윤정 시 인

윤정(崔允丁) 시인: 1949년 서울 출생. 계간지 '문학과 의식'으로 등단.

한번도 그를 흡족하게 만난 적이 없다. 만난 적이 없으니 가질 수도 없다. 조금도 허락하지 않는 그에게 다가가 자꾸 부딪쳐 본다. 반응이 없다. 그래서 더 두렵다. 그러나 두려워하고 있다는 것을 눈치 채게 해서는 안 된다. 그저 태연하고 의연하게 돌아서야 한다.

그러나 가장 비어있고 막연한 시간, 친묵한 만큼 기다리면 영락없이 그는 다시 찾아온다.

나는 12시간 아니 120일은 바빠진다. 그의 흙 묻은 신발을 닦고 흩어 진 머리를 감기고 구겨진 옷을 다려야하니--.

이것이 시와 나와의 관계다.

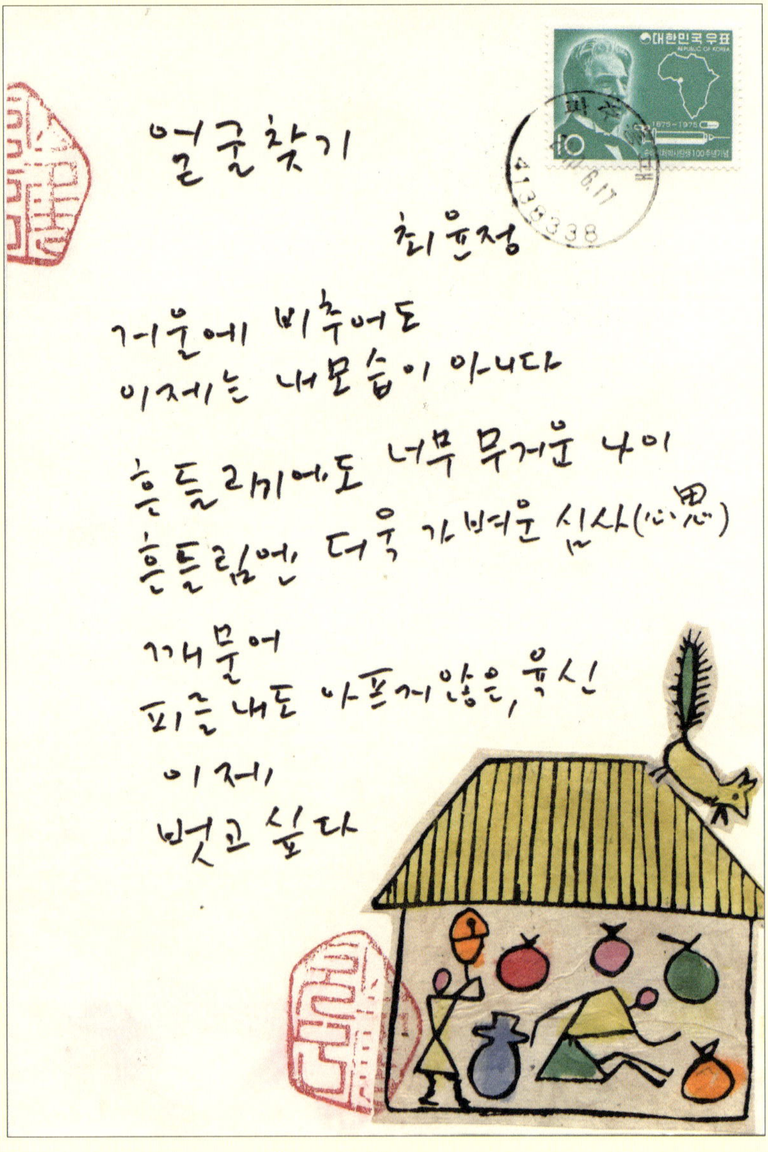

滿開

최윤정

황사(黃砂)까지, 몰고 온 성급한 바람
그 속 진종일
봄이 분다

그리운 사람의 손목 위엔
불긋한 꽃술(酒)이 떨어지고……

참말로
무슨 일이 일어나긴
일어나진
알겠지요

최의수 화 가

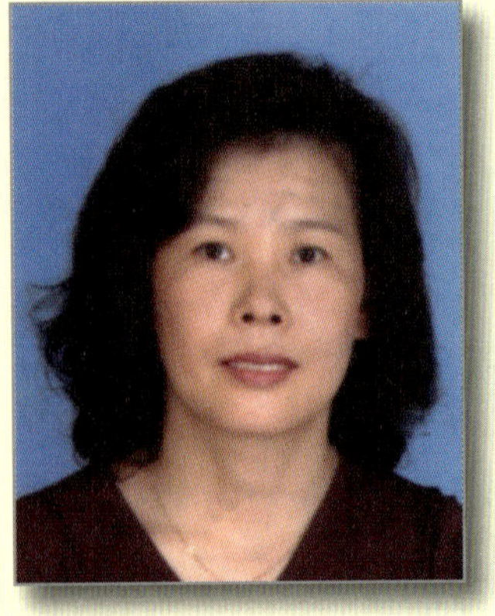

최 의수(崔義秀) 화가: 1962년 서울 출생 호는 운봉(雲峰). 서울미술관 개인전(현대한국화아트페어), 중국예술박물관 개인전. 중국 북경국가 교육계통 서화전 3등, 일본 국제서화협회 특별대상, 전국휘호대회 특선, 경기미술대전 특선 3회, 동양미술대전 우수상 등 수상.
현재 서도협회 초대작가, 한국미술협회, 창석회 회원.

대한민국 우표
P.J. DONGP
15.9.2010
KORE
REPUBLIC OF KOREA
30
雲峰

최 춘 해 _{동시인}

최 춘해(崔春海) 아동문학가: 1932년 경북 상주 출생. 1967년 매일신문 신춘문예와 '한국문학'지 추천으로 등단.
한국아동문학상(1980), 세종아동문학상(1984), 방정환 문학상(1993), 경북문화상(문학부문 1993) 등을 받았음. 저서로는 동시집 <시계가 셈을 세면>(1967) 외 13권, 산문집으로<동시와 동화를 보는 눈>(2001)이 있음. 1998년 구미인동초등학교 교장으로 정년퇴임, 2003년부터 '최춘해 아동문학교실'을 무료로 개설하여 해마다 평균 25명씩 7기생을 수료시키고 현재 8기생을 강의 중.

겨울 풀

목숨을 다한 마른 풀잎이
한겨울에도 제자리를 지키고 있다.
씨앗에서 새 생명이 태어나기까지,
뿌리에서 새싹이 돋아나기까지
걱정이 돼서 자리를 못 뜬다.

내가 잠잘 때
내가 이불을 차 던지고
감기나 걸리지 않을까
배탈이나 나지 않을까
걱정이 돼서 내 곁을 못 떠나는
우리 엄마 처럼.

묵은 풀은 제 허리를 꺾어서
온몸으로 덮어 주고 있다.
바람막이가 되고 싶어
자리를 지키고 있다.

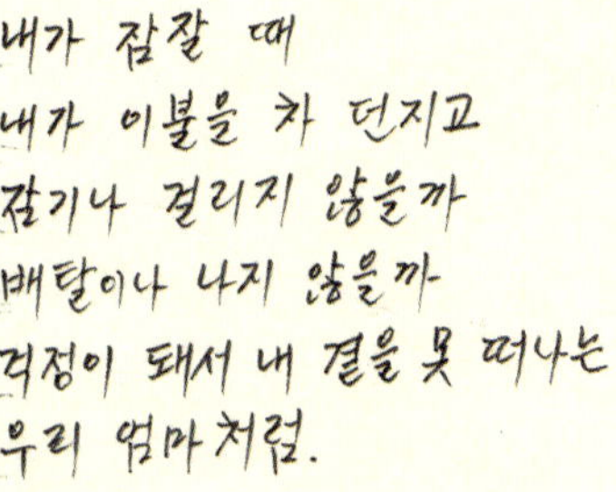

2010년 8월 20일
글 최 춘 해

풀 꽃

한겨울 추위
목이 타는 갈증
용케도 이겨냈구나
개미나 땅강아지들이
맑은 향기를 주고 싶어,
구석진 데를 밝히고 싶어
어렵게 꽃을 피웠구나.
꽃이 작아서,
꽃이 곱지 못해서
미안하다는 듯
수줍게 핀 풀꽃.

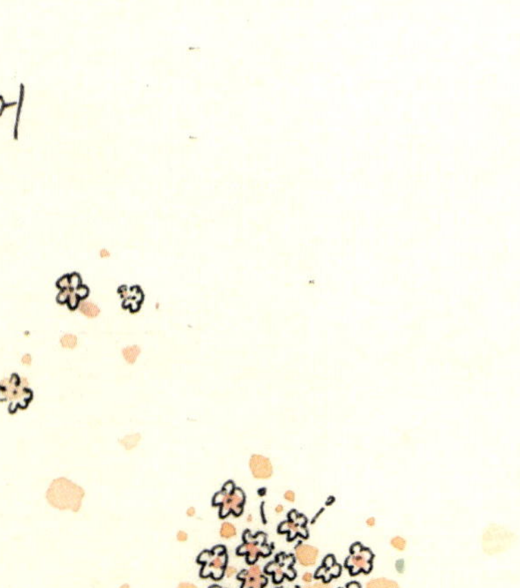

꽃들아,
미처 몰라봐서 미안하다.

2010년 8월 20일
글 쇠 춘 해

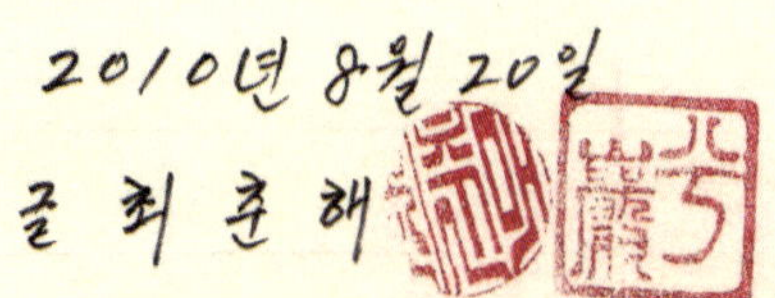

풀 빛 _{화가}

풀 빛 화가: 1942년 생. 대학에서 그림을 전공했으나, 몸짓 춤
꾼으로 활약하고 있으며, 전시회는 그로리치화랑, 아트페어
등에서 가졌고 실험무대미술, 생활코디네이터와 서울 안국동에
서 '0.75갤러리'를 운영하고 있음.

허 윤 경 _{화 가}

허윤경(許潤暻) 화가: 1999년 계원조형예술대학 졸업.
2001년 공평아트센더에서 <Drawing>전.
2009년 스튜디오 유닛 사이버전 <Symphony>.
2010년 조선일보 아시아프 <Harmony>전,
2010년 아시아프 우수작가 개인전(신상갤러리)
2010년 상해 박람회 상해 아트페어 등.

허은화 _{화 가}

허은화(許銀花) 화가: 호는 연향. 개인전 1회(이형아트센터). 창석회전, 여성작가회전, 한국현대미술총람전, 부천 한일 교류전, 중국청도미술관 초대전 등의 단체전 초대전에 참가.
현재 한국미술협회, 부천미술협회, 종로미술협회 회원. 구상회 운영위원, 한국문인협회 회원.

P.J. DONGPA
15. 2. 2010
KOREA
대한민국 우표 1974
REPUBLIC OF KOREA
제1차 세계인간지도자 대회기념
10

홍사성 _{시 인}

홍 사성(洪思誠) 시인: 계간 '시와 시학'으로 등단.
불교문학잡지 <유심> 주간.
단행본 <한권으로 읽는 아함경> 등.

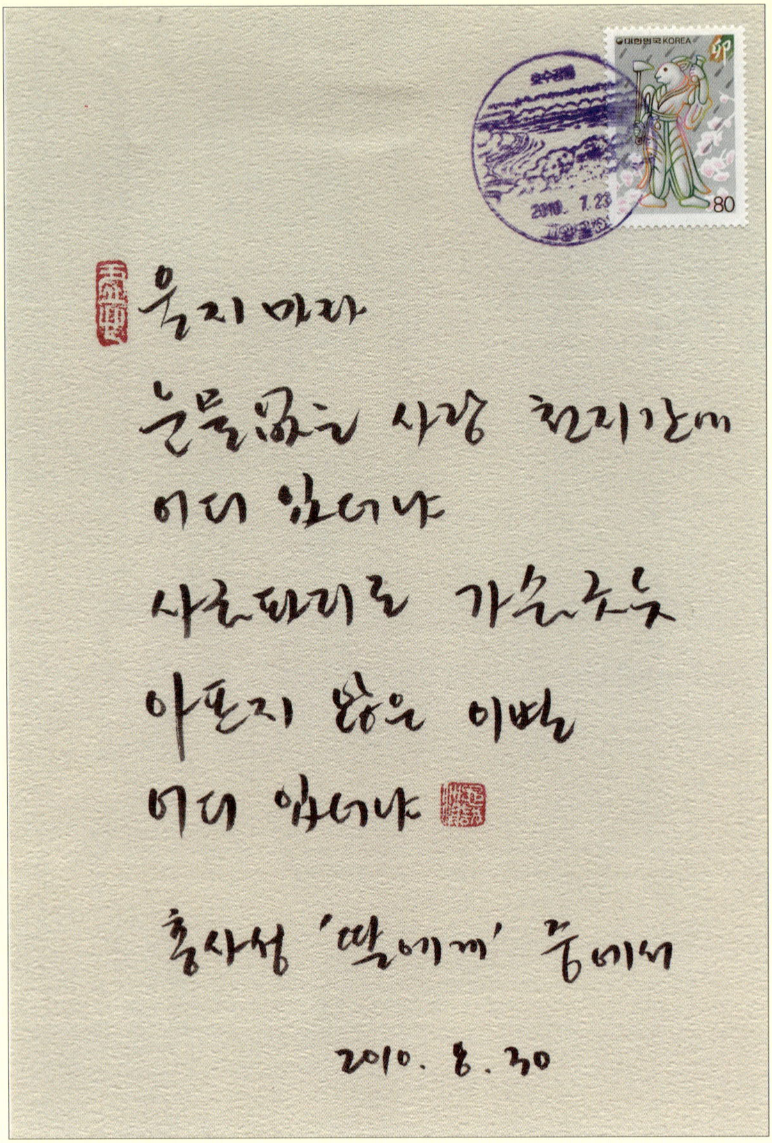

울지 마라

눈물없는 사랑 있지간에
어디 있더냐
사랑때기로 가슴앓듯
아프지 않은 이별
어디 있더냐

홍사성 '딸에게' 중에서

2010. 8. 30

해우당에게

당신내면 하고싶은 말
너하 하나에
대대로 안고 싶다
한 도에 돌기 돌 때까지

2010. 8. 30

홍 사 성 항장

홍 성 란 시인

홍 성란(洪性蘭) 시인: 1989년 중앙시조백일장으로 등단. 시집으로 <황진이 별곡>
<따뜻한 슬픔> <바람 불어 그리운 날> 등이 있고 현대시조 100인 선집 <겨울
약속>과 시선집 <명자꽃>이 있음. 편저 <중앙시조대상 수상 작품집> <내가 좋아하
는 현대시조 100선>과 현대시조감상 에세이 <백팔번뇌>가 있음. 중앙시조대상·유심
작품상·대한민국문화예술상 ·이영도시조문학상 등 수상.
현재 성균관대·방송대 강사. 유심시조아카데미 원장. 유심 편집위원.

애기메꽃

한때 세상은
날 위해 도는 줄 알았지

날 위해 둥둥 감아오르는 줄 알았지

들길에
잔그려 앉는 분홍 치마 계집애

경인년 가을
홍 성란 짓고 쓰다.

"

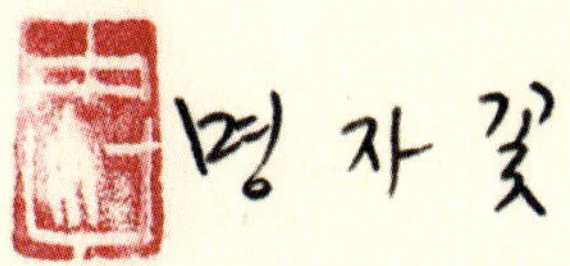 명자꽃

후회하구나
그냥 널 버려놓는
후회하구나

명자꽃 혼자 벌의
촉촉이 젖는

다시는 오지 않는 밤
보내는
후회하구나

그곳이나 가을
홍 성란 짓고 쓰다.  

홍용남 _{화 가}

홍 용남(洪龍男) 화가: 1941년 서울 출생. 홍익대학교 미술대학 서양화과 졸업, 경희대학교 교육대학원 미술교육과 졸업. 신구전문대(1976~84), 홍익대학(1984~2002)에 재직.

움직이는 미술관 5회, 대한민국 회화제, 아시아연맹전, 한국수채화 협회전 등 단체전 및 초대전 280여회, 국제전 30여회 참가. 대한민국 미술대전 심사위원 및 운영위원, 대한민국 수채화대전 심사위원장 및 운영위원장, 한국수채화 공모대전 심사위원장 및 운영위원장 역임 등 각 공모전 심사위원 및 운영위원 30여회 역임. 문우회 회장, 와우회 회장, 홍익대학교 교수 역임. 한국 미협 고문, 강서 미협 고문, 수채화대전 운영위원장, 전통예술 운영위원장, 한국수채화협회 자문위원.

대한민국 우표 1979
REPUBLIC OF KOREA
20
마 이 산   세계관광의 날 기념

황 경 애 화가

황 경애(黃慶愛) 화가: 이화여자대학교 미술대학 서양화 전공. 개인전 5회, 그룹전 다수 Art Expo New York(뉴욕, 미국-2006), Art Sydney(오스트랄리아, 시드니-2006), Sipa(Seoul International Prints Art Fair 예술의 전당, 한가람미술관-2006), 힐튼호텔 아트페어(2010) 등.

황 원 철 화 가

황원철(黃元喆) 화가: 홍익대학교 대학원 졸업.

개인전 22회. 국제전은 Austria 국제전('79) 일본 Asia 현대미전('81~84) 일본 국제작가초대전('85~88), 한미일 3인전 동경 국제미전('90), 미국 AAI 캘리포니아전('90), 한미일 교류 3인전(일본 후쿠오카 시립미술관), 북경 비엔날레(중국미술관), 프랑스 국립미술관 협회 초대전 등 다수.

창원대학교 교수, 창원대학교 초대예술학장, 일본 구주산업대학 객원연구 교수 역임.

대한민국 미술대전 심사위원, 경상남도 미술대전, 한국미술문화대상전 심사위원장 역임.

현재 경남도립미술관 관장.

황 인 철 조각가

황 인철(黃仁喆) 화가: 중앙대학교 졸업, 홍익대학교 대학원 졸업, 단국대학교 조형예술대학원 수료(박사과정). 국내외 개인전 24회(서울, 뉴욕, 시카고, 파리, 후꾸오까 등). 2인전 4회, 초대 및 단체전 540여회. 대한민국 미술대전 운영위원 및 심사위원 역임.

제17회 경기예술대상 수상(미술부문). 대검찰청사 상징조형물 공모 1위 당선 및 설치, 새천년 조형탑 전국공모 1위 당선 및 설치. 2009년 안산국제아트페어 운영위원장 및 대회장. 현재 중앙대학교 예술대학장.

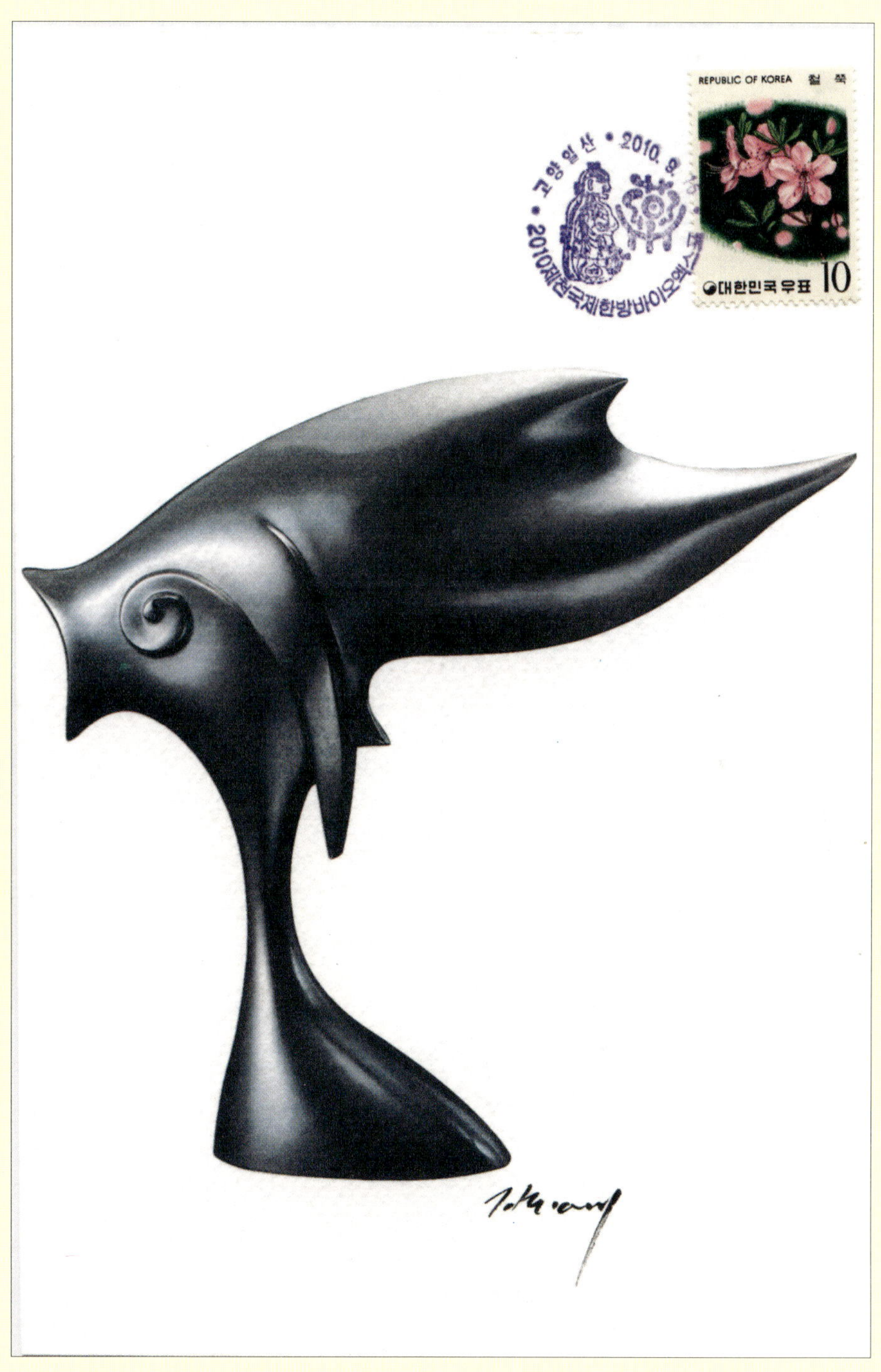

REPUBLIC OF KOREA 철쭉
대한민국 우표 10
2010. 9.
2010제천국제한방바이오엑스포

후 기

　까세 육필시화 1집이 나온 지 꼭 1년 만에 다시 제2집을 내게 되었습니다.

　지난번 1집 출판기념 시화전시회(2010년 3월10월~16일 갤러리 신상) 때는 많은
분이 참관해주시고 좋은 반응과 격려를 해주셨으며, 2집 발행에 관심을 갖는 분, 연간
으로 나와도 좋겠다는 분도 계시고해서 우선 한 권을 더 기획하게 되었습니다.

　시인은 시로 말하고 화가는 그림으로 말하는 한 마당이라 여겨, 출판도 책으로 말
한다는 생각으로 정성을 들였습니다. 하지만 진행 뒤에 항상 아쉬움이 남기에 많은 지
도 편달을 부탁드립니다.

　제1집에서 말씀 들었듯이 까세(Cachet)라는 말은 프랑스어로 소인(消印)이라는 뜻
으로, 우리나라에서도 우편물의 우표 등에 찍는 일부인(日附印)과 같은 것으로 옛날
유럽에서는 편지를 보낼 때 봉투를 접어 붙인 다음 집안의 심벌이 새겨진 반지머리를
봉인으로 찍은 데에서 유래되었다고 합니다. 또한 서양의 판화업계에서도 작가의 유족
에 의한 '대행 서명'이라는 뜻으로 서명한 것을 까세라고 했습니다. 그러나 이 책에서
는 일부인적 의미로 사용하였습니다.

　짧은 기간 동안에 손수 정성 드려 시를 쓰시고 그림을 그려 참가해주신 시인 화가
여러분들께 먼저 감사의 말씀을 드리며, 또한 이 책이 나오기까지 청탁과 주선에 힘이
되어 주신 어양우 화백님과 전규태, 임두빈, 김선주 교수님의 노고에도 감사의 말씀을
드립니다.

2011년 1월 20일

펴낸이 최 석 로　　

Contents

까세 육필 시화집 1권에 참여하신 시인, 화가 분들입니다